散文 纸

背上倾诉
的

吴付刚 著

中国出版集团
现代出版社

图书在版编目（CIP）数据

纸背上的倾诉/吴付刚著. --北京：现代出版社，2016.7
ISBN 978-7-5143-5077-7

Ⅰ. ①纸… Ⅱ. ①吴… Ⅲ. ①散文集－中国－当代
Ⅳ. ①I267

中国版本图书馆CIP数据核字（2016）第129936号

纸背上的倾诉

作 者	吴付刚	
责任编辑	李 鹏 陈世忠	
出版发行	现代出版社	
地 址	北京市安定门外安华里504号	
邮政编码	100011	
电 话	010-64267325 010-64245264（兼传真）	
网 址	www.1980xd.com	
电子邮箱	xiandai@vip.sina.com	
印 刷	北京一鑫印务有限责任公司	
开 本	787×1092 1/16	
印 张	15	
版 次	2016年7月第1版 2022年7月第2次印刷	
书 号	ISBN 978-7-5143-5077-7	
定 价	49.80元	

是作家，是文学

　　我没有去过一个叫"习水"的地方，皆因一位习水籍朋友的缘故，后来竟然不远千里顺道去了一次习水。那是个值得去的富有诗意的地方，那是个自然也出作家的地方，不知是否因为习水境内有条醉人的美酒河？

　　"茅台酒"、"习水大曲"……都是在这条河畔。有酒的地方就有诗，有诗就有文学人。大概吴付刚也因这个原因成了作家？

　　自称作家的人并不都是真正作家，比如我，身为中国作家协会驻会副主席，其实也不是真正的作家。真正的作家是坐在家里专司写作的人。我不是。我工作了40余年，没有几天是坐在家里专门写作的，所以不能称作家。作家是个职业，属于职业作家的在中国目前不多了，大部分人都与我差不多——写了些作品，一辈子靠作品立身、成名，但却并非以"作家"头衔和靠挣稿费吃饭。写作仅仅是我们的一种追求与爱好，最后竟然一生唯有留下来的是几部查以慰藉自己的作品而已，于是"作家"也成了社会和公众对我们的称呼了。

不是所有写文章的人都可以称为作家的，因为有人写作一辈子，出了一大堆东西，却到头来仍然没有人认为他是作家，即使加入了"中国作协"、"省作协"等等，也评上了"国家一级作家"、"国家二级作家"云云，其实中国从来就没有过"国家"一级、二级作家什么的，只有"创作"一级、二级云云。为何许多人愿意在名牌上冠以"国家"一级、二级作家，就是证明他具有"国家级"水平的大作家了，或者说他是堂堂的作家了。"作家"的称呼对写作者来说，应该是一种境界与水准的标志，所以还蛮吸引人的。但真正的作家是什么样，恐怕还真得好好鉴别鉴别。

　　在我看来，是作家的，你的作品应该是很有些味道的，很能打动人的，或者说很具有思想与情感的感染力，也就是我们说的文学艺术性。说到文学艺术性，其实并不容易真正做得到。通常我们会发现：有些人看起来写了一堆"书"、一大堆"文章"，其实你要是一读，就会感觉如开白水一样，一点味道都没有。这样的人的作品并非是文学，这样的人怎能称其为"作家"呢？他所写的东西当然绝非是文学。

　　文学作品给予我们的一定是"茅台"、习水的酒一样醇香四溢、清纯甘爽之味，越喝越想喝、越喝越耐味的金浆玉液。

　　读吴付刚的《纸背上的倾诉》，就如喝"茅台"、习水的酒一样的舒心爽胃，于是我特别想对认识和不认识他的人说一声：他是作家，他所写的文字是文学。

　　现今世界是个人人可以写作的时代，要当一名让人承认的作家并不是件容易的事。多数人有"作家梦"，但却一生都未必能梦想成真。真正有作家天赋的人是极少数。他们的文字能够让他人读后感动、触动、蠢蠢欲动，并不容易。想不到边远的贵州山区、离大都市很漫长的路要走的习水这个小地方，还有吴付刚的存在——他的存在是因为他有很好的文字和文字表达出的那份与酒一样清纯甘香的情感。一个习水边长大的农娃，一个远行一次非常费力费钱的边远地方的青年知识分子，一个容易被外面的世界和自己的生父生母及那块养育他的土地感动的当代抒情者，吴付刚的文字里充满了对家乡和对亲人的炽烈情感，他笔下无奈离他而去的母亲身影、他记忆里的"吴院"、他走出落后边远的故乡后所看到的外面的世界里碎片式的美好印象，以及他认识那几个我再熟悉不过的文坛师友，都让我阅读后有种美的享受和情感的浪起……这不容易。这就是文学。这就是我才认识的吴付刚。

我没有任何理由必定要为这部散文集子写些文字。但我则愿意为这样一位生活在基层的作家的作品写下我的直观印象与看法，是因为我们得承认：很多并不在文学高峰呈现或屹立的作家们，其实他们的文学功底和学养还都不错，他们的作品更值得我们关注与推荐。这是当代中国的一个现象，值得思考和重视。道理并不复杂，一些好的文学作品并不一定都出自所谓的名家之手。好的文学作品必定来自于那些具有丰富生活底子、毕生有文学理想追求的人的诚实、辛勤的劳动。吴付刚属于上面这些条件的人。我因此推荐他的作品，期待大家认真阅读他的作品，关注他的成长与发展，因为他是一名有潜力和才气的作家。他很细腻，很敏感，也很执着，其文字里透着这种气息。这样的人可以成大器。

名酒河畔的文人，自然能成大器。期待吴付刚大器的一天。

2016年3月13日于参加全国"两会"期间

当下，文学是一个清苦的事业。

乡友吴付刚一直在坚守这份清苦，坚守这份追求。

读吴付刚的这本散文集，如同饮故乡的山泉，走故乡的山路，见故乡的山林，乡音、乡情、乡愁，跃然纸背，字里行间流露着对父老乡亲的挚爱，对故土乡音的眷念，对人生真谛的追求。

这是一本值得读的好书。

谭智勇

2016年3月20日

目 录 CONTENTS

‖ 吴院·乡情 ‖

002　故乡的路

005　桥上桥下

008　山前山后

011　吴渠岁月

013　绿景松烟

016　乡场旧事

019　阅读秋天

021　故乡的年

‖ 行走·印象 ‖

025　西湖寻西子

028　拜水都江堰

031　剑门关片段

034　再见津门

038　怀念厦门

042　梦回紫禁城

046　我爱铜官乐

049　黔西南散记

‖ **往事·钩沉** ‖

057　远去的乡村物事

060　一曲凤凰醉

064　长城记忆

069　卢沟晓月寒

071　印象丽江

074　穿越死亡线

077　夜宿金陵

081　习水魂

‖ **心路·历程** ‖

085　母亲之歌

088　梦中的北国

091　雪落无声

095　典藏的记忆

097　秋日心曲

101　曲水流觞

103　邂逅樱花

106　二〇一〇年的绝恋

‖ 成长·影响 ‖

110　追忆大父

116　永远的情愫

118　师恩难忘

121　礼敬王彬先生

123　与肖复兴偶遇

125　再见雷达

128　崔道怡印象

131　对话王朝柱

‖ 市井·生活 ‖

135　最美的烟火

138　那年冬天的成都

143　雪地玫瑰香

146　感动的泪水

149　鸟的故事

154　停留在心间的梦

157　医者仁心

160　乡村爱情故事

‖ 山水·鳛部 ‖

167　叙说鳛部源

171　鳛部酒话

174　呵，洁白如雪的李花

176　遥远的飞鸽

179　春色三分

181　难忘三岔河

184　一九三五年的习水

189　寻访古盐道

‖ 述怀·土城 ‖

202　惊艳了时光的古镇

205　窖池里的春秋

209　拜谒青杠坡

211　俯瞰水狮坝

213　瞻仰中国女红军纪念馆

216　走进四渡赤水纪念馆

219　触摸红运石

221　行走石板街

223　后记

吴院·乡情

吴院，其实是一个偌大的村落。那是我的祖先漂流的最后一站，也是生我养我的地方。那一年，我卷着我的铺盖卷离开她，若干年后，我还会从离开的那条路回到她的怀抱。

故乡的路

吴院的路，其实很短。从我家门口向路的两头步行不过就是半个小时和半个小时，半小时到临江乡场，半小时走进故乡的山石田土。之外，便是他人的故乡。

那一条乡亲们行走的路，不知道经历了多少沧桑岁月。反正，我自记事起，就在那条路上行走了不知多少次。那时，老人们常说，这条路，一头是去山里干活，一头是去更远的地方。路，是一条弯弯曲曲的小路，向东南方向进山干活，山的那一边还有人居住；向西北方向离开故乡，越走越宽广。

故乡的儿女，都是从故乡的西北方向离开吴院的。我也是。

三十年前的故乡路，弯弯曲曲，石板夹泥泞，爬坡又上坎。我依稀记得，那时的路旁，隔三岔五就是一个个石块垒起来的约半人高放背篓的位置，乡亲们称为"位墩"①。路上，自西北而来又向东南而去的人，挂在肩上的背篓里装着送出去的粮食，背回来的是煤炭、肥料，他们一路走一路歇息，然后，径自往家里而去。

少年时的我和每一个吴院的人一样，自西北而来过，背篓里是从另一个村背回来的煤炭，或者是乡场上买回来的肥料。那天，我在路的两旁搜寻着记忆中的"位墩"，那些见证过岁月沧桑和民族苦难的"位墩"却消失得无踪无影，刹那间，我脑子里像儿时看过的露天电影闪过一幕又一幕：那条路上，故乡的人们熙熙攘攘，谈笑风生，一路号子②一路歌，所有的疲惫与欢乐都写在汗水滑落的脸庞上……

三十年过去，见证历史的"位墩"被青葱的岁月掩藏，故乡的路，不再是那么狭窄了！路，如今已是水泥路。路上，历史的坑洼与泥泞和爬坡上坎都不见了踪影。

行走在路上，望着田地间忙碌的身影，望着伸向远方的路径，眼前浮现出了那些岁月的乡亲们。一九八七年冬天，一群穿着破旧衣衫的农民，在昏暗的灯光下，反复讨论着要怎么才能修建一条属于自己的公路，他们有的盘算着自己的土地如何少占一点；有的盘算着公路如何从自家的门前经过。有一位长者，那时候是我们村的村长，拉着大伙去丈量土地，设计路线，就这样，把我家位于小路边的一亩三分地占去了三分之二。冬天，乡亲们在临河上架起了一座石拱桥，修通了从省道线到家乡的一条小公路。

我便是沿着那条路向西北方向离开家乡的。那条路，让我每次回家都倍感十分亲切。这么多年以来，乡亲们农闲时节修修补补，农忙时节运送肥料，寒冬腊月运输煤炭，或是修房造屋的砖块、水泥。就在那一年，农业税突然减免了，故乡的路却不通了。

吴院的公路是村民筹资自建，公路占地在农业税中自行调整。就拿我家来说，占了将近一亩土地，农业税没了，我家的土地却白白"牺牲"了。土地是农民的命根子呀，谁家要是不爱土地，谁家的口粮就接不上来年的七八月。一条二十年的路，一夜之间突然有了那么多扯皮事发生，有些村民开始蚕食公路边沟，有些房屋建在路边慢慢侵吞公路，一条原来设计六米宽的乡村公路变成了宽宽窄窄不等的小路。

那个特殊的岁月，天上鹰飞，路边草长，无人治理，公路又回到了当年的毛路雏形，多少吴院的儿女曾为此痛心。

我是沿着那条路离开故乡的。在我们家乡，吴姓是大姓，可是，从那条路上离开家乡的男人很少很少，屈指算来就三五几个，大部分从那条路离开家乡的人，一年半载之后又回到故土，不管身在广东，还是福建，或者是浙江，乡亲们去去来来，来来去去，春秋往来、寒暑易节，在那条路上行走的次数俨然少了很多很多……

那是一次偶然的机会，我帮扶贫部门做了一本画册的编辑策

①"位墩"：方言，设在路旁供人歇息的位置，约半人高。

②号子：让劳动者轻松工作的小调，具诙谐、幽默的特点，使人忘记疲劳。

有几丝淡淡的忧伤。或许土地，故乡，总会与乡愁相关。或许，曾经许多的梦想，许多的童真都被掩埋在都市的喧嚣了。再踏故土，寻觅自己想要的那份激情吧！
——潘萍

划，扶贫办的领导说要给我发一点辛苦钱的时候，我犹豫了。不是我不想要那一笔当时数目赛过我两月工资的辛苦费，只是我心里惦记着故乡的路。我想了想说，钱我不要，我想要一个扶贫项目。

这只是一个机遇，我没有失去。后来，从镇里上报到县里，最后经过省里审批了一个"整村推进"的扶贫项目落地在我的家乡，虽然数目仅仅只有二三十万元，但却彻底改善了公路的占地问题，土地一律实行集体征用，剩余的部分资金又用在了改造路面工程上。

再后来，故乡的路又经过了乡亲们治理，后来的后来，硬化了。

吴院的路宽了，平了。

那天，我回到了故乡，发现行走的人却少了……在乡亲们家中坐坐，和乡亲们聊聊，我问得最多的是他们的粮食，打工者的情况。我在故乡的老屋住了一夜。夜里，来往的摩托车，农用车断断续续划破夜的寂静，在那条我曾经行走了不知道多少回的路上，行人是少了，可车辆多了。

如今，去山里干活的路也延伸了很长很长，和另外的村相连，村民进山干活都骑车，上街赶集也骑车。夜里听着汽车的发动机声响，我想：谁还步行在这条路上啊！

桥上桥下

偌大的吴院前面是临河。临河不长，起于吴院西北五六公里处的落牌庄①脚下，一路欢歌、狂奔，注入位于中国西南的赤水河。

临河由北向南，阻断了吴院两百多户人西出村落的脚步。历史以来，吴院人都是蹚河而过，若遇夏季河水暴涨，河床加宽，水面增至二三十米便无法蹚过，其余时节，水面不足十米。吴院人为了方便蹚水过河，不知从何时起，便在临河中安放了石墩，一米三步，行人便借助石墩蹚过齐腰的河水。

从一九八八年开始，吴院人结束了蹚水过河的历史。

吴院在临河东岸依山而坐，整个村落几乎全是吴姓人家。那年，村民自筹资金修建通村公路时最大的困难就是临河上的桥。在那个农村基本生活都没有保障的年代，为了修桥通车，临近春节了，有的村民卖了腊肉，有的甚至把自家的老母鸡也卖了，村支书大年三十早上还挨家挨户去收取修桥的集资款。春节一过，吴院人开始上工，花了一千多块钱在交通部门租来了修桥的拱架模板。

一个温饱都还没有解决的年代，村民在家吃过早饭后，齐刷刷地来到临河岸边，抬石头、夯石块、拌水泥、挑砂浆，男女老少齐上阵。那年头，出去打工的青壮年男子很少很少，一座跨度十几米的石拱桥在吴院男子的号子声中建了起来。二十多年过去，还没有来得及为这座小桥起一个名字。从那以后，吴院的人们进村出寨或是运输粮食都从桥上经过，无论涨水还是枯水，始终平安地从桥上走过。

桥的下方是一个拦河坝，临河清澈透明，鱼翔浅底，是吴家孩童的乐园。一群小孩在炎热的夏天，从吴院奔来河边，三两下子脱掉衣服裤子，扑通跳到水里，或者在水中央蛙游，或是在水面上仰睡，或是在水底下潜伏，三五个、十几个孩子在桥下的拦河坝中自由荡漾，有胆大一些的孩子睁大双眼潜入水底，从河底寻来古怪的鹅卵石，胆小的则是紧闭双眼很快又浮出水面透气，生怕平静的河水夺去了幼小的生命。

我的童年夏季就是这样度过的。

那个没有名字的拦河坝，一年四季都是清幽幽的河水，用小孩的身体来丈量河水的深度是一人一草帽②。老人们常说，那里的河水太深了，会淹死人的，要游泳必须在河水浅浅的地方才行。其时都是一些调皮的孩子，谁愿意相信大人的话？自恃有几分潜水的本领，在深水区游泳那才叫过瘾。后来的好几年，桥下依然是吴院孩童夏季的天堂。

桥下，嬉戏成群的孩子无比快乐。即便是匆匆从桥上走过的男女老少，也会驻足观看，孩子们潜在水底，飘在水面，姿势五花八门，尽管只是几个单调的"狗刨骚"、"倒仰肚"、"瓮水猫"、"踩假水"③……那一份天真无邪却成了大人们追寻逝去多年的回忆。凡是在吴院长大的人，都在那里度过了快乐的童年。多年以后，当初的孩子渐渐长大，桥下却成为吴院成年男子回味的天堂。

最近几年，临河静默了，不再像从前那样澄明。我每一次从桥上走过，昔日那种欢畅不在，桥下再也没有什么好看的风景。拦河坝的水浅了，塑料、泡沫、树枝、纸片在那里打了一个转，有的挂在岸边的沙石上，有的顺着水流飘到下一站。

桥的上游是一个乡场④，每逢农历二、五、八赶集，乡场附近的村民背着粮食、蔬菜、水果在这里换成钞票，然后又换成肥料、种子背回家里。住在乡场上的本地人、外地人吃了饭就把剩余的菜叶、油汤倾在河里，或者是买回来的电器拆了包装把不要的纸盒、塑胶板丢进河中，那些废弃的物体像漂流的河灯一样顺着水流远去。桥的下游是一个小水电站，河水从沟渠里流到沉砂池，然后装进大洪管子一泻几千米，凌空而下去发电，余水在沉砂池里溜了一圈后流向另一个企业。

如今站在桥上，看不见戏水的孩子，也看不见浅游的小鱼，河床不足五米，水深不到三十厘米，水流懒懒的样子，浪花中夹着一股怪味。驻足桥上，迎面而来的是一群摩的司机，他们会热情地问：去不去镇上，十块钱跑一趟？或者说，去哪里，租我的摩托车嘛。

桥是从临河岸边的省道线通往吴院和另一个镇子上的唯一关隘。那时候，这座桥是属于吴院人的，后来，镇上的柏油路要从这里经过，在吴院北侧修了一条三级路。当时，桥太小，镇里的领导说要炸了重建。吴院人说，当初修这桥的时候，架桥的拱架是花钱租来的，为了攒足修桥的经费，人们把老母鸡都卖了。说什么也不允许炸掉，无论镇里的干部如何说，村民就是一个字："不！"吴院人为了保护那座见证吴院通达外面世界的历史性小桥，那些时日，夜夜有人把守，他们把电路架到桥头，搭起工棚，轮番看护，生怕在某一个夜晚，桥在一声巨响之中消失了。

我是从吴院蹚水过河走出来的，也是从桥上回到吴院的男子。那一年，镇长来找我，说去我家乡。我欣然应允。在车上，镇长跟我说了桥的故事，其实，我早已知道个中缘由，只是我也认定那桥是吴院的私有财产，不是公共财产。回想那个年代，就连拱架也花钱租，村民修桥没有一分补助，吴院人卖腊肉、卖鸡蛋、卖粮食，攒钱修桥修公路，尽管那时我开始记事，但我内心强烈地支持着乡亲们的做法。

社会就像一座马车，它的推手是人。我回到吴院，对乡亲说明了道理，换来吴院通村公路的一次经费维修作为炸桥的条件，时隔不久，吴院人自己修的桥淹没在桥下的拦河坝中，新建的是一座双拱加宽的石拱桥。桥通了，路硬化了，村民出行更方便了，吴院两百多户村民三分之二从桥上远去了异地他乡，剩下的少数青年男子买来摩托，聚集在这座桥上等待归来的人们。他们三五个、十多个，或是在桥上摆开场子边玩扑克边候客，或是发动摩托车从桥头到桥尾来回奔驰，一旦有客车在桥头停了，他们立刻拥过来询问下车的客人，去哪里？来上我的车……

好多年了，我在桥下的童年已然不见。如今，我每次回到吴院都是驾车而去，那些欢乐已经远逝，桥下的岁月也不属于我了，留给我的只是一道桥上的风景。

②一人一草帽：方言，形容河水已经达到淹没人的深度。

③"狗刨骚"、"倒仰肚"、"瓮水猫"、"踩假水"：方言，游泳的几种动作。

④乡场：农村集市、集镇。

这一组写故乡的散文，写得很深情。以土地般深厚的情怀去关注民生，您的作品将会获得更永久的生命力！如果再以这样的视角写长篇小说，那是非常厚重的！
——巢湖秦歌

山前山后

　　吴院，前面是绵延起伏的临河山脉，后面是逶迤而来的狮子岩，左右各一条小溪。吴院不是确切的称谓，而是叫小麦坝。《吴氏族谱》上记载：前有月屏遮风，后面双狮捧月，当中玉带现形，名曰小麦坝。由于我们家乡多是吴姓族人，所以又被人们称之为吴家坝。

　　我家后面便是狮子岩。少时，老人们都说，雄卧在我家后面的狮子岩是一公一母，一正一反。我不解其意，稍许长大，当我从对面的山上一步一步回到吴院的时候，才远远地发现，果然一对狮子一正一反雄卧在那里。雄狮威猛，头朝吴院之北；母狮温顺，头向吴院之南。所以，在我们吴院，多少年来一直流传着一句谚语：一对狮子颠倒挂，福地出在吴家坝。

　　这么多年来，吴院还算一块福地吧。在到处是煤炭地质灾害，到处是工厂污染的今天，依然山葱茏、水清幽。

　　我在故乡生活了十几年，一出门就看见大山，绵延的临河山脉从北一直逶迤向南，顺着山脚下的临河注入赤水河而截断。因为如此，一个古老的传说不知传了多少年，大概意思是说吴院的人走不出去，就是因为前面的大山挡住了去路；还说吴院的人不会聚财，因为临河水缓缓向西南而去。曾经有一位风水先生说，山管人丁水管财。看吴院的山形水势，就知道吴院的人生活得并不富有。

　　我家后面是狮子岩，前面是临河山脉，抬望眼，不过三十华里的距离，即使爬到吴院后面的狮子岩顶，一眼不过三五百里远。记得年少时，我家与别人共同喂养了一头牛，我的任务就是每天放学以后去山上放牛。那时候，我把牛牵到丛林中，一个人攀上狮子岩。狮子岩不高，从山脚爬到山顶大约半个小时。站在狮子岩顶，俯瞰吴院，大大小小的房子错落有致，两三点挂在吴院之中，木材结构、砖瓦结构、土木结构，高高矮矮不相庭径。若是早春二月，房前屋后是绿油油的麦苗，金灿灿的油菜花，金色与绿色交相辉映，如一副镶嵌着金条的绿色画廊；若是农历七八月，双眼塞满金碧辉煌，除了少许的树木与房屋之外，一块金色的地毯从这边山脚铺向那边山脚。

无论是春还是秋，吴院总是充满希冀。站在狮子岩顶，吴院正对面的临河山脉始终挡住了人们的视线，只有向西南方向才能远眺四川古蔺。少年的我，不知道远的地方是哪里。老人们都说，长大以后你去了就知道了。从那时候起，我就想，有一天我会走出吴院的大山吗？

也许是山的原因吧，吴院多少年来很少有男人从这里走出去。直到一天，村长的儿子考上武汉一所大学，人们才开始质疑这个经久的传说。他是我的一个同宗兄长，我记得那时候我还在上初中，他们家为了他远行办了三天酒席，村里村外的人都来了，亲朋和好友也来了，十分热闹。从那天起，吴院的家长教育孩子们都是一句话，"学学人家，考大学、多有出息啊！"

是的，我的这位同宗兄长是从吴院走出去的第一个大学生。大学毕业后，他没有选择回乡工作，而是一直在外拼搏，也许是他的影响吧，后来，吴院陆陆续续考出去了几个大学生。

传说被打破，我相信再巍峨的大山也挡不住成功的路。

吴院的男人都熟悉后面的狮子岩和前面的临河山脉。自我记事起，人们就开始在狮子岩一带耕作劳动，从临河山脉那边背着煤炭回来取暖煮饭。那些路，在山上山下盘旋，顺山顺水，我也不知走过了多少遍。

吴院前后是山，左右各有一条小溪相隔，之外，也全是山。我的中学年代，不朝前走，也不向后转，先是从吴院左面沿着山

当一个人的写作必须靠顺应时代顺应潮流，必须屈改自己的笔风，那就像吴院随着年轮而改变得面目全非一样，再无往日宁静淳朴的民风。也不可能走出一条真正只属于自己写作风格的路。

——萍水相逢

路去一个叫回龙的镇子上初一，然后又从吴院右面去一个叫郎庙的地方念完初中。无论去哪间学校，都要步行一个多小时，那些年月没有公路，更不要想坐车去上学了。每天早上，吃完早饭就背着书包沿着一弯又一弯的山路去学校，大概下午三四点放学又折返回来。如果是冬天，深一脚浅一脚，裤腿沾满泥浆，放学回到家中已是掌灯时分了。

从小，我练就了一双翻山越岭的腿脚。吴院的山，在我眼里稀松平常，可对城市的人来说，那就是财富、那就是惊叹。记得我的一位亲戚去我家，第一次看见吴院前后的大山十分惊讶，这么高大的山岩怎么上得去，继而又惊叹，这么大的一座座山岩，要是开发建材，出售石块，不知道该卖多少钱呀。

其实，吴院的前山和后山，历来就是吴院的风水。如今，狮子岩没人敢动，临河山脉那么庞大，尽管有几家矿山企业，不过就是高楼大厦上的几个小破洞而已。只是苦了乡亲们，多少年来日出而作日落而息，脸朝黄土背朝天啊。当然，吴院不会永远的贫穷，在那块土地上，尽管大山挡住了财路，但人们还是在努力追求自己的幸福生活。

吴渠岁月

那是一条卧在半山腰的干水渠，春秋冬夏，渠中只盛下日月星辰，却再也不曾流淌半滴水。

一九六五年的夏天，一帮空着肚子的汉子抡着锄头、铁锹在一个名叫三角塘的地方修筑河堤，把水引向五公里之外的吴院再流向更远的地方和村落，于是，那条史称"民胜大堰"的水渠就在我家门前流淌了几十年。

那是故乡的渠。吴院人称之为"吴渠"。

渠，全长十几公里。渠水从我家门前流过，在我年幼的时候，每逢农历三、四、五、六月，渠上到处是人群，尤其是月朗星稀的晚上，来来往往的村民扛着锄头沿着水渠，从起点走到终点。他们谈笑风生，在夜色下谈论当年的收成，那时候的我便坐在家门前的田坎上直到深夜睡意袭来才回家。

故乡的渠，半个世纪后成为一道遗憾的风景。一位远房的大爷①说：如今只是一条干水沟，白天装太阳，晚上装月亮。吴院的老人们回忆，那年头群众修大堰，饿着肚子也要干，生产队要记"工分"，天亮吃碗早饭就上工，中午就整几口②烧酒，傍晚回到家，吃粗粮、包谷糁、高粱粥。

①大爷：方言，叔叔或伯伯的意思。

②整几口：方言，喝酒的意思。

③整秧田：方言，打水田的意思。

追随着文字，仿佛看到自己小时候在故乡家门口的沟渠里捉泥鳅的那一幕。好带劲哦，童年的生活。也叹息你们那水利设施跟不上，老百姓靠天收的窘劲，要是再编一本画册，替老百姓再弄一个修水渠的项目就好了！

——巢湖秦歌

吴院可算得上黔北高原一个小小的鱼米之乡，依山傍水。修大堰的那两年大饥荒，吴院和其他地方一样，大食堂、大锅饭，幸运的是全国饥荒的时候到处饿死人，而吴院却没有几个人饿死。渠修通了，吴院年年丰收，几十年来，吴院人守着自己的稻田越过贫穷跃进温饱迈步小康。

当我的脚步再次踏上归程，我便迫不及待地来到故乡的渠。渠还在，渠底野草丰盛，渠身开裂，有的地方渠底坍塌了，只剩下渠身悬空摇曳。昔日，盛满清水的渠，沿渠水而来的小鱼已经沉淀在历史的记忆中。

我依稀记得，那是二十世纪八十年代中期，熙熙攘攘的人群把水泥、石沙背到渠上，架起模板，把原来的泥巴水渠筑成了水泥大堰。那个夏天，大堰上十分热闹，公社、大队来检查维修大堰的干部，村里修建大堰的群众，人来人往。次年春天，清澈的渠水缓缓而来，小鱼也跟着来了。年少不更事的我，每到夏天，悄悄躲在渠里抓小鱼、洗大澡，水淹过我的半身，顺着水流来几下"狗刨骚"，或者是"倒仰肚"，全身被渠水托起，童年在夏天十分惬意。

那时候去大堰守水的不止我们吴院一个村的村民，而是两个村的十几个生产队。每年三月开始，守水的人们在我家门前来来往往，一直走过七月才收工。我记得那时候的渠，路上很平滑，没有一棵杂草，渠身被流水冲刷得干干净净的，只有偶尔的段落在渠底才有流水的青苔，不小心滑到，会踉跄几下或是摔倒在渠中。

如今，这已经是一条干涸的渠，开裂的渠。横卧在吴院半山腰，几十年了，曾经盛满清水的它却变得如此干涩。渠依然在那里，渠水却一滴也没有。这几年，无人治理，无人问津，渠底裂缝，泥巴堆积，杂草丛生，仅凭三五几个人的力量是无法修复的。那位远房的大爷对我说：吴院其实不缺水，缺的只是水利设施。头几年天干，乡亲们本想去把水渠修通，放点水来整秧田③，几个人顺着大堰走了一遭后只能望"渠"兴叹，束手无策。

因为这样的渠，俗称鱼米之乡的吴院仅仅乎只有几户人家的田里栽了秧苗，可最后，都还是被老天收了粮食。

望着干涸的水渠，我才想起白天装太阳，晚上装月亮的意思。是的，这样的水渠，不装日月星辰装什么呢？我想，它还可以盛下满满一渠的历史和现实的遗憾。

绿景松烟

吴院东南两公里的地方，是一座方方正正的松树林，葱葱郁郁多少年，连吴院的老人们也不知道。据说，那是吴院进山始祖留给子孙后代修房造屋使用木材的生长地，吴院进山始祖的第二代先祖就葬在那里。

那座山有一个很美的名字——绿景。

绿景不大，方圆不到两平方公里。它的名字和景色很相称，常年碧绿，莽莽苍苍，林深草茂。我自认识它开始，绿景就是今天的样子。那时候，吴院外出打工的人少，几岁、十几岁的少年都在绿景砍柴、割草、采蘑菇。

绿景是吴院男子必须去的地方。吴院自家门前有一所小学，学校是半天制，早上十点上课，下午三点放学。孩子们读书剩下的时间大多数都在山里度过。冬天，孩子们把一捆一捆的松树丫枝拖回家作燃料；春天，绿景林中到处是野生蘑菇，吴院的孩子就在那里采蘑菇；夏天，林中野草丰茂，是一个牧羊割草的好地方；秋天，林中茂盛不减，偶尔还会遇到蘑菇。

那片树林，于我来说有很深的感情。我们家的林地是绿景西北的一个角落，逝去多年的祖父说过，属于我们家的山林有三丈。

年幼的我不知三丈是多少，只记得山林前是一条小小的沟渠，沿着沟渠一侧的小径向左一共是十米左右，向上便一直是很长很远的缓坡。在故乡生活了十多年的我，其中有十年时间经常去绿景。

祖父在世的时候说，要常去绿景，看看自己的山林里有多少棵成材的林木。我进山砍柴，一个人爬到松树上把丫枝砍下来，从不就地砍倒幼小的松树。吴院的每一个砍柴少年都是这样的，没有一个人会砍倒成长的松树。那时候的我，不管是割草，还是砍柴都在自家的山林里，目的只是为了祖父的一句话，看看有没有人进山砍伐我家的树。

绿景那片山林，对吴院的孩子来说，最难忘的是在松树脚下采松油，松树常年累月滴油，在树脚下集成一堆米黄色的油脂结晶体，把那东西带回家，加热淋在退了皮的松树枝上制成松油杆照明使用，光线特别好。在那个饥馑的年代，早晚都是按时供电，晚上十点就断电，煤油也靠油票按计划供应，农村的集市上根本买不到蜡烛，孩子们发明了松油杆，点亮松油杆读书写字。夜深了，疲倦得不知道洗脸洗脚就上床睡觉，第二天醒来，两个鼻孔全是松烟，黑得出奇。

日月如梭，光阴似箭。吴院人纷纷走出那块属于自己的故土，留下一些老弱病残，白天看绿景，夜里想亲人。

吴院是一个典型的农村，没有煤炭，没有其他资源，吃的是土地上自己亲手种出来的粮食和蔬菜，用的是粮食换来的钞票。村子里的公路修通以后，吴院的人才开始找汽车拉煤炭。汽车把煤炭拉进村子了，绿景的林木却飞到了煤矿。这就是二〇〇〇年前后的事，我曾回到故乡，在绿景一次又一次痛心地看到人们把碗口那么大的松树砍倒，装上汽车，然后一边高兴地数着手中的钞票，大汗淋漓地回家。

那一段时间，绿景山林除了胸径在二三十厘米以上的松树依然挺拔在那里以外，凡是胸径十厘米左右的树木都成了吴院村民刀下生财的货物。绿景再也没有可以砍伐的林木了，也越来越多的吴院人离开了故土。

我怀念那一片松树林，祖先在那里镇守了几百年，却在顷刻之间变成了可以数得清的几棵参天大树孤零零地立在那里，有人说，那是人们抬不动，要是小一些，早就进煤矿了。吴院的青壮年大多数外出打工了，有的人家把小孩带进城里读书，绿景再也找不到几个童鞋的脚印了。

一晃又十年过去，绿景成材的松树更加挺拔、粗壮，幼小的松树开始成长起来。十年前，一位德高望重的老人说，绿景的山是老祖宗留下的命根子，现在光秃秃的就剩下几棵苍劲老树，吴院人咋对得起老祖宗呀？就是这样的一句话，吴院人立了一个规矩：谁也不能进山砍伐树木变卖！

当我再次回到吴院，沿着吴院东南的小径去了绿景，绿景林更深了，草更茂盛了。在那片林子里，我试图寻找我年少时快乐的足迹，可惜，林中路径又长满了青草、荆棘，小树长高了，大树更大了，松树下那淡黄色的松油到处都是，一堆一堆，显得格外安静，我拾起一捧，放在鼻子前闻了闻，淡淡清香，沁人心脾。抬眼而望，那些我曾经爬上去砍过丫枝的松树已经变得更加伟岸。

吴院是一个典型的农村，没有煤炭，没有其他资源，吃的是土地上自己亲手种出来的粮食和蔬菜，用的是粮食换了的钞票……我曾回到故乡，在绿景一次又一次痛心地看到人们把碗口那么大的松树砍倒，装上汽车，然后一边高兴地数着手中的钞票，大汗淋漓地回家。

时代总能打进深山！

——罗兰梅子

乡场旧事

吴院人有两个乡场，一个是距离吴院两三华里的临江；一个是约八九华里的回龙。

临江紧紧依偎着茅（茅台）习（习水）公路，也是吴院人世世代代以来最近的乡场。从吴院到临江，步行只需要二十分钟，临江是农历逢二、五、八的日子赶集。过去，临江没有公路，四乡八里的人们都聚向这里，把一条狭小的街道挤得水泄不通。从远处放眼而望，街上人头攒动，宛如人海星点，花花绿绿的服饰夹杂在人流之中显得格外绚丽，满街欢声笑语，或亲友问候，或小贩吆喝，或讨价还价，人声鼎沸，热闹非凡。

临江不是吴院的，吴院却是临江的。多少年来，吴院的人们都是在临江进行货币交易，乡亲们的肥料、种子、食盐多从临江购买，然后，一蟳一拐背回吴院。

临江，在我的记忆中曾经是一条一个形如约等于符号（≈）向两头延伸的街道，狭窄而细长，一座座破旧不堪的房屋蜷缩在街道两旁，从临江大桥到供销社大约两百米长。

临江以前是农历逢五逢十赶集，若是雨天，行人稀疏，街道上布满泥泞，赶集的人们表情颓废，面容憔悴，衣衫褴褛，面对商贩的吆喝，只能抬手摸摸上衣口袋继而又看看心里想要购买的每一件商品，总要观望一阵子。

记得我八岁那年冬天，祖父带我去赶集。在少得可怜的人群中，我一边生怕走丢紧跟在祖父身后，一边打量着街上出售的东西。在街道拐弯的一个角落里，我看见一位卖米粑的孱弱妇女，她的目光呆滞，衣着十分单薄，站在热气腾腾的米粑面前瑟瑟发抖，乞求般的双眼望着从她面前走过的每一个赶集人，不停吆喝着：米粑——米粑——刚下炉的米粑！那声音十分低沉，仿佛还透着冬日的凄凉和内心的悲切。半天过去，那米粑还是米粑，如小山堆积着，不同的是热气腾腾又雪白的米粑在凛冽的寒风中，慢慢散去了温度，隐隐褪去了颜色。

祖父当时为我买了两个米粑。那妇女收起那张微带余温的角票之后，从一本旧书上拆下一张带字的纸给我包好，躬身递给我后与祖父拉起了家常。

妇人说她有一个不满十岁的儿子得了肺炎正躺在卫生所里，还等着今天卖米粑的钱去治病。她一边说一边强笑着，在她的笑意里，我仿佛看到了一丝萧索与伤感，还有一种可怜天下父母心的伟大。呆滞的目光中那种乞求原来竟是如此的简单？

拿着两个米粑，我有些舍不得吃。心里沉沉的，仿佛看见了一缕缕热气冒了出来，散在呼啸的北风中，渐渐飘去……

后来，在我稍许懂事的时候，祖父给我讲了很多关于临江的故事。包括临江庙宇的钟声，还有土豪劣绅，大跃进时期饱受饥寒到处挖草根、剥树皮吃的人们……多年前的情景历历在目，那位卖米粑的妇人一直萦绕在我的脑际。而今，我从一个流着鼻涕的孩童变成了中年男子，并且离开吴院在外工作多年。每一次回到吴院从临江路过的时候就会想起，一个临危的病儿正躺在病床上等候着慈爱的母亲归来，那样的爱，是高山大海无法比拟的，也是不求回报与索取的。

临江不单是吴院人的集市，但吴院的人们赶集大多数都在临江。怀想当年，其情其景令人悲戚。吴院的人都说：三十年一个轮回。这么多年过去，俨然换了一个人间，人们褴褛的衣衫伴着历史的脚步丢进临河流向了赤水河，低矮的房檐不见了踪影，一栋栋砖混结构的楼房拔地而起，墙上是白色的小瓷砖，在阳光照耀下熠熠生辉，街上的人家从家徒四壁到电视、冰箱、空调……

岁月沧桑，时光荏苒，昔日那个卖米粑的妇人早已不再卖米粑了，我曾几次寻她，一直找不到她的住处。偶尔一天，我才得知，现在，她已是一个皱纹斑驳的老妪，住进新楼，儿孙绕膝。

几家稀疏的屋舍变作幢幢新楼，矗立在临江街道的两旁，成为一个美丽的乡场，形如一座农村新城不断崛起。见此场景，我不得不感慨：吴院人的乡场，不仅是一座不断变迁的村落，而且是一个中国农村集镇的缩影。

阅读秋天

少年时，我曾经在祖父的影响下读过不少追逐玩味春天的诗句，多年过去，我已渐渐遗忘。倒是，如"秋色无远近，只是近寒山""人烟寒橘柚，秋色老梧桐""觉人间，万事到秋来，都摇落"等描写秋天的句子不曾遗忘。

吴院的秋是一年最美的时节。那些年月，每逢秋季，我便喜欢站在自家门前，眺望远山的秋色，企图从吴院的山上山下读懂秋天。可吴院后面的狮子岩和吴院前面的月屏山依然不显凄凉，树木茂盛，格外丰满、蓬松，有的地方还是夏季般一簇一簇团团树冠，或黄或绛或浅灰或深黛，斑斓交辉，诸色争呈。秋的气味，只有秋风吹来，奔跃在吴院金色的稻田里，才可以让人听到嗖嗖唰唰之声，宛如一首和美的咏秋之曲……

记得那年一个初秋的夜晚，我回到吴院。在那间我住了十多年的老屋里，我正欲睡去，忽然间，窗外嗖嗖唰唰响了起来，如点点阵雨掠过，又如撒豆扬沙，那声音由远及近而来，又由近及远而去，我以为是秋雨洒落在我家门前。

吴院的静夜不再寂寞。于是，我披衣开门而出，信步在庭院中凝视秋夜，企图在这夜色中寻找吴院的秋声。但见夜色朦胧、

农村有一份自然天成的粗犷，一份原始的宁静，还有一份淳朴的民情民风。这是城市里无法寻到的。当一个人需要放松时，最好去去农村，在那儿可以思索很多很多。可惜，现在很多村落只有留守的老人与孩童，或许这才是农村最根本的伤痛吧！"现代都市化"把"农村"这个地方已经改得面目全非了。

——潘萍

残月高悬，阵阵秋风吹拂着夜色下的屋舍，给宁静之夜增添了一层格外的神秘。用心聆听秋夜里的回响之后，我才始信古人秋之声、秋之语的说法。那一夜，我脑海里忽然闪出欧阳修的《秋声赋》来，"欧阳子方夜读书，闻有声自西南来者，悚然而听之，曰：'异哉。'初淅沥以潇飒，忽奔腾而砰湃，如波涛夜惊，风雨骤至，其触于物也。铮铮铮铮，金铁皆鸣，又如赴敌之兵，衔枚疾走，不闻号令，但闻人马之行声。"

那一夜，我从吴院的夜色中读懂了秋之声源于风起。顿时，心中不由涨起一湖"秋窗已觉秋不尽，哪堪秋雨助秋凉"的潮水。

记得我稍许记事的那时，常常听到老人们谈到"气象即人"四个字，当我知道这四个字的含义时，不由暗暗感叹，我凭什么喜欢凄凉如水的秋诗秋词呢？但终究还是不行，仍然沉迷于诸如"枯藤老树昏鸦"之类的那些缠绵悱恻的意境之中。

因为秋天，使我回忆起了我那已经故去的祖父。在我的记忆中，祖父总是在每年夏秋之际翻着黄历，数着伏天算日子，每到立秋前夕，他老人家就抑制不住内心的激动，唤来儿孙，喝上一杯，然后慨叹：哎，立秋了！那时候的我不懂立秋是何意，只是隐隐觉得秋天就快要到了，我可以攀上我家后面的狮子岩顶，放眼一望金色的吴院田野，可以跟在大人们身后去稻田里散谷尖①了。

记得那些年月，每到立秋之后，祖父终日反剪着双手在田间地头走来走去，有时候还采摘三五株、七八株抽了穗的稻子、高粱带回家，小心翼翼放在桌子上数数，看到祖父那份认真的劲儿，我开始在他老人家的脸上读懂了秋天。

春种秋收，这是我们吴院世代以来的习俗。祖父虽一生治病救人，但终归是农民，对于农村、对于土地，他有着深深的眷念之情。立秋了，怎不让他数一数稻子、高粱的颗粒，企盼上天一个丰收年呢？

吴院的秋天，和全国各地的秋天一样，都是金灿灿的一片，不同的是凄凉如水的历代诗词作品中掩盖不住庄稼汉的笑容，吴院的汉子也如此，满脸焦虑之后等到丰收了又豁然开朗起来，仿佛总是生活在一个充满希望的世界里。

原来，吴院的秋天竟是这般的富丽，尽管夏日已过，但是她依然还有花的娇艳、树的雄浑、水的灵秀、果的沉凝。秋天，站在吴院的田坎上，我看到的是满地的希望，那一种春的温柔、夏的热烈、冬的贞静，让吴院人更恬静而悠远。

故乡的年

吴院至今有一种说法，娃儿盼过年，大人望赶场。

故乡的年，曾经很热闹。在我记忆中，每年的腊月二十四，打扬尘是一个隆重的礼节。那天一早，老人们纷纷拿起刀子去竹林里，砍下一棵竹叶丰茂的竹子，把竹叶剃得只剩下尖上一簇叶子，制作成一把特别的长杆扫帚。中午过后，挽起袖子挥动长长的扫帚，楼上楼下打扫一遍，把前房后屋收拾得干干净净，正式迎接大年三十。

"腊月二十四，掸尘扫房子"的风俗由来已久。吴院称之为：打扬尘。老人们说，因"尘"与"陈"谐音，新春扫尘有"除陈布新"的寓意，其用意就是把一切"穷运""晦气"统统扫出门。多少年来，这一习俗寄托着吴院人破旧立新的愿望和辞旧迎新的祈求。

后来，在我稍许记事的时候，听到一个颇为诡异的故事。古人认为人的身上都附有像影子一样的三尸神，形影不离。三尸神是个喜欢阿谀奉承和爱搬弄是非的家伙，他经常在玉帝面前造谣生事，把人间描述得丑陋不堪。久而久之，在玉皇大帝的印象中，人间简直就是一个充满罪恶的肮脏世界。一次，三尸神密报，人间在诅咒天帝，想谋反天庭。玉帝大怒，降旨迅速查明人间这些犯乱是否属实，凡怨愤诸神、亵渎神灵的人家，将其罪行书于屋檐下，再让蜘蛛张网遮掩以作记号。玉皇大帝又命王灵官于除夕之夜下界，凡遇作有记号的人家，满门斩杀，一个不留。三尸神见此计即将得逞，趁机下凡，不管青红皂白，恶狠狠地在每户人家的屋檐墙角做上记号，好让王灵官来个斩尽杀绝。正当三尸神作恶时，灶君发觉了他的行踪，大惊失色，急忙找来各家灶王爷商量对策。于是，想出了一个好办法，于腊月二十三日送灶之日起，到除夕接灶前，每户人家必须把房屋打扫得干干净净，哪户不清洁，灶王爷就拒不进宅。因此，便有了腊月二十四除尘的习俗。至于那个神话，结局如何我也不知道了。

与除尘相比，贴春联、贴门神在吴院同样重要。

腊月底，家家户户开始买红纸，筹备如何欢天喜地过新年。除了写春联以外，还要画门神，春联多是一些喜庆的语言，诸如：五湖四海同庆丰收节；三山五岳共唱太平歌。或者爆竹一声辞旧岁；桃符万户庆新春。或者一元复始；万象更新之类的。

吴院的春节很特别，每个窗户、门都要贴上春联，堂屋大门还要贴门神。门神有两位，一位白脸，一位黑脸，都是甲胄执戈，悬弓佩剑，威武非凡。门神到底是谁，众说纷纭。好多地方都有这样的习俗，有人说是专门管鬼的神人，一个叫神荼，一个叫郁垒；有人说是专除恶鬼的神，左边的叫隆，右边的叫叝；有人说是秦琼和敬德。吴院的门神，其实谁也不是，只是"门神"罢了。相传，大门上贴上两位门神，一切妖魔鬼怪都会望而生畏。在民间，门神是正气和武力的象征，所以门神怒目圆睁，手里拿着各种传统的武器，随时准备同敢于上门来的鬼魅战斗。门神，也作吴院乔迁新居订大门的时候用，吉日那天，大门缝中贴一红纸，上书：开门大吉，左边是胡元帅、威震九州，右边是秦将军、名扬四海。

大年三十那天早饭过后，家家户户开始张罗年夜饭。我们家乡的年夜饭不是夜晚，而是晌午。那天，豆花、腊肉、鸡鸭鱼，应有尽有，凡是过年准备的菜都要上在桌子上，十分丰盛。

娃儿望过年的时候到了。平常吃不到的鸡鸭鱼都要等到年三十才能品尝。三十那天，几乎家家户户都是满桌子的菜，再穷的家庭也得弄几个平时舍不得吃的菜，实实在在饱餐一顿。过年吃饭的时候，放鞭炮、敬先祖，所有礼仪一应周全。小孩子们并不忙于吃年饭，而是大声喊道：过年了！加上鞭炮的声响，有点通知邻里说明自家在过年的意思。正式吃年饭之前，老人们要摆上六双筷子，六个碗，分上方，左右方摆放，请老祖宗来过年，然后盛饭、夹菜，装在一个碗里，用另一只碗反向盖住，储藏起来，看看新年是否风调雨顺。

吃年饭的时候，一家老小推杯把盏、觥筹交错，平时多少矛盾和怨气都消融在年饭浓烈的气氛中。或者，按父辈、祖父辈、曾祖辈、高祖辈，相邀一家吃年饭，好大的一家人，团团圆圆，谈笑风生。年饭一过，女人们开始收拾碗筷，男人们依旧醉意盈盈，孩子们欢呼雀跃，四处奔跑，拉开了贪玩好耍的序幕。

年夜，无论走到哪一家，花生瓜子摆上桌，为年饭奔忙一天的人们开始坐下来"守田坎"①。老人们说，每到大年三十晚上，年兽就要爬出来伤害牲畜，毁坏田园，降灾于辛苦了一年的人们。人们为了躲避年兽，腊月三十晚上，天不黑就早早关紧大门，不敢睡觉，坐等天亮，为消磨时光，也为壮胆，他们就喝酒，等新年初一早晨年兽不再出来，才敢出门。

在这"一夜连双岁，五更分二年"的晚上，家人团圆，欢聚一堂。全家人围坐在一起，茶点瓜果摆满一桌，其中苹果少不了，叫作"平平安安"。除夕之夜，一家老小，边吃边乐，谈笑畅叙。也有的人家玩牌打麻将，喧哗笑闹之声汇成除夕欢乐的高潮。到了子夜，鞭炮、烟花，全部拿出去燃烧，站在自家的院坝②里，可以赏八方烟花、听四面炮声，烟花、鞭炮把年夜衬托得异常热闹。还可以从烟花、鞭炮声中看出谁家富裕谁家贫穷，那时候，烟花成了农村过年的奢侈品，只有有钱人家才买得起。

"寒辞去冬雪，暖带入春风。"通宵守夜，象征着把一切邪瘟病疫赶跑驱走，期待着新的一年吉祥如意。今天，人们还习惯在除夕之夜守岁迎新，一边看着央视的春晚，一边吃东西守着自家的"田坎"。

① "守田坎"：方言，大年三十夜守岁的意思。

② "院坝"：方言，指房前的平地。

把过年的气氛写得那么的温馨，真使人向往儿时的年。祝过年愉快！

——何淑敏

行走如读书。书中自有颜如玉，
路上必然好风景。无论从哪里来或是
到哪里去，都是人生的足迹。中国印象，
给我留下的是一份情愫，正如艾青所
说：因为我对这土地爱得深沉。

行走·印象

西湖寻西子

　　漫步苏堤，我想起了张京元的《苏堤小记》，"苏堤度六桥，堤两旁尽种桃柳，萧萧摇落。想二三月，柳叶桃花，游人阗塞，不若此时之为清胜。"

　　那一刻，我仿佛看到了苏堤的主人。

　　烟花三月，杭州知府苏东坡携随从来到西湖岸边，碧波浩渺，水天一色。东坡先生发现西湖长久不治，湖泥淤塞，葑草芜蔓。次年，从南屏山麓到栖霞岭下，一条取湖泥葑草堆筑而成的湖堤诞生了，随后，沿堤栽植杨柳、碧桃，建了六座单孔石拱桥。

　　这是发生在九百多年前的故事，故事的主人公正是苏堤的主人——苏东坡。

　　我景仰苏堤的主人，行走在他曾经留下步履的堤岸，心中无限感慨："六桥横截天汉上，北山始与南屏通。忽惊二十五万丈，老葑席卷苍烟空。昔日珠楼拥翠钿，女墙犹在草芊芊。东风第六桥边柳，不见黄鹂见杜鹃。"

　　因为苏堤，我与西湖的故事发生了。

　　来到西湖，是在浙大学习的闲暇，先后两次漫步湖边，畅游湖心。六月的西湖，湖水轻轻移动波浪，杨柳轻轻摆动枝条，一切都显得格外安静。西湖的那种美是隽秀的文字雕刻而成的，印象最深的是："山外青山楼外楼，西湖歌舞几时休。暖风薰得游人醉，直把杭州作汴州。"连宋朝皇帝都如此，何况是古往今来的商旅游客？

游西湖，寻西子，西湖与西子，如景与人。其实，苏东坡早在九百多年前就如此，他在《饮湖上·初晴后雨》中写道："水光潋滟晴方好，山色空蒙雨亦奇。欲把西湖比西子，淡妆浓抹总相宜。"我去西湖，却不如东坡幸运，西湖今天，还真难找到俊俏的西子。于是，我问：杭州西子今何在？西湖答：千古宋城一片情！

原来，赵构不顾父兄北迁沦为奴役，来到西湖别院，借取杭州临时安身立命，开始了他"西湖歌舞几时休……直把杭州作汴州"的皇帝生涯。

西湖寻西子，必然要去的是西湖十景。这是每一个西湖游客的西湖愿。

我虽轻轻触碰西湖，但还是无缘欣赏完美景西湖。据说，西湖十景以苏堤春晓居首。那种"一池千古月，小径四时花"的绝色美景让我想起东坡与清风明月同坐，那种宠辱不惊的襟怀、那种与天地相知的心胸是何等的旷达。如是春色空蒙，独自漫步于苏堤，行走在苏堤六桥，看夹岸桃花、嫩绿柳荫、一分妩媚、一分倩姿。晨曦初露、日落西山、清风徐徐、柳丝舒卷……遗憾的是，我邂逅西湖是在六月。

在西湖十景中，我能看到的就是雷峰夕照、花港观鱼、三潭印月。远观雷峰塔，使我想起了白娘子为爱坚守的忠贞。"烟光山色淡演钱，千尺浮图兀倚空"的雷峰塔，因为曾经的罪恶却在鲁迅先生的笔下早已倒下。花港，一个鱼的世界，花花鱼鱼，鱼鱼花花。燕子来时，花发春来香万里，栏杆倚处，鱼游池底往来翕。花港小岛，四面环花，岛有一石，形似鲤鱼，游客路过，鲤鱼毫无惧色，任凭你驻足观赏、拍照。

我喜欢湖上的小瀛洲、湖心亭、阮公墩三岛。岛与水相连，南北有曲桥相通，东西以湖堤相连，桥堤呈"十"字形交叉，将岛上水面一分为四，水面外围是环形堤埂。湖中有岛，岛中有湖，这就是西湖十景中独具一格的三潭印月，堪称中国江南水上园林的经典之作。史书上记载，明万历三十四年，钱塘县令聂心汤取湖中葑泥在小岛周围修筑堤坝，初成湖中湖，作为放生之所。后人在小岛南湖中建造三座瓶形小石塔，称为"三潭"。从岛北码头上岸，经过先贤祠，步入九曲平桥，桥上有开网亭、亭亭亭、康熙御碑亭、我心相印亭四座造型各异的亭子，让人走走停停、歇歇看看，或谈笑、或留影，流连观景，甚是惬意。

西湖是一个充满诗情画意的地方，你若再无心游览，她也会绊着你，只要一不小心想起了哪位古人或脑子里冒出某一句诗词，你就会跌进湖心翻腾，与西湖在情感中犯懵，甚至不惜一切爱上西湖，与西湖的清风明月对坐。

西湖是历代文人客居之所，美文佳句、名流痕迹十分繁密。有了历代文人的吟诵，无语的西湖仿佛到处在歌唱，翩翩在起舞，这时候，置身西湖的每一位游客都会感到宋史的余温已经不再烫手了。从古至今，西湖的美已经被无数支笔填词写诗，满满的不再留下半点写意的空间。在西湖，也许，你只有西子的梦。

畅游西湖，在满满的写意诗词中，我信口雌黄："西湖今日无西子，唯有苏堤六座桥。梦与东坡酒三杯，一株杨柳一株桃。我若唐时来此地，西湖今日更妖娆。"

只有才情十足的作家才能写出如此动情的作品，对西湖的情怀不只是美景，更多是心仪已久的西子。

在景中寻找属于自己的那一份安宁，在历代文墨中想象西湖的美。读后，心中一片清新美好！

——新浪博友

拜水都江堰

我和我儿子都比都江堰人幸运。

儿子从都江堰回来后告诉我，都江堰的水很美。没隔几天，我家的墙壁在一个中午摇晃不停，儿子说，房子要垮。那个我自己的家，其实是一间租来的小屋。那天，儿子听到电视新闻播报，知道地震，地震的地点有都江堰。儿子调皮地说，他去都江堰所幸的是没有赶上地震。

认识都江堰，缘于余秋雨先生。

本来，对于四川来说，我的记忆中只有：九寨奇、峨眉秀、青城幽、剑门雄，并称蜀中四绝。"5·12"汶川地震一周年后，我沿着余秋雨先生说的"问道青城山，拜水都江堰"去了都江堰。

所以，都江堰之行，我得感谢余秋雨先生。

都江堰坐落在成都平原西部的岷江上。都江堰拜水，听得最多的是关于李冰父子的故事。我与李冰父子是神交，好多年前，我便听说李冰父子是蜀中治水大师，那时候，"天府之国"的成都平原是一个灾害十分严重的地方，当地人民不是遭遇旱灾就是遭遇水灾，岷江之水从岷山弓杠岭、郎架岭一路穿山越岭飞奔而来，水流湍急，涨落迅猛。传说，水鬼在作怪。李白也曾感叹，"蚕丛及鱼凫，开国何茫然"。

岷江是悬在成都平原上的一条"苍龙"。都江堰与成都相距几十公里，它的地理位置高于成都平原两百多米，一旦岷江水势猛涨，江水从都江堰决堤，水漫成都，成都平原就是一片汪洋；倘若旱灾来临，岷江之水无法灌溉，又是赤地千里，颗粒无收。那时候，岷江水患经常祸及西川，鲸吞良田，侵扰民生，成为古蜀国生存发展的一大障碍。

拜水都江堰，我是在一个四川妹儿的导游下开始的。

清风徐徐，万里无云。入都江堰牌坊大门便是离堆古园，我看到了传说中的那四根卧铁。四川妹儿告诉我，相传李冰修建都江堰埋有石马于内江河床之下，每年用来测量淘滩深度。明朝万历四年，其中一石马变成卧铁，清同治三年、民国十六年和一九九四年分别埋下其他的三根，在离堆古园内喷泉处的这四根卧铁是复制品，真品还埋在内江。

随着人流，那位四川妹儿一路妙语连珠，给我讲述了李冰父子的故事。李冰是战国时期的水利家，秦昭襄王末年为蜀郡守，在今四川省都江堰市岷江出水口处主持兴建了中国早期的水利灌溉工程都江堰，从此川西平原便富庶起来。

成都是幸运的，因为两千多年前的秦昭襄王那一个不经意的任命：李冰任蜀郡守。

李冰不是水利专业的高材生，他的那点学问。无法与当今水利专业的科班生相比，但却运用"深淘滩、低作堰""遇湾截角、逢正抽心"的治水三字经和八字箴言造就了世界上最伟大的都江堰水利工程，让岷江在鱼嘴一分为二，让后人足足研究了很多年。他的气概，水汽淋漓，后于他不知多少年的那些典籍却早已风干。

秦昭襄王末年，上任伊始的李冰手握一把长锸，站在滔滔岷江边，就像一个"守"在那里的巨人一般。他俯瞰奔流而去的岷江，眺望数十里之外的成都，一直冥思苦想，要是能征服这条悬在成都平原上的"苍龙"，蜀中可旱涝保收成为富庶之乡，永保蜀民安居乐业。

两千多年过去，李冰没有留下多少记载自己的文字，只留下一座硬扎扎的水坝让人们去猜想。我第一次看见神交多年的李冰，站在江心的岗亭前指挥滔滔岷江，仿佛在说"你走这边，他走那

游览都江堰，那是一种灵魂的震撼。
——清照深山

一个拜字，凝聚的是人们对水的敬意！
——风从这边来

唯有耳旁的轻风在告诉我们当年的故事，唯有脚下的流水在叙说遥远的历史。
——莉园

我去过四川，多么美丽的地方啊。但几经折腾，现在也不知道怎么样了呢？？喜欢您娓娓道来、流畅的文字，欣赏了。
——月牙儿

边"，那种对水神、水怪的吆喝、劝诫、指挥，声声在我耳畔回响。呵！真是伟大，两千年来，水流依然还在他的运筹之下分流而去。

我去过两次长城，在长城上，思维穿越历史的空间，听到长城的风里回荡着秦始皇筑长城的指令。而在都江堰，我想起的是蜀郡守李冰修筑都江堰治理岷江的智慧。

相传，李冰在世时已考虑事业的承续，命令自己的儿子化做三个石人，镇于江中测量水位。李冰逝世四百年后，汉朝一位水官重造高及三米的"三神石人"测量水位。这"三神石人"其中一尊即是李冰雕像，这位汉朝水官一定是承接了李冰的伟大精魂，揣透了李冰治理岷江的心思，竟把自己尊敬的祖师爷爷放在江中镇水测量。也许，他站在都江堰的水坝上，望着滔滔岷江水的那一刻读懂了李冰的心思，唯有那里才是他最合适的岗位。这样的设计没有遭到反对，却把伟大的都江堰带进了另一个独特的精神世界。

石像被岁月的淤泥掩埋。

都江堰有一尊头部已经残缺的石像，手上还紧握着长锸。有人说是李冰的儿子。"没淤泥而蔼然含笑，断颈项而长锸在握。"都江堰不坍，李冰的精魂就不会消散，那日夜轰鸣不休的江水便是遗言。继续前行，到了一条横江索桥。跨上索桥，桥身随江水一起摆动，脚下的江涛，从遥远的岷山奔来，浪拍鱼嘴，分身而去，原来的野性顷刻间消失、温柔了许多。当地人称那桥是夫妻桥，说，假如你牵着爱人的手一起走过那铁索桥，会白头到老，相敬如宾。

看着流水，我心底感叹李冰臣服岷江的伟大、无私与智慧。

李冰这样的人，是应该找个安静的地方休憩。建在都江堰渠首的二王庙便是老百姓铭记李冰父子治水丰功伟绩的纪念地，其中的碑刻多是对灌区水利工程维护的技术要领。听说，每年清明节，当地居民都会在二王庙举行祭祀活动和开水典礼（放水节）。我怀着膜拜的心情远远看着那栋在"5·12"地震中受损而且还在维修的庙宇，青山掩映之下，浮光掠影、香烟缭绕……

倚在都江堰岸边，风轻轻吹来，如织游客和我一样心情。

剑门关片段

人在成都，巴金文学院的一位朋友胡侃剑门关是何等的壮观雄奇，我生活在山的王国，属于典型的大山子孙，再大再雄再险的山我也见过。剑门关咋样，我只知道书上是这样说的：九寨之奇、峨眉之秀、青城之幽、剑门之雄，此乃蜀中四绝。不过，转念一想，九寨、峨眉、青城均是游人络绎不绝的旅游胜地，而剑门雄关，却被人们遗忘。

尽管如此，剑门关还是挡不住我虔敬的脚步。在朋友的陪同下，我踏上从成都北上西安的古道。

伫立在剑门关前，仿佛躺在脚下的是一部恢宏的历史巨著。那一年，少年李白意气风发踌躇满志，挟青剑着白衫，衣袂飘飘，在剑门关，他望着莽莽苍苍的大山和崎岖蜿蜒的栈道，发出"噫吁兮！蜀道难，难于上青天"的长叹，那傲视苍穹的神情俨然就在眼前，言语之间令天地汗颜。在这北起西安、南至成都的沧桑古道上，剑门关曾是中原通往西南的咽喉要道，也是"一夫当关，万夫莫开"的兵家必争之地。于是，便有了"打下剑门关，犹如得四川"之说。

在剑门关的崎岖山道上，我想起南朝阴铿的《蜀道难》一诗，王尊奉汉朝，灵关不惮遥。高岷长有雪，阴栈屡经烧。轮摧九折路，骑阻七星桥。蜀道如此险，功名讵可要。横亘在中原通往四川的剑门关，是一座座绵延百里的砾岩山峰，"剑门无寸土"的真正含义便是剑门那寸草不生的特大砾岩，那石壁恰似铜墙铁壁的天然城廓，把逶迤千里而来的秦岭群山横阻于此。就是这一座关隘，千百年来阻断了自中原而来四川和出川进发中原的步履。朋友说，剑门关从侧面而望，如排天巨浪，汹涌澎湃；从背面而望，像群马奔驰，令人望而生畏。

剑门雄关如一部厚厚的史书，三国时期诸葛亮曾在此"以阁道三十里至险，复设尉守之"。蜀汉丞相如此，何以那般重要？只有身临其境才能切身感受到剑门之雄。无疑，雄险的关隘是大自然的鬼斧神工、精彩绝伦。剑门关山体七十二峰，峰峰像长剑，两边对峙，状似一道门。我想，剑门之说大概如此，蜀道就从这个门缝中穿过。正是如此，诸葛亮在北伐中原路过时观此地易守难攻，便在此建关设卡。因为诸葛亮的智慧，剑门关曾数次阻挡了魏国进攻西蜀的庞大军队。

剑门关上的七十二峰见证了千百年来的血雨腥风。在数不清的战役中，蜀国战将姜维镇守剑门曾以三万人马拒魏国邓艾十万大军于关外。历史上唯一攻破剑门关的战斗就是一九三五年，红军在李先念的指挥下，强渡嘉陵关，迂回后关门，奇袭营盘嘴，最终才攻克剑门关。如今的剑门关，还隐隐可见峡谷关口上为送军需而修筑的飞梁阁道痕迹，修葺一新的三国关楼更是气势雄伟，三层箭楼，飞檐翘角上悬有金铎，银铛声响，昼夜不息。

三国是一部与剑门关命运攸关的历史。姜维与魏国将领邓艾、诸葛绪在剑门关交战，驻扎长达三月之久。至今，当地人还在流传，姜维镇守剑门关时以豆腐养兵，以豆渣喂马，使兵强马壮，打败了邓艾。更有传言，说张飞一拳捶开一口水井，诸葛亮在剑门关绝壁上藏有兵书等等。朋友的口中到处都是神话和传说，但在剑门关附近，古迹尚存，尽管多年过去，古关楼、武侯桥、武侯坡、插旗石、点将台、营盘嘴、印台山、烽火台、喂马槽等地名至今不变，遗迹依稀可见。

在剑门关那日，我与朋友登上山腰，在元阳巨石下小憩了一盏茶，随后，走了一遭诸葛亮的八阵图，好友在走八阵图时，我笑他走不到中央，领他到了中央又走不出来。为此，他一直惊叹诸葛亮的智慧。末了，收起一身的疲惫开始踏上返程，六月的秦巴山外，清风徐徐，自然夜凉如水。我想，那风一定也曾掀起过少年李白的长衫，让他在月光下愈加勃发英姿，我仿佛看见年青的李白马不停蹄地闪进了剑门关，奔向锦绣长安。

　　出得剑门关隘，直逼剑阁。路上偶遇一个赶车的老汉，于是，我便询问：剑门关距此多远？老汉说：西北方向二十余华里，仅剩一处破旧关隘，并无奇异。听后，我不禁有些黯然。

再见津门

有的地方可以让一个人思念一辈子，就像在合适的时间合适的地方遇到你心仪的女子一般。

这样的地方就像我梦中的津门一样。

津门，天津的别称，就是首都的门户之意。史料记载：天津城始建于一四〇四年，明成祖朱棣登基后，在天津设卫。一四〇六年，明成祖命工部尚书黄福修建造天津城垣，在东西南北各设一座城门。一四九三年，对城垣进一步修整，各城门上建造门楼。当时天津卫四座城门的门额分别以"拱北""镇东""安西""定南"命名。清朝康熙十三年（公元1674年），天津总兵赵良栋重修天津城池，重题四门匾额："东连沧海""西引太行""南达江淮""北拱神京"。

历史中生长，历史中湮灭。历经沧桑的四座城门而今已不复存在，但东门、西门、南门、北门的地名至今却在天津人口中代代相传。当我第二次出现在天津火车站，站在世纪钟面前和解放桥上，我就想：天津，我一生之中来了还想再来的地方。

已是冬日，凛冽的寒风无法阻挡我亲临鼓楼的脚步。

我先后两次去过天津，时间相隔仅一年。第一次去天津是春暖花开的季节，第二次却是暖阳仲冬时分，两次我都对一个叫做"鼓楼"的地方情有独钟。我第一次并不知道那个地方叫"鼓楼",只知道那里有一条古文化街。知道"鼓楼"这个名字是第二次,在天津人的带领下才知道的。

鼓楼是旧时天津"三宗宝"之一,位于天津老城中心,紧邻闻名遐迩的广东会馆,与国内外著名的古文化街、天后宫、吕祖堂等唇齿相依。距今已四百八十多年,名为鼓楼,实为钟楼。当地人说,现在的天津市就是以鼓楼为中心,向四周不断扩张而形成的,故称"鼓楼"是天津市的发源地。

天津对我来说,虽然只见过两次面,但那种悠闲自在的生活方式却给我留下很深的印象。

二〇〇八年冬,我在北京学习,中学时期的旧友赵云知道我在北京,不断电话催我到天津一叙。赵云和我是二十年前的同学,时过境迁,尽管我们均已过了而立之年,各自成家,但那份学友之情却始终挂在心头。记得有一次,他从天津赶回家乡,几个同学聚在一起谈到当初我们那帮同学如今谁最有钱,谁最有出息的那个晚上,我在觥筹交错中兀自理解了贫穷对我的偏爱。幸好,我是一位精神的富有者!当然,这话是自我安慰而已,但我的那群少年旧友对我至今依然关照有加。

人在北京,心却飞向了天津。

我是在北京南站乘动车前往天津的。第一次去天津,我从北京的赵公口乘汽车,汽车在京津塘高速公路上飞奔,窗外的春花春树纷纷靠近身来又闪电般消失在身后。这一次,我从北京到天津仅仅花了三十分钟,和一年前的一个半小时相比,那简直就是神话。在北京乘动车前往天津时,我给赵云打电话说:半个小时后就到天津!

我从北京到天津,赵云从空港赶到天津火车站接我,一百五十公里动车里程和五十公里汽车里程相比,我在赵云之前到达天津火车站。独自一个人走在原天津市委书记张立昌题写的"世纪钟"面前和曾经弥漫着硝烟的解放桥上,那种久违了感觉油然而生。

"在天津,你想去什么地方就去什么地方。"这是旧友见面时的第一句话。那天,赵云开着车随我一起,我们先后走进南开大学、天津大学。我第一次到天津从南开大学、天津大学门前经过，听到导游小姐介绍的时候，我的心为之一震，想起周恩来总理的南开情结，南开也因周恩来总理而被世人瞩目。那天我就像做梦一样，与南开大学擦肩而过，我没想到，一年后，我走进了这所著名学府的校园。两所高等学府仅仅一墙之隔，赵云在那里做了一个项目，他特意带我去看在那里的工程。

在天津，我最想去的地方是古文化街。我知道天津是一个在近代史上弥漫着硝烟的城市，在那里至今可以找到十九世纪、二十世纪更替过程中清末民初影响着中国的踪影，但那些早已成为泯灭在历史长河中的沙尘颗粒，和四百年天津相比不过十分之一，可对于天津古文化街，那是我向赵云提出来的唯一要求。我是一个生活简单的人，对吃穿住行都不在意，但我在意的是一种文化，是一种心灵上和精神上的享受。

天津古文化街就在鼓楼附近，我是第一次听到鼓楼这个名字。

鼓楼高三层。楼底的一层，是用砖砌成的一座方台，下宽上窄，辟有四个拱形门洞，通行东西南北四条大街。在这座台子上，修建了两层楼。第一层供奉观音大师，天后圣母，和关羽岳飞等。楼的第二层悬有重三百斤的铁钟一口，楼前有清代天津诗人梅小树撰写的木板对联："高敞快登临，看七十二沽往来帆影；繁华谁唤醒，听一百八杵早晚钟声。"清末天津诗人周楚良则在一首竹枝词里写鼓楼撞钟的景况说："本是钟楼号鼓楼，晨昏两度代更筹。声敲一百单零八，迟速锅腰有准头。"据说光绪庚子年，八国联军侵入天津，城墙被拆除，独独留下了鼓楼幸存。不久，楼为消防队占用，作为瞭望台。民国十年，直隶省长曹锐，天津警察厅长杨以德，照原样重建。

走近鼓楼，不得不为天津成为京师门户而叹为观止。那天，我在鼓楼，真正知道了津门的含义。我曾经在和平区那些西式建筑群落中徘徊，看过天津最具有地域标志的洋马车，穿越了电视连续剧《金粉世家》的拍摄场地，一个天津过客对于天津来说，没有什么可以带走的，我只要津门的印象。

我羡慕天津人那种悠闲自在的生活方式，第一次在天津听一个姓王的女士说，天津人历经了民族磨难最困难的时期，人们现在追求的是一种悠闲自得的生活，是一种充满愉悦的享受，从不攒积财富。难怪，我走在天津的大街小巷，看到守候在店铺里男女老少或闭目养神，或闲话家常，或围坐在麻将桌前……当然，也有忙碌着的，不过，那些好像都是躲在商机里的外地人。

走过鼓楼、南开大学后，我一直在车上转悠天津，领略了津门灯火辉煌的夜景后，当晚放歌津门，住荷花酒店。夜里，我做了一个梦，梦见一个女子漫步在天津河岸，在世纪钟面前留影，在鼓楼下仰望蓝蓝的天空，在解放桥上聆听远去的争鸣鼓角……

再见津门，我是缘于旧友相约，走近鼓楼，是我再见津门的夙愿！

第二天，我恋恋不舍离开。再见，津门！

我一直在关注吴老师的博客，从内心发现：吴老师的散文在行走，在地域，在文化，在情感等结合得十分完美，不得不佩服如此写作技巧，学习了……

您的每一篇行走的散文都显得那么大气，那么潇洒。希望您多写、写出您心中的中国！

——新浪网友

怀念厦门

厦门，是一座充满朝晖而又年轻的城市。别后多年，我还静静地坐在电脑面前用心和爱去思念她……

——题记

那年，我在出差途中无意接到了多年前的学生打来电话邀请前往厦门。那一段时日，我受命于一家单位创作一部电视短剧剧本，其间，所有的累都浮了出来，实在很想清闲。事情办妥之后，我想：何不忙里偷闲？于是，没有告诉任何人，悄悄从遵义前往重庆登上了飞往厦门的航班。

人在重庆，什么心情也没有，心里只想到厦门这座年轻的城市。次日临近中午时分，我便出现在厦门机场，当年的学生，个个精神抖擞，多年不见，不是刮目相看的问题，而是换一种思维审视。当年调皮淘气的小小少年，如今成了大小伙子。

厦门于我来说是一个陌生的城市，又是一个熟悉的地方，陌生得像一个从来没有见过面的小伙子，熟悉得早已闻到厦门的味道。走出厦门机场那一刻，我站在春夏之交的阳光下，脑海里浮现出来有关厦门的点点滴滴。诸如远华集团的故事，鼓浪屿的美丽，厦门大学的诱惑，还有就是遥望台湾的感怀……

我不喜欢带任何东西出门，就连身份证也没有带，在确定前往厦门的那一刻，我是打电话回去让派出所给我开具的一张户籍证明，没有人知道我那时拿来干什么的。在厦门，几个学生当即为我准备了换洗衣服，在同安体育馆租了一个篮球场地，他们知道我在教书的时候爱好篮球，当天即带我去活动了一下筋骨。离开学校已经十多年了，我早已不如当初，尤其是近几年来，或许是工作忙了的缘故，或许是在一次体检中发现窦性心脏早搏的缘故，反正我已经好些年与篮球无缘了。

　　站在厦门的灯光下，我仿佛感到这座城市的美丽是特意为我装扮的。对于一个大山深处的男子，在偌大的城市里，在辉煌的夜色下，我有山一样的豁达与山一样的彪悍也不再从容，只有我面前的小小少年，浑身散发出厦门人的气息，也只有他们才能和厦门交流，才能与厦门对话。我对厦门的理解，只有从中央电视台《百家讲坛》里的易中天个人简历中知道，只有从远华集团的故事中知道，只有从鼓浪屿的美丽中知道。我想，我就是一个山野村夫，与厦门不语，与厦门无梦。谁料：多年以后，厦门是我最值得怀念的城市。

　　厦门市中心，当地人称之为"岛内"。相传远古时为白鹭栖息之地，所以又称"鹭岛"。刚到厦门的那一晚，我几乎是在学生的介绍下度过的。每一座城市都有自己的档案，厦门也不例外。据说厦门的美名是洪武二十年（公元1387年）始筑"厦门城"——寓意国家大厦之门，"厦门"之名从此载入史册。从晋太康三年（公元282年）起，厦门先后置县、郡、州，历史悠久。那一晚，我们聊了很多厦门故事……

　　到厦门不到鼓浪屿，那将是一生的遗憾，我不知道我还有没有机会去厦门。在去鼓浪屿的前夕，我努力回忆我对鼓浪屿熟悉与陌生的地方，我的脑海里浮现出鼓浪屿是个渺无人烟的绿洲，又称"园沙洲"或"园仔洲"，元朝末年还是一个渔村。听说岛的西南端有一个海蚀溶洞的礁石，每当海涛冲击，发声如擂鼓，礁因名"鼓浪石"，岛也因之得名"鼓浪屿"。

　　鼓浪屿很热情。我在鼓浪屿那天，游人如织，不同的乡音交错在一起。走过鼓浪屿的石阶，穿行在林荫下，那种宠辱皆忘，心旷神怡油然而生。我是一个忙忙碌碌的人，可是在那几天，我刷新了我的记事本，把所有的忙碌和烦恼抛诸脑后，任由海风静静地吹，随着熙熙攘攘的人群穿梭在鼓浪屿的小路上。看到陈旧的炮台，想起了郑成功抗击倭寇的壮举，脑子里闪烁着那金戈铁马、杀声震天的隆隆炮声，走到中央音乐学院门前，仿佛听到了来自京师的琴音和箫声，又似乎闪现出来怀抱琵琶宁静而矜持的少女从学院的大门向我走来……

我看见一座陈旧的英式别墅，拱券回廊，前部两房夹一厅，是两层坡顶。后部中间为小花圃，两旁的二层小楼连着前面的主房，后花园里还有鱼池。别墅的线脚重叠纤丽，一楼中厅拱券前是一条长长的石阶，石阶四周为古榕、龙眼、玉兰，把小花园笼罩得浓荫婆娑，清新凉爽，格外温馨。窗户有些破烂，墙体略有修补。在那里，我看到了当年一个白面书生凝神静气坐在窗前。

陪同我的几个学生都不知道那别墅的主人，可我从游人的交谈中得知那好像是林语堂曾经居住过的地方。听到林语堂，我肃然起敬。林语堂一九一九年八月与廖翠凤举行婚礼，新房就设在廖家别墅前厅右侧的厢房里，可是，林语堂婚后三天就怀揣一千大洋离开廖家。他一生写了六十多本书、上千篇文章，大多是用英文写的，一九六六年定居台湾，一九七六年三月逝世于香港，终年八十一岁。对于林语堂在这里居住过，我还是第一次耳闻。后来我在北京学习期间，专门聆听了一堂"林语堂的人生哲学"。返程前夕，我在西单图书大厦买了两本《林语堂散文》送给朋友。

鼓浪屿与台湾遥遥相隔，站在炮台下面，抬眼即可遥望台湾。那天，我第一次理解诗人余光中的"乡愁是一湾浅浅的海峡/我在这头/大陆在那头"的那种思乡情结。

那一天，遥想台湾的思绪剪不断理还乱，鼓浪屿的留恋和感慨从心中一幕一幕升起，可疲倦让我不得不作别那些从脑子里划过的影子。夜里，告别了一天的喧嚣和躁动，如汪洋中的一叶扁舟，停泊在厦门湾的避风港，像玩累了的顽皮孩童，头枕着温暖的夜色驶入了梦乡。

我认识不少城市，平心而论，在中国，任何一个城市与北京都是无法比拟的，厦门亦是如此，相对来说，太小了点，也显得简陋。但是，厦门有自己的特色，那种充满南国景貌的植被，那充满风土人情的韵味，那充满年轻朝气的蓬勃，无时无刻不在诱惑着我们奔向她的怀抱。

我是在一个匆忙的早晨离开厦门的，因为电话一直在催我回来，所以我十分不情愿地离开了厦门。

离开厦门的那天早上，美丽的城市被灿烂的朝阳镶上一道金边，海的声音与味道却无法闻到，只是心里的那种依恋，竟似要与一位刚结识的好友分别一般，酸酸的、涩涩的，更多的是不舍。

真不错，娓娓道来，如数家珍，却又流畅自然。学习了。
——秋水长天

看到厦门的字眼，就来了。很喜欢厦门！
——丹

呵呵，在您笔下的厦门更美了。如白鹭女神一般美丽。
欢迎再次来厦门哦！
——蓝之海

梦回紫禁城

北京于我来说，来得太晚，走得匆忙。还是燕王朱棣早。

其实，燕王朱棣也迟了。从我在重庆登机飞往北京的那一刻，炎、黄二帝在我的脑子里蹿了出来。炎、黄二帝本是异父同母的兄弟，传说天下各半，黄帝行道而炎帝不听，意见不合，矛盾升级，遂发生了争执在涿鹿和阪泉厮杀，黄帝有蚩尤相助，结果炎帝战败，天下合一。黄帝自立为天子，建都涿鹿，黄帝的孙子颛顼继位后，在幽陵重建都城。从此，"幽"作为北京的代称世代相袭，一直流传到今天。

那一天是古时候，那个故事是传说，我也不知道到底是真是假？元朝，北京称之为大都，在武侠大师金庸的《倚天屠龙记》里，汝阳王察汗·穆特尔的女儿绍敏郡主曾在那里和明教教主张无忌斗智斗勇。明太祖朱元璋黄袍加身，把自己的第四个儿子朱棣封为燕王，镇守这个辽时的"燕京"。朱元璋在位时曾经问过军师刘伯温，隐太子之子朱允文继位后明朝怎样？刘伯温回望北方笑而不答。

除了刘伯温，谁会知道明朝的第三位皇帝是燕王朱棣呢？其时，朱棣没有打算造反，他镇守燕京，起初是住在元朝皇帝为自己修建的"办公楼"里，哪知后来他在这里建起了明清权力最集中的皇家园林。在北京的那几天，我一直在想：因为朱棣，有了紫禁城，因为朱棣，让这座被帝王冷落了多年的都城又变成京师。

年少时，老师就教过"我爱北京天安门"这篇文章。北京、天安门在我的脑子里已经储存了很多年，那时候就想：有一天，我一定得走一遭北京天安门。多年以来，成都、重庆、桂林、广州、昆明都次第去过了，可北京离我依然是那么遥远。我还在乡下教书的时候，曾经在一堂历史课上为我的学生讲述过关于紫禁城的一些故事，我的学生那时就问我去过紫禁城没有？末了，我告诉他们：有一天我会去的。

贵州和北京相距数千里。其实，我也不知道我是不是在做梦？

缘见紫禁城，十分偶然，我们一行在讨论什么地方最具魅力的时候，有人说香港、澳门，也有人说九寨沟、张家界，还有人说香格里拉、西双版纳。作为一个中国人，最大心愿莫过于得以瞻仰自己的首都。于是，我们几个西部农村小伙子才登上了飞往北京的航班。

当我沉重的步履踏进那方曾经神圣的土地，不停地叩击青石板的回音穿越时空的时候，我就想伸手捉住京华几千年的烟云。穿行在紫禁城的每一个角落，我想，这里曾是皇家禁地啊，若我早生五百年，我不敢想象走进这座庄严的圣地会是何等的战战兢兢与诚惶诚恐，哪有今时今日的自在从容呢？我庆幸的是二十一世纪的今天，我可以肆无忌惮地走进这座曾经神秘的宫殿。

穿过端门、午门、望着那些高大的宫殿，帝王的气势已然滋长，正面是金色的瓦、红色的柱、汉白玉的桥、在阳光的照耀下，光彩夺目。周围高达数米的宫墙把整个紫禁城围得严严实实，更添一分神秘、肃穆，站在台阶上眺望远方，只看到精巧的角楼，伸展着直指向天空，层层叠叠，望不到尽头。斜阳之下，金碧辉煌，藏住了人们的视线，掩映不住的是皇朝没落的萧条。我曾一度猜想：那些穿梭在这座宫殿里的熙熙攘攘的人群，谁会想到这座曾经令国人遥想的宫殿里那些历史镜头中不堪回首的往事？谁会想到那历朝历代些许的繁荣与屈辱和历史更迭的兴衰？参观紫禁城的人很多，昔日帝王之气却了无踪影。透过玻璃窗窥探昔日皇帝坐朝的地方，流露出来的只有昏黄、灰暗还有那残余的霸气。

皇天后土、荣华富贵，都在这紫禁城中掌握着。然而我无法想象那些太监、嫔妃、宫女长年累月地待在这抬头只见屋顶，没有欢声笑语的世界里，是多么的呆板和毫无生气啊！

　　紫禁城是中国明、清两代帝宫。明朝第三位皇帝朱棣夺取帝位后，决定定都北京，即开始建造紫禁城宫殿，明永乐十八年（公元1420年）落成。依照中国古代星象学说，紫微垣（即北极星）位于中天，乃天帝所居，天人对应，所以皇帝的居所又称紫禁城。曾经居住在这里的二十四个皇帝，他们可想到共和国的今天竟是这般任由国人自由出入的地方？他们可想到这座标志着中国最高权力的集中营竟是这般不堪一击？五百年，从朱棣到溥仪，人人自诩是上天之子，就在这里统治着中国，也把帝王的影子埋藏在这里。

　　导游小姐告诉我们，紫禁城是旧时的称呼，现在称为故宫博物院。故宫南北长九百六十一米，东西宽七百五十三米，占地面积达七十余万平方米。有房屋九百八十座，共计八千七百多间。四面环有高十米的城墙和宽五十多米的护城河。城墙四面各有城门一座，其中南面的午门和北面的神武门现专供参观者游览出入。城内宫殿建筑布局沿中轴线向东西两侧展开。南半部以太和殿、中和殿、保和殿三大殿为中心，两侧辅以文华殿、武英殿，是皇帝举行朝会的地方，称为"前朝"。北半部则以乾清宫、交泰殿、坤宁宫三宫及东西六宫和御花园为中心，其外东侧有奉先、皇极等殿，西侧有养心殿、雨花阁、慈宁宫等，是皇帝和后妃们居住、举行祭祀和宗教活动以及处理日常政务的地方，称为"后寝"。宫殿建筑呈组团式建造，布局严谨、秩序井然。在封建帝制时代，普通的人民群众是不能也不敢靠近一步的。

　　紫禁城的布局何以这般讲究？在北京的那几天，我试图找到答案。原来，古代天文学家曾把天上的恒星分为三垣、二十八宿和其他星座。三坛包括太微坛、紫微坛和天市坛。紫微坛在三垣中央。他们说，根据对太空天体的长期观察，认为紫微星垣居于中天这一位置永恒不变，因此成了代表天帝的星座，是天帝所居。故而把天帝所居的天宫谓之紫宫，有"紫微正中"之说。封建皇帝自称是天帝的儿子，真龙天子、真命天子，而他们所居住的皇宫，被比喻为天上的紫宫。他们更希望自己身居紫宫，可以施政以德，四方归化，八面来朝，达到江山永固，以维护长期统治的目的。

　　难道他们真的就是真命天天子么？

　　其实，在这座神秘的让人仰望的宫殿里，曾经阻隔了多少天下的有情人缔结连理的路！我想到了多年前曾读过的《深宫怨女》一书，仿佛闻到了她们望断归路与归期的气息，她们等得激情燃尽，思念流成小河；等得情感憔悴，红颜化作尘土……孤灯末日大清国，黄瓦红墙紫禁城。一对对恋人的爱情，就在这里燃烧，在这里熄灭。

我的脑海瞬间闪出一个凄美的爱情故事。正红旗已故参领恩森的独生女吟儿在大喜之日被强召入宫，选为宫女。她与未婚夫荣庆信守"不求同日生，但求同日死"的诺言，彼此苦苦思念，盼望着有朝一日能聚首相遇，重温那段刻骨铭心的爱。吟儿九死一生，先后侍候过慈禧太后、珍妃和光绪皇帝；荣庆则辗转京城内外。光绪皇帝与珍妃娘娘的爱情被埋葬了，十年寒暑，吟儿和荣庆却因太后的"格外恩典"破镜重圆，终拜花堂。谁知天道无情，命运弄人，他们在洞房之夜却双双殒命。同一时刻，慈禧太后与光绪皇帝也走完了他们的生命旅程。丧钟响起，深宫日落，紫禁城内外，大小四位人物同赴黄泉……交织成一幅清末悲剧长卷。这就是我记忆中《日落紫禁城》，吟儿与荣庆的凄美之爱，慈禧与光绪的悲催人生，他们的命运竟是如此的戏剧。

在紫禁城那日，我几次抬头仰望上空。深宫之中埋葬了多少痴男怨女？被遗弃的妃子王子为何恋着天子守候着这皇城？我想：安心于此大概是无法舍弃那富贵与荣华罢了。若是我，皇权何用？荣华何用？这些，都换不来今天的我可以自由自在从容穿行在紫禁城的每一块石板上，甚至可以放肆地蔑视着所有的一切。

穿梭在一幢幢宫殿，一座座城门之间，有如在迷宫穿行一样，望不够，看不透，只是觉得这一切仿佛一场梦，一场帝王梦。后来，我果真做过这样的梦，梦见自己端坐龙椅，梦见自己在金銮殿听政……是那一声声"吾皇万岁万岁万万岁"的朝贺之声把我叫醒的。

我相信朱棣燕王时一定做过这样的梦，甚至还有很多人也做过这样的梦。现在想起，真是梦里人生！那些文武百官描龙绣鹤的朝服早已衍化成舞台道具，三宫六院五百余年的脂粉已淡化成几页史书，他们闯过风风雨雨的紫禁城后不得不脱掉皇族的外衣。一切终归尘土。

紫禁城，我只能把你留在梦里！

我爱铜官乐

　　"我爱铜官乐，千年拟未还。应须回舞袖，拂尽五松山。"当年，身穿白色衣衫、挟长剑游走在铜陵的李白不禁发出如此感慨！

　　当我置身铜陵，那种远去的影子再也无法拾回。翻开历史的卷宗，只能找到宋朝大文豪苏轼"春池水暖鱼自乐，翠岭竹静鸟知还；莫言叠石小风景，卷帘看尽铜官山"的印象，还有王安石"临津艳艳花千树，夹径斜斜柳数行。却忆金明池上路，红裙争看绿衣郎"的景致。

　　铜陵是一个历史文化厚重的城市，历朝历代名人咏颂铜陵之句汗牛充栋，我不过只知道其中三、两句而已。

　　人们这样形容华夏之大，上下五千年，纵横九万里。偌大一个中国，我走过北京、天津、厦门、广州、成都、重庆，而原国务院总理朱镕基眼中的"铜陵虽小，但很美丽"的铜陵概念却牵动了我的心，让我此生不得不有约会铜陵的梦。

　　二〇〇九年的深秋时节，我有幸给自己的心情放了一个长假。

　　我是枫叶红的季节在重庆登机飞往安徽合肥的，到铜陵恰恰华灯初上。第一次与灯火辉煌的铜陵亲密接触，第一次穿梭在铜陵的街道上，我忘记了所有的忧愁与烦恼。好像一个熟悉铜陵的陌生人一样，坐上出租车径直向笔架山广场旁边的一家商务酒店已经预定好的房间开去……

　　铜陵，一个以有色金属命名的城市，自古以来被称之为"中国铜都"。铜文化源远流长，是中国青铜文化的发祥地之一。史料记载：铜的采冶始于商周，盛于唐宋，绵延三千年而未曾中断。"炉火照天地，红星乱紫烟。郝朗明月夜，歌曲动寒川"描绘了铜陵当年冶铜业的兴盛繁荣，可以说，铜陵的历史，就是中国冶铜史的缩影。

我知道铜陵这个名字很迟，足足比李白、王安石、苏轼、杨万里他们晚了很多年。当我得知铜陵这个名字的时候，我就想象：此生何时才能缘见铜陵呢？

"行者见罗敷，下担捋髭须。少年见罗敷，脱帽著帩头。耕者忘其犁，锄者忘其锄。来归相怨怒，但坐观罗敷。"这是我曾经梦想中心仪的女子形象。"手如柔荑，肤如凝脂，领如蝤蛴，齿如瓠犀，螓首蛾眉，巧笑倩兮，美目盼兮。"在那里，我遇到这样一位铜陵女子，那是在傍晚掌灯时分见到她的，第一眼，她在打电话，第二眼，她还是在打电话……笑容、音色、衣着、步履、举止、谈吐……都与众不同。

有些事情是在偶然中发生的，偶然得你无法预知什么条件什么时间，与铜陵女子的相识实属偶然。我已经记不清具体时间。那时，她几乎每天凝坐于电脑之前，浏览千千万万的过客，对我的到来，也许只是一种不经意之间地瞟了一眼而已。我们就是我们，彼此之间之间没有秘密，没有距离。渐渐地，我们成为最忠实的朋友。

我喜欢铜陵那个历史悠久的城市，不仅是因为铜陵地处长江边上，更重要的是在铜陵的第二天，这位铜陵女子带我游览了天井湖公园。

天井湖又称天镜湖，湖面宽阔，湖水清澈，波平如镜，湖光水色，相映成趣。曲曲折折的长堤将湖分为东湖、南湖、北湖，三湖水面通连。南湖湖中有一岛，岛上有一口井，名曰"天井"，传说"上通天，下通海"。井水终年高于湖面两米多，湖水涨则井水涨，湖水落则井水落。人们常说，"井水不犯河水"，我想大概如此吧。相传井水由天而来，供过往神仙小憩品茶之用，故名"天井"。后人于井上筑阁，名为"通天阁"。湖因井得名，园以湖命名。天井湖公园始建于一九七〇年，一九八二年对游人

铜陵我去过，真是很安静很美的一座城市，当年都有那样的感慨，在这找个男人安家落户得了。再次看见感觉亲切，怀念过去的时光。
——我在北京

我还真的不知道铜陵有这么好呢！
——绢花之舞

夜幕开始笼罩，铜陵华灯又亮，是该回程了。她带领我行走在返程酒店的旅途上，我不忍心离开那个心仪的地方，久久回望着天井湖夜色与山色交织在一起的风景。在天井湖公园大门口，我伫立良久，看着美人的背影、看着美景的夜幕……

多么美的句子呀……
——新浪网友

正式开放，总面积一千七百余亩。多年来，公园的建设者们，借山水之胜境精心设计，先后建成儿童乐园、旱冰场、游船码头、天井茶室、溢沁园及长廊水榭、九曲桥、通天阁、牡丹园等三十多处游憩场所和风景点，加上环湖灯饰工程和观湖、临湖两广场以及江南文化园的装扮，可谓名山与胜水竞秀，新景与古迹争辉。晨光熹微，或则春雨霏霏、湖光潋滟、山色空蒙，其诗情画意，令人心醉。

天井湖优美的风光让文人墨客流连，留下了很多盛赞的诗句。"绕堤杨柳万千株，山外有山湖外湖。到眼风光皆画卷，铜陵未必逊姑苏。"已故著名书法家、原安徽省政协主席张恺帆在游览天井湖后，曾欣然泼墨挥毫写下这样的诗句。

那日，我与朋友漫步天井湖堤，眺望新建的市政府行政中心，亲密接触湖堤翠柳，偶尔惊动了湖边垂钓的老者，偶尔打扰了湖畔行走的情侣。对于一个外乡人来说，心境自然多了几分宁静与不安，这等赏心悦目的秋色如末春季节，夕阳晚照，凉风习习，无限愉悦。

我自幼在大山之中成长，与山、水结伴，多了几分乡村情结，对于江河湖海，只是偶尔嬉戏其中。如果说西湖秀丽妩媚，昆明湖意蕴深远，太湖壮美富庶，鄱阳湖洞庭湖微山湖碧波千里，帆影片片，天井湖却是平朴的、自然的、清秀的、娇小的，始终显现中湖的本色之美。虽然她在祖国众多的名湖秀水前，只是一泓名不见经传的碧水清波，但却是每一个铜陵人自家门口的家园之湖。

我们在湖边一个小山丘行走，小憩。看见对对情侣如胶似漆相拥前行，而我，心底升起无限忧思。我渴慕少年十八的年轮，可以放纵地揽着自己心爱的女人四处弋游，可以懵懂地对某一个女人痴痴地说情话，而此时的我，唯有说不出口的祝福含在嘴里，愿天下有情人终成眷属。

夜幕开始笼罩，铜陵华灯又亮，是该回程了。朋友带领我行走在返程酒店的旅途上，我不忍心离开那个美丽的地方，久久回望着天井湖的夜色与山色交织在一起的风景。

在天井湖公园大门口，我伫立良久，看着美人的背影和美丽的夜色……

黔西南散记

1

汽车奔驰在蜿蜒而去的公路上，窗外扑入眼帘的是片片金黄的菜花，大地上山峦微微伏起脊梁，碧波千里、丘陵迭起。在那片陌生的土地上，不用担心大山高耸入云般挡住眺望远方的视野，更不用担心会行走在悬崖峭壁的崎岖山路上令人魂不守舍的心悬着。黔西南的山，黔西南的水，黔西南的人，一一留在我的脑海中汇成"美丽"两个字，变成了回忆。

在黔西南的那些日子里，马车与我结下不解之缘。

黔西南大部分地区地势较为平坦，马车是农村主要的交通工具，人们利用它运载农粮产品、农资物品，减轻人力负运的苦和累。初到黔西南，那吱嘎吱嘎响个不停奔跑在乡村小道上的马车，和赶车人直立在马车上甩着长长的响鞭，对于我这位黔北大山的儿子来说便是初次相识。

在普安的一个小镇上，一位乐于赶马车的老人对我说："别小看马车，作用挺大哩！倘若要从家里驮五百斤粮食到集市上变卖，至少得需四个壮年男子负运，还十分费劲，而马车一次就运到集市上，既方便，又省时省力，人坐在马车上还可以以车代步。"

老人五十多岁，是普安西南一个寨子里的苗族农民，他一边欣赏着他的"宝马"，一边眉飞色舞地与我交谈着，皱纹交错的脸上谱写着岁月的沧桑。他还告诉我，从十六岁起，在寨子里就成了一位家喻户晓的赶车能手，赶马车四十年来，摸索了丰富的赶车经验，在市场上要买什么样的马，赶车时哪里声音不对哪里有问题都很清楚。

我与老人十分谈得来，就在熙熙攘攘的赶集人群中俨然成了朋友。末了，老人告诉我，他膝下三个儿女已成家，老伴前几年病逝，儿女都很孝顺，生活也不愁，本来可以闲下来安享天伦之乐，但是整天待在家里总觉得不舒服，喂喂马，赶赶车，日子才过得充实，即使自家没有东西运，帮忙为寨子里的乡亲们运些粮食、驮点东西，心情也要愉悦很多。

黔西南的马车是我眼中的稀罕物，记得第一次见到马车是童年时代的露天电影里，那时农村还没有电视，即使是在城里，电视机也只有家境殷实的人家才勉强有一台小的黑白电视机，随着时间的推移，电视走进千家万户，在屏幕上看到马车便习以为常了。可是，那电影、电视上的马车毕竟是画面。

离开黔西南，那赶车壮汉直立在马车上甩着长长的响鞭，发出啪——啪——的声响和吱嘎吱嘎的声音一直在耳边回响，温驯的马儿很精神的样子和身后扬起阵阵灰尘弥散在空气中的情景在我的脑海里不停地闪烁。

那情景，那声音，使人难以忘却，真恨不得跃上马车甩两下响鞭，过过马车瘾，任马儿狂奔……

2

春到黔西南，领略独特的黔西南春景是人生的一件快事，去黔西南，不赏南湖是一件憾事。南湖坐落在普安县城郊外，与娇小的县城偎依在一起。普安县城不大，南湖也小。假如县城是一个睡熟了的母亲，那南湖就是母亲身边睡着了的儿子——

在普安下榻国税宾馆。第二天起床后，宾馆服务员兴高采烈为我这位来自黔北高原的异客介绍黔西南的人文景观、风土人情，典型的黔西南口音听起来备觉亲切，仿佛"吴侬软语"般的甜蜜。服务员是布依族姑娘，我称她"根牢小妹"①，她与我挺套近乎，面如桃花灿若天仙，顿使房间内流光溢彩。吃罢早点，在她的带领下我们一同观赏南湖。

穿过一条大约三十米长的汽车小道便到了南湖边上。春的南湖，游人如织，钓者如群。

南湖岸上一条宽约两米的水泥路顺着湖边依着杉树林而去，一直在丛林中若隐若现飘向远方。南湖的尽头，青山逶迤，山上苍松翠柏绿杉在春日晨曦下披上了一层薄薄的轻纱雾，或青者或绿者或朱者层层交错，湖面水波不惊、宛若镜面。近者，山花烂漫、鸟啼声脆、绿树成荫，湖面上偶尔微微泛起片片鱼鳞似的波浪，好像是早上温和的阳光照射在睡香了的孩子身上微微舒醒一般。几只飞鸟顽皮地越过湖面，在湖面上轻轻一点又直插云霄，湖水上荡起阵阵圆圈向四周扩散开来，又被微波隐没。

堤岸是一个约四十五度的青草坡一直斜伸在水里。有几个学生坐在水边津津有味地翻着手中的书页，双脚悄悄浸在水里，悠闲自得地相互交错搓踩。在学生的不远处，有几位大约三十多岁的中年男子双眼盯着已放在湖面上的钓鱼浮球，嘴里叼着香烟，脸上布满灿烂的笑容。在堤岸与山那边的交界处，对对情侣相拥而坐，共赏南湖春景，背后的小路上有人路过他们仍眼眺前方，忽又四目对视，仿佛在窃窃私语着。远处的岸边，钓者专心致志地守护着面前的鱼竿，隔三岔五又是一个，一声不响，生怕有声音惊动了快要上钩的鱼儿；林荫道上，老少携扶、情侣相拥，悠闲漫步，看南湖微微苏醒的水波，听丛林中叽叽的鸟鸣……

太阳渐渐爬高，游人渐渐增多。我正欲脱下外衣感受南湖的春天，走在我身边的"根牢小妹"不知什么时候已经离开，她坐在湖堤上双手托着腮，眼望远方。

3

青山是黔西南第一大镇。刚到青山时，贵州省地质考古队的工作人员才离去不久，街头巷尾对青山隐藏着远古的历史故事还议论纷纷。

在民族中学一位姓金的历史教师家中做客时，金老师不仅用黔西南地方特色牛甘粑、清炖牛肉热情款待了我，还拿出家中珍藏的破碎古陶片给我欣赏。那些破碎陶片呈黑褐色，灰暗的陶面毫无光泽，拿在鼻前，微微带着一股泥味，泥味十分凝重，既不

①根牢小妹：根牢，布依族语，即汉语"吃饭"的意思。

当布依族姑娘叫你"根牢"的时候，这位姑娘似乎就是"根牢小妹"了。

是新鲜的泥土芳香，又不是带有粪臭的泥味，用铁器轻轻敲打，发出一种既不清脆也不破碎的古怪声音，咚咚咚直响。金老师告诉我，这些破碎的陶片是考古专家从山洞里挖出来的古陶器片。

那些十分怪异的古陶片隐藏着一段远古的历史，至今也许还是一个谜。

史书记载：汉朝时期，西南有一邻国为夜郎国，汉武帝为收复夜郎，派使臣到夜郎拜见夜郎国君，当时夜郎国君不知汉朝有多大，后直到夜郎国君知道自己的国家没有汉朝大时，才俯首称臣。汉朝皇帝采取南抚政策，封夜郎国君为夜郎王，镇守夜郎，一同封王赐爵的还有滇王，即赏金印一颗。

年代久远，夜郎国到底在何处，众说纷纭。

夜郎国在史学界至今仍有争议，据说在贵州省内十九处夜郎文物中十一处是在青山发掘出来的，古瓷、古陶、古剑等文物送北京考证仍是汉朝遗物。因此，史学界一致对古夜郎争论不休，桐梓有夜郎遗址，也出土过汉朝时期的夜郎古墓和其他文物，直到今天，唯一还没有找到的是夜郎王金印。

随后，金老师带我到青山镇政府驻地东南不足一公里的一座山头上，他告诉我，最近考古工作者就在山腰的一个小洞中发掘出了古陶器。山洞不大，洞口仅容一人通过，洞内阴暗潮湿，青山四周的泥土都呈浅黄色，且带有一定的黏性，唯有那山上的泥土呈黑褐色，且无黏性。

在青山，作为从事中学历史教学的金老师还推断了当时夜郎王顺河南下攻打燕国，其中记载顺河而下的河可能就是南盘江或北盘江。南盘江、北盘江流经黔西南，注入珠江，而燕国就在今广州一带。终归，历史已远，谁叫古夜郎历来被中原记载所忽视呢？

贵州古夜郎，今在何处？世人期待着考古学家，史学家们早日发掘"夜郎金印"，以平争论。

4

从兴仁县城往兴义市区，汽车似乎在山之巅纵横驰奔，车过顶效，我疲惫的双眼刚闭上一会儿，同行的朋友就推了推我说："快看，我们已经到了国家级风景区——马岭河峡谷了。"

未到黔西南，我就听说声名远播的马岭河峡谷被称之为"地球上一道美丽的伤疤"。从公路上远观马岭河峡谷，只见峡谷窄小而纵深，飞瀑成群争相滚进谷中，无法让人视其峡谷的真面目。大约几分钟后，马岭河峡谷被汽车抛在了身后，人随汽车便向市区急驰而去。

在兴义市区内悠悠转了几圈，已临近中午。吃过午饭后，我便缠着朋友领我去马岭河一览峡谷风光。

从市区出发，十几分钟后又折返到马岭河峡谷，出租车载着我们进了马岭山庄，匆匆放下行李包便沿着石阶小路而下。霎时，风光无限美好，悬崖峭壁跟刀削一般，俨然大地上的一条裂痕，深深陷了下去。仿佛自然天成又鬼斧神工，峭壁上荆刺丛生，红黄蓝绿相互衬托，数百条瀑布悬在峭壁上，犹如无数银白色的丝带披挂于此，从四面八方汇聚而来的山泉争先恐后跌下谷底，水珠四射，溅到岩石上扩散开来又溅起无数水珠，仿佛仙女手捧珍珠撒向空中一般美丽，余光掠过，金光闪闪。

俯望谷底，简直让人不敢相信那险峻之势，令人望而生畏、胆战心惊，倘若一失足，人在空中仿佛轻轻一纵，飘飘然沉入谷底，做梦一般轻功纵越尽在眨眼之间。在谷底，仰望上空，仅仅能看见的就是透过谷缝上空的一线天。飞瀑袭来，水流声隆隆响个不停，那雄壮之势令人赞叹不已。

赏马岭河峡谷风光，自是心旷神怡。

回至半山腰，巧遇两位布依族姑娘正去谷底，她们听见我与朋友说话便问我：你不是本地人吧！我告诉她们，我是来自长江流域赤水河峡谷。布依族姑娘听说有峡谷二字，一时全然没了羞涩，神采飞扬地给我介绍，马岭河峡谷是黔西南旅游景点中的龙头老大，一年四季平均气温偏高，只不过这是春天，要是再过半月或一月，峡谷漂流更令人赏心悦目、跃跃欲试。山谷地缝高度都在一百余米左右，整个漂流全程五十公里。坐在橡皮划艇上，过过漂流瘾，沿途饱览成群飞瀑，眼不累，人不累，漂流途中路转峰回、舟移景远，无限刺激，且有惊无险。

再同布依族姑娘行至谷底，又一轮一饱眼福。一路上，布依族姑娘与我们有说有笑，我向她们介绍了赤水河峡谷的红军渡漂流、赤水河的美酒文化、长征文化、盐运文化，她们听得津津有味，毫无倦怠之意。沿着石阶攀到山顶，落日西斜，余晖光彩照人，使人精神抖擞。

我爱我的家乡，但是，我对马岭河峡谷情有独钟……

5

《史记·西南夷列传》记载，汉武帝时期，汉朝将西南十多个小国改建为西南七郡。随着历史车轮滚滚向前，西南七郡渐渐淡忘，而兴义府却至今还留在黔西南人的心中，提到兴义府，黔西南人都提到了张瑛。

到黔西南州安龙县城一位朋友家中做客时，一阵茶香、相互寒暄之后，朋友即说，安龙十里昭堤可是黔西南一绝，问我是否前往，我遂颔首应允。第二天，朋友故意跟我设了一个迷局，要我跟他去安龙中学介绍一位新朋友给我认识。

到了安龙中学，朋友没认识成，认识了贵州省封建社会众多试院中的唯一幸存者——兴义府试院。

兴义府试院不在兴义，而在安龙，这使我顿时迷惑不解。后来我才知道，安龙古为兴义府的驻地。兴义府试院为穿斗、抬梁混合式木结构大楼，排面三间，每间排面十余米宽，房檐立有四根石柱，石柱呈八棱形状，面宽约四五十厘米，高数米。下面刻有楷书对联一副：

帝泽诞春敷，申鸿奖，劝鸠工，舍旧图新，庶一郡菁莪同游广厦；
文风蒸日上，登龙门，舒凤翰，扬华离藻，看六庠英俊连步巍阶。

兴义府试院坐落在安龙中学校址内，至今还保存完好。建于何年，封于何月，这给我留下无数的问号，朋友只不过零零落落给我提到有关张瑛的故事，我始终不解心中的谜题。回来后，我查阅了有关兴义府试院的资料，但终归不详细，后从吴正光，汤先忠二人所著的《贵州文物》中找到所有关于兴义府试院的答案——

清道光二十二年（公元1842年）以前，在安龙城外建有试院一座，但试院年代久远，破旧不堪。张瑛任兴义知府后，嫌旧试院"基地简陋，号务少，不足以容多士；墙垣郫，不足以严关防；居民寡少，兼无旅店，士子就试，悉寓城中，风雨往来，辛苦跋涉。"遂倡导府属的各州县募捐重建兴义府试院，募得白银三万余两，在城内建院，新院规模颇大，共有两百多间房屋，迄今尚存大堂，后院及议事厅。

张瑛在兴义任知府期间，为人民办了不少好事，深受人民爱戴。光绪三十年（公元1904年），阖郡士民为他镌立了"赠太仆寺卿付任贵州修补道署贵东道原任兴义知府南皮张公遗爱祠碑记"。在碑记中称他"令孤贫苦，久处田间……一廉，二善听讼，三治盗，四义仓，五兴书院"等。

民国时期，兴义府试院改办为安龙中学，后又重修安龙中学，府试院才作为弥足珍贵的文物保存至今，一九九九年，贵州省政府列入省级重点文物保护单位。

安龙揽古，安龙怀古，别有一番安龙之情。告别安龙，不由想——若天下尽是张瑛，造福于民岂不是在弹指一挥间吗？

当尘封已久的记忆打开，多少往事已经风干。那些或酸楚、或羞涩的故事渐行渐远渐无书，而今，跃然纸上，一遍又一遍地勾起了昨天的回忆，曾经的一切，早已在梦中化蝶而去。

往事·钩沉

远去的乡村物事

　　背着蓑衣，戴着斗笠，扛着锄头，牵着黄牛，在雨中慢慢向山冈远去……这是我脑海中曾经的乡村物事，多年以来，我一直期待着再次与这些人和事相遇。

　　在我的记忆中，农村是一幅曼妙的中国水墨。屋舍、树林、炊烟、山岚、路径……这些都是画面中的小景。在那块广袤的画布上，农民是了不起的画师，他们画出春的勃勃生机，画出夏的郁郁葱葱，画出秋的五谷丰登，画出冬的苍茫萧索。

　　我在这样的画面中生活了十多年。那时候，我便成为这幅水墨写意中的一个小我，但我从未发现农村写意竟如此美丽，多年以后，当我驾车从城市回到乡村，再次寻找这些乡村物事时，猛然发现，乡村已经离我远去，且只能留在我的记忆深处了。

　　我的乡村有很多值得怀念的人和事，露天电影便是其中一件。在那个物质生活和文化生活十分匮乏的年代，人们若想看一场电影，得等到春节。每逢新年到来，大队干部便四处张罗着筹点钱，联系放映的技术员来村子里放几场电影，全村老少乐一乐。我的童年便是在露天电影中度过的。记得在春节那几天，天还没有黑就开始用葵花秆、竹子块绑成一小捆，用锤子使劲捶柔和一些，以备晚上点燃替代手电。晚饭时，广播里反复播诵着放映预告，让我们一帮小伙伴坐卧不安，无心吃饭，火速赶赴放映现场。

我们村子四里八乡就那么一两台放映机，放映师傅走到哪里放映机就带到哪里，我们一帮小伙伴也就跟到哪里。有时候放映地点距离我家就几百米，有时候可是几公里，不管天上刮风下雨，不顾地上坑洼泥泞。那些年，我们一起追逐电影，夜深人静，我们还打着火把步行在回家的路上，三五成群，一路欢歌一路灯火，俨然乡村耀眼的亮化工程。

每个人的童年都不一样，我记忆最深的电影是《瓦尔特保卫萨拉热窝》。为什么直到现在都还依稀记得这部电影，是因为我们家乡有一个生产队叫沙包树，而我的一位堂弟头发卷曲，双眼炯炯有神，人们给他取了一个外号叫"瓦尔特"，当时，人们篡改了那部电影名称——"瓦尔特保卫沙包树的碉窝"。时至今日，尽管当年的伙伴已人到中年，谈起往事，仍津津乐道，捧腹大笑，而我那位被唤作瓦尔特的兄弟却从一位打工仔变成了老板。

渐渐地，我们家里有一台黑白电视机，露天电影终于可以向我的童年挥手告别了。那是改革开放才刚刚开始的头几年，黑白电视机成了全村老少的"西洋镜"。父亲从竹林里砍下一棵竹竿，用铝线做成一个十字架，接下一条长长的铜线，从房顶一直牵到屋子里插在电视机后背的插孔，打开电视机后，叫我兄弟俩盯着麻麻点点的屏幕，听着沙沙沙的声响，他便去房顶边上握住竹竿四处摇动，一旦看见图像，我就大叫，有了，有了。

父亲对那台黑白电视机有着深厚的感情，白天，用一块床单罩着，只有等到夜幕降临才打开。当时，整个村子里的父老乡亲都在晚饭后云集我家，直到深夜才意犹未尽离去。我家每晚都是满满的一屋子人，大伙一边看电视，一边唠家常。

那是一个物质匮乏的年代，有钱人家常见的电器就是手电筒，到后来，外加一台唱机，一台录音机、一台黑白电视机。在我们家乡，很难找到几种电器都有的家庭。过了一两年，全村两百多户人家才有四五台黑白电视机，大部分家庭除了老人在家看护外，孩子、青壮年全都挤在电视机前，一坐就是三四个小时，大家常常为广告多而怨声载道，或者是谁遮住了谁的视线。小孩看得津津有味，大人们看得聚精会神，有歪着脑袋看的，有伸长脖子看的，有托着腮帮看的，姿态各异。

夜幕下的农村是聚会的好时光，到了第二天，该干嘛还得干嘛。

如果说阳光下的乡村是一幅清明上河图，那么夜晚的农家就是一个个人声鼎沸的电影场景。而今，当年那种沸腾的农家、灯火的夜晚、水墨的乡村已经不在，剩下的只是寂静与安详，即使偶尔鸡犬相闻，蛙叫虫鸣，那些在我记忆深处的乡村已经渐渐暗淡了下来。

乡村是我的根。每次回到故乡，不免在房屋中搜寻一番，儿子总是问我找什么？我告诉儿子，你看见过蓑衣斗笠吗？儿子摇摇头，说，只是在书上看过，具体是什么也不知道。

是的，我的乡村，蓑衣、斗笠、犁头，都已经渐行渐远，剩下的只有锄头、背篼等简单的日常用具了。当年那些乡村物事暗淡了光影，如用石磨磨豆腐，用水碾脱稻谷壳，用石碓打汤圆粉，还有曾经人潮涌动席地而坐等待露天电影，挤在狭小的屋子里看电视，无影无踪了，闪烁在眼前的只有小洋楼、机械化、电气化和人们蜗居农家、盯着手机，夜晚不相往来。

一曲凤凰醉

我和凤凰有个约会。

那是多年前的一个春天，一个在省城定居的朋友因为工作关系去了一趟湘西凤凰，回来后告诉我，凤凰值得一去，那一天，我的脑子里就是沈从文先生《边城》里的翠翠姑娘，我不知道当年的翠翠是否还在边城，但是，边城里一定还可以找到翠翠。于是，我们相约，某年某月，去凤凰。

我没有失信于凤凰。那是多年以后的一个春天，我原来的老总突然给我电话，清明节去哪里？我不假思索脱口而出：走凤凰！于是，我有了一次说走就走的凤凰之旅。

那天，我没有带任何行李，吃过早餐后匆匆上车直奔凤凰而去。我们开车沿着杭瑞高速一路狂奔，穿越黔北、黔东，直抵湘西。第一夜，我们住在铜仁，第二天上午，我们懒洋洋地起床，懒洋洋地开车去了凤凰。

从铜仁到凤凰只需半个小时。刚下高速驶入凤凰古城郊外，便汇入了川流不息的车流之中，在距离古城不远的路上，当地一些妇女不停地围上来，口中大声呼喊：我带你们去古城，我给你们当导游！她们大有阻碍行车的架势，几乎和缓行的汽车挨在一起。我已经回绝了大约十几个喊客的妇女，就在即将分路开往凤凰县招待所的支路上，三名妇女飞速向我们的车靠近，我一看便知她们也是叫我们停车带我们去古城的假导游。当时，我索性开了一个玩笑，把手中的方向盘一甩，驶向她们，而就在大约距离她们二十厘米时我又甩了一盘回到路中呼啸而去。

从汽车的后视镜里，我看见了她们惊魂未定傻了眼的样子。我的那位老总坐在副驾驶位置，被我这一意外的动作吓呆了，我却一边开车一边笑一边说，谁叫你们一副抢劫的模样啊。

汽车泊好以后，我们一行五人就地寻了一个导游妹。于是，我与凤凰的约会开始了。

步入古城，我走在接踵摩肩的人群中，开始寻找天真善良、温柔清纯的翠翠。沈从文先生说，翠翠在风日里长养着，把皮肤变得黑黑的，触目为青山绿水，一对眸子清明如水晶。自然既长养她且教育她，为人天真活泼，处处俨然如一只小兽物。人又那么乖，如山头黄麂一样，从不想到残忍事情，从不发愁，从不动气。在我的记忆中，翠翠属于边城，而边城却不属于翠翠。也许，沈从文先生笔下清纯的翠翠，才使得人们追寻着他的足迹，稍息凤凰。

我在凤凰，看见的是安静的古城，悠闲自在的路人，错落有致的石板路，舒缓的沱江水和一河摇曳的灯影，找不到那个沉默的渡船人和已经不在人间的翠翠。

当年的繁华商埠、招摇酒肆和青楼妓馆随沱江远去。也许，这里根本就不是翠翠的边城。翠翠在哪儿？我心中充满疑问。就在古城中的一家土家族餐馆，我找到了"翠翠"。那天中午大约三四点，我们走进这家餐馆，临窗而坐，餐馆老板为我们准备了一桌简单的午餐。吃饭前，大家都说整几口①。于是，我们同行的一个小伙子在导游妹的带领下回到泊车的地方，从车上取下两瓶家乡的习酒。就在那张桌子上，"翠翠"出现了。

导游妹是土家人，她说她可以喝一点点酒，也想尝尝我们带去的家乡酒。第一口，她说，这酒怎么这么辣！小伙子告诉他，这是酱香型白酒，纯粮酿造、固态发酵，喝了不上头、不伤身。第二口，导游妹轻轻地舔了舔，说，嗯，真香！其时，我才发现，她喝下第一口酒的时候没有细细品尝，而是倾倒一般就喝了进去。

我没有喝酒，看见他们在酒桌上你哥子我兄弟、你不喝我怄气，酒是粮食精、越喝越年轻的一番豪言壮语，真是羡慕极了。姑娘说，她可以喝两斤半土家人自己酿制的米酒。听到一位大约二十六七岁的姑娘这样说，我们几个面面相觑。我自顾吃我的饭，耳边响起的却是"一、二、三，干"的声音。那一餐饭，我们吃了两个多小时。慢慢地，我发现沈从文先生笔下的"翠翠"长大了，再不是当年那个十五六岁的小姑娘。

豪爽的姑娘，扎着一个马尾辫，身穿淡黄色的春秋裙，脸上慢慢浮现出了朵朵红晕。那些手舞足蹈的"矜持"度开始奔放起来，那种挽着男人直叫大哥的豪爽，似乎把梁山兄弟的画面搬到了现实，大块吃肉、大碗喝酒，一瞬间让原本安静的凤凰古城沸腾了起来。

翠翠在沈从文先生心里，是一个安静的女孩，恬静的女孩。可是，每一个为之感动的读者都希望能在现实中遇到这样的女子，为爱而邂逅，然后带回家。但是，我面前的这位"翠翠"，早已开放了许多，不再是那种羞答答的玫瑰羞答答地开，而是羞答答的玫瑰娇滴滴地开。

席间，"翠翠"说，鸟无翅儿不飞，人无钱而不行，晚上，她带我们去酒吧，邂逅一生的艳遇，然后，喝、喝、喝，女人不喝醉，男人没机会。我看得出来，这导游妹与沈从文先生笔下的翠翠完全是两种个性的女人。那天，她犹如一只酒醉的凤凰，离开餐馆，一路张狂，带着我们过虹桥，行走在石板街上，参观东门城楼、杨家祠堂、仰望万寿宫，最后来到沱江边上的一家茶社，一边俯瞰清幽幽的沱江水，一边等候黄昏的降临。

天色渐渐暗下，沱江里的倒影不再是白天的城楼悬挂，那一河的灯盏渐渐辉煌，古城里的行人开始靠岸，或行走、或驻足、或蹲坐，牵着手、搂着腰、挽着臂，游览了一天的客人们不约而同从四面八方向沱江聚来。看着满满的一河灯影，我想：我们的导游妹双眼里也许到处都是重复着的光影，根本就看不清虹桥在哪里，岸边什么颜色，河水是否在流动。

那天黄昏，沱江岸边的摇滚响起，导游妹双手左右各挽着一个人，邀着同行的朋友向江边的一家酒吧走去……

我独自坐在沱江岸边，任由晚风轻拂，静看行云流水。我在想，当年沈从文先生为何不这样写道："翠翠不在船上了，外公心里十分着急，在辉煌的夜色中四处寻找。也许，情窦初开的翠翠已经随一位小帅哥去了江边的酒吧。"

河街旁边的吊脚楼在夜幕下的灯影中更显得沧桑，就像一副被沉重的日子压弯了的楼板，尽管风风雨雨若干年，但也依然倔强地站在沱江的岸边。那一刻，渡口的小船上竖了一根小小竹竿，挂着一个可以活动的铁环，江岸两端的水面上横牵一根竹缆，有人过渡时，把铁环挂在竹缆上，船上的人伸手攀沿那条缆索，慢慢地牵船过对岸去了……这样画面已经变成了一排排石蹲，人们小心翼翼地走过，沱江水依然从石蹲的缝隙中舒缓地流去。

凤凰醉在沱江的夜色里，导游妹也醉了，就如一只惊艳的凤凰喝了我的家乡酒。其实，我早该告诉她，我家乡的习酒，游鱼得味成龙，飞鸟闻香化凤，何况你只是"翠翠"那样羞涩的凤凰呢。

一曲凤凰醉。我也不知道醉了的凤凰会变成什么？

长城记忆

> 尽管城上城下争战了一部历史，尽管夺了焉支又还了焉支，多少个隘口有多少次的悲欢啊！你永远是个无情的建筑。
>
> ——引席慕蓉《长城谣》为序

北京于我来说，总有那么多挥之不去的记忆。我想，那不仅是走过紫禁城的原因而大概是因为长城吧！登上长城的那一刻，我就想起：美国宇航员在太空看见中国版图上唯一的标志就是长城。

我去过两次长城，都是八达岭。

记得第一次去长城，只听导游小姐说，去长城不叫爬长城，而叫登长城。还说，到长城不到好汉坡，就不是好汉。在北京，在长城，我记住了这两句话。我保证，只要想起长城，一辈子也不会忘记。

第一次去长城，我是随团旅游登上长城的。我们一行来自重庆、贵州、香港的三十多名游客早上从北京南三环出发，那一刻，我想起了孟姜女哭长城的故事，想起了汉武帝与匈奴的战争，想起了燕王朱棣重筑长城的决心，想起了康熙皇帝视察长城时说的那番话……

长城，中国历史上多么宏伟的标志性建筑啊！这是我第二次登上长城时发自内心的感慨。第一次，我只是为了到达好汉坡，八达岭那艰难无法阻挡我前进的步伐，我看见熙熙攘攘的人群艰辛地踩过长城上的每一块方砖，老老少少、男男女女，或牵、或拉、或推、或扶。我是大山的汉子，却在惬意中自在从容地跨过那些模样大小几乎一直的方砖，径直奔向好汉坡。

第一次去长城是二〇〇七年春夏之交，北京的天气善变，早晚略有几分凉意，中午时分，太阳爬上地平线就可以穿单衣单裤。第二次去长城是二〇〇八年深冬，黔北作家群在北京参加《人民文学》《小说选刊》杂志举办的作家班学习，在紧张的学习中，我们忙里偷闲登上了长城。

阳光照耀下的八达岭显得苍凉、萧索。

这次，我不需要导游，我和几个学员一起从八达岭关隘进入长城，那时太阳已经渐渐偏西，金色的余晖把我们在长城上的影子拉得很长很长，格外耀眼的是那块巨幅奥运广告牌，五环下同一个世界同一个梦想在我的脑海中定格成永恒的记忆。

长城之上，我没有和人们走在一起，独自一人漫步在夕阳下，漫不经心审视着每一块大小几乎相近的方砖，和那似乎硝烟弥漫的城墙、烽火台……顿时，心中沉重起来，中国往事就像一幅历史的画卷在我脑海中不停地翻滚，好像我曾经看到的夜里黄河、朝晖长江一样，弥漫着薄雾，若隐若现。

我想起了秦朝女子孟姜女。

孟姜女第一次看见秦始皇抓的劳工范喜良，见他知书达理，眉清目秀，对他产生了爱慕之情，而范喜良也喜欢上了孟姜女。成亲那天，孟家张灯结彩，宾客满堂，一派喜气洋洋。眼看天快黑了，喝喜酒的人也都渐渐散去，新郎新娘正要入洞房，忽然听见鸡飞狗叫，随后闯进来一队恶狠狠的官兵，不容分说，用铁链一锁，硬把范喜良抓到长城做工去了。好端端的喜事变成了一场空。此后，孟姜女悲愤交加，日夜思念着丈夫。她想：我与其坐在家里干着急，还不如自己到长城去找他。不知经历了多少风霜雨雪，跋涉过多少险山恶水，孟姜女没有喊过一声苦，没有掉过一滴泪，她凭着顽强的毅力，凭着对丈夫深深的爱，终于到达了

没有想到宏伟的长城如此让人写出了激昂的文字来，看了，感受颇深，不仅为作家的文字功底，文学思维感到惊叹，而且为长城感到骄傲啊！！

但愿作家吴付刚先生多写优秀文章，以饱读者眼福。
——新浪网友

付刚，谢谢你给我一篇好文章啊！读完此文，感触颇深，尽管没有到长城，但形如身临其境。谢谢！！！！
——新浪网友

长城。但是，绵延不断的长城让她何处寻找自己的丈夫啊。最后，她鼓起勇气询问，你们这儿有个叫范喜良的人吗？民工说，有这么个人，新来的。孟姜女一听，甭提多开心了！她连忙再问，他在哪儿呢？民工说，死了，尸首都已经填城墙脚了！

噩耗好似晴天霹雳，孟姜女眼前一黑，一阵心酸，大哭起来。整整哭了三天三夜，哭得天昏地暗，连天地都被感动了。天越来越阴沉，风越来越猛烈，只听"哗啦"一声，一段长城轰然而塌，露出来的正是范喜良的尸首，孟姜女的眼泪滴在了他血肉模糊的脸上。她，终于见到了自己心爱的丈夫……

这只是一个民间传说而已，不知道是真是假？

有的地方原可以留在心里，任想象去勾画，大可不必跋山涉水而去又以疲惫的姿态去拥抱和感受，在没去过长城前，曾多少次机会与之擦肩而过。可是，我第一次去长城无法感悟长城的沧桑，只有第二次，一个人静悄悄走在长城之上，顿感心潮澎湃。

在一个烽火台前，我的思绪又一次波澜起伏。仿佛看到燕山水瘦山寒中一抹淡淡的影子。夜幕下，一轮皎洁明月挂在中天，远山如黛，长城纵横逶迤而去。那可是万里啊，从那大漠的荒芜中无中生有一座伟大的建筑，一直延伸蜿蜒到远方，经过了几世的轮回……但是这些，只是停留在眼中，或者如风一缕从心头掠过，没有多少印象，至多，是无限的遐想。突然如海，如何的生？如何的逝？为何，留下的只是月下无言的身影？

就这样，我进入了另一个空间，一堵城墙，横亘了万余里，静默了几千年。到底，这留下来的是如何的风云？曾经的杀戮，或者，男人的血汗筑起、女人的眼泪哭倒，明明的在那里，任风云变幻，一边是关内，一边是塞外。关内塞外的区别，何止是季节的变迁，何止是人群的往来，又何止是杨柳清风和塞外雪花的区别呢？然而，大大小小的方砖和条石在历史中静默了千百年，即使不去怀想历史的刀光剑影，这上千数百年来的风雨，注入每一块青砖缝隙的也都是历史云烟消散后的沧桑，长城如此，泊在长城边沿的铁炮也是如此啊。只是，今日沸腾，长城内外，到处都是喧嚣的人声，这种喧嚣，似乎是一种惶惑，是长城几千年烟云在沸腾，还是这来去匆匆游客会心的一笑呢？

那种静穆俨然已经不在。忽然，一个声音惊醒了我。那不是长城上呼啦啦作响的风，也不是催我扬鞭回程的召唤，而是，而是，而是一个年约三十多岁的外国女人对我的呼喊……那一刻，我正沉浸在与远古对话、与历史叙说中，一个带着两个小孩的英国女人自上而下走出烽火台，在我面前跟我打起了招呼，硬生生把我从历史的烟云中拉到现实种来。

两个小孩很可爱，一男一女，似乎是双胞胎。那英国女人左右手分别牵着，在与我相遇的那一刻，不知何故，竟然和我打起招呼来。后来，我感到奇怪，为什么啊？在反复追问中才醒悟，原来大概是我一个人低着头，静静走在长城上的缘故吧。我不知道那女子对我说了些什么？我一句也没有听懂，我只是摆手、微笑，无法用自己的语言来和她交流，我看到，那女子洁白的牙齿，灿烂的笑容，对我说了那么多一定是好听的话，可我还是一句也听不懂，陡然间，我感到我的渺小和悲哀⋯⋯

怀想二〇〇七年春夏之交，我在长城上的风景已经淡淡停留在记忆中。轻松攀上好汉坡，看到了毛泽东题写的"不到长城飞好汉"，看到了此"非"在那里变成了彼"飞"。返程时，我疯狂地在长城上奔跑，与那些慢慢走下长城的人们相比，我显得格外骄傲，笑容在长城上绽放，从海拔八百八十八米的好汉坡一直飞奔，一直奔到八达岭的山脚下。

已经成往事了，一切都只是记忆。"起春秋、历秦汉、及辽金、至元明，上下两千年。数不清将帅吏卒，黎庶百工，费尽移山心力，修筑此伟大工程。"我记得这是罗哲文的《长城赞》，也是我对于长城最喜爱的诗句。长城上，我多么希望和一个人一起走过！多么希望那里成为我们长城上一生的记忆和风景啊！

至少，我可以对她说：

尽管城上城下争战了一部历史

尽管夺了焉支又还了焉支

多少个隘口有多少次的悲欢啊

你永远是个无情的建筑

蹲踞在荒莽的山巅

冷眼看人间恩怨

为什么唱你时总不能成声

写你不能成篇

而一提起你便有烈火焚起

火中有你万里的躯体

有你千年的面容

有你的云　你的树　你的风

敕勒川　阴山下

今宵月色应如水

而黄河今夜仍然要从你身旁流过

流进我不眠的梦中

……

可惜，没有这么一个人。

任凭我一个人孤独地走过，寂静地走过，感伤地走过！

卢沟晓月寒

　　一群狮子，形态各异，望着永定河水缓缓流去。当我从它们身边走过的时候，我便爱上了它们。桥上那些已经斑驳的石板，或光滑、或残缺、或有丝丝印记，在一个个年轮的风雨之中愈加沧桑。

　　在北京稷园水云轩的那一个多月，我曾怀着十二分静默的心情走过一次卢沟桥。

　　在我心里，卢沟桥一直是一个让中国人看得见伤口的地方。"苍冷自是长安日，哭泣本非泷头水。"那一天，我有些沉重，远远望着卢沟桥的身影，心中波澜起伏，耳畔响起了"平津危急！华北危急！中华民族危急！"的呼喊声……

　　作恶的弹孔至今还留在宛平古城墙上。那一天，清水节郎两眼猥亵地望着北平，嘴角挂着一丝狡黠的笑，他带着他的军队来到回龙庙与大瓦窑之间的地方，准备在夜幕下开始搞小动作。这场所谓的军事演习持续到晚上近十一时，一名日本士兵莫名其妙"失踪"了。

　　历史的一刻发生在一九三七年七月七日。

　　清水节郎深知永定河上的卢沟桥是进军北平的咽喉要道，借所谓的"失踪"事件，他们强行要求进入宛平搜查，在遭到拒绝后，日本军方一边开始部署兵力，一边心怀鬼胎和中国警方交涉。第二天凌晨，日军突然向宛平发起攻击，这场日军与中国军方的较量从此拉开了序幕。当一枚枚弹头撞击在宛平古城墙上的时候，中国人民在失去东北几年后突然醒来，第29军司令部立即命令前线官兵："确保卢沟桥和宛平城""卢沟桥即尔等之坟墓，应与桥共存亡，不得后退。"

在卢沟桥，我的思绪仿佛回到一九三一年九月，沈阳的天空一片阴霾，从那一天起，三千多万同胞沦为日军铁蹄下的奴隶。由此上溯，一九〇〇年，一八九四年，一八七四年，日军疯狂地对中国使用武力，企图征服这个强大的民族和国家。每一次，他们都丧心病狂残害中国人民，使我们的同胞在长达半个世纪的时间里饱受凌辱。

为什么我的眼里饱含泪水？那一刻，不是我热爱我的什么，而是我想起了我们的同胞在水深火热中艰难度日、饿殍遍野、尸骨如山、饥寒交迫……所有的不幸都摧残着每一个华人的心。一九三七年七月七日，对北平虎视眈眈的日本天皇终于抑制不住他那不断膨胀的欲望而制造事端，让炮弹飞过卢沟桥，射向宛平古城墙。

寒风中，我站在这座历史的古桥头，寻思着卢沟晓桥上皓月当空清纯的一幕，可皓月不在，留给我只是凛冽寒风。我看见：日本侵略者贪婪的双眼、狰狞的鬼面，那一群张狂着魔爪的倭寇践踏着我们的祖国，从沈阳到宛平，从宛平到南京，陷中华民族于水深火热之中。

炮弹从卢沟桥上空飞过，书写了滴血的两个大字——屈辱。那一刻，中华民族觉醒了！中国第29军第37师第110旅第219团的全体官兵用誓死捍卫卢沟桥的行动发出了振聋发聩的声音。日本帝国主义狂妄地叫嚣着"三个月灭亡中国"的梦中呓语开始走向破灭，他们在挑起事端的同时，也开始挖掘埋葬自己的坟墓了。

卢沟桥饱经沧桑。在中国古桥的典籍里，它与赵州桥、洛阳桥、广济桥并称"四大名桥"，始建于金大定二十九年，明正统九年、康熙三十七年先后重建，全长两百多米，宽七八米，十一个涵孔，两百多根望柱分列桥身两侧，五百个大小石狮卧伏在柱头上，神态各异，栩栩如生。桥面石板早已开始斑驳，桥东的碑亭内立的是乾隆皇帝题写的"卢沟晓月"汉白玉石碑。

一座古老的石桥，矗立在岁月长河中见证了中国历史风云变幻的一九三七年。这些石狮子，头顶上飞过的炮弹并未让它们惊魂不定，从它们的眼神里，让我看到那种怒视日本侵华的神情，也看到了日本帝国主义永远无法抹掉的罪行。

印象丽江

落日下的丽江格外美丽。尤其是五月。

我与丽江的初次邂逅正是在五月里的黄昏。黄昏下的丽江，有些疲惫。熙熙攘攘的人群渐渐散去，天格外蓝，石板街上的脚印有些粗糙，街道两边低矮的小木楼店铺里聚集了三三两两的游客，余晖洒满丽江古城的每一个角落，金灿灿的。

丽江的清晨、午后、傍晚，我最为欣赏的是傍晚。

有人说，丽江的天气就像女人的心情，小孩的脾气，善变！我醉在傍晚的丽江，夕阳突然收起，还没来得及与我商量，余晖的缝隙中如洒豆扬沙一般袭来淅淅沥沥的雨滴，惊恐得让人们使劲朝卖伞的店铺中奔去。

我见识了丽江女人心情、小孩脾气般的天气。看见蓝蓝的天空雨丝连成雨帘，在丽江的上空形成偌大的一块雨幕，晶莹剔透之中，余晖隐射，遮住了丽江古城下的每一栋木楼与河边的柳树。我没有去卖伞的店铺，任凭雨丝洗刷我的全身，身边偶尔有两三个行人匆匆走过，他们急促的脚步声带走了美丽的风景。雨丝越来越稀少，落日的余晖又格外明亮了，丽江的雨又骤然停止。

店铺里的行人又站在了街道上继续欣赏丽江的石板街。

丽江古城是一个放松心情的好地方，在那里，你可以去喧嚣的酒吧纵情、寻梦、艳遇；在那里，你也可以去古城的每一个角落行走、怀古、追思。在我的印象中，丽江一半悠闲一半梦，让安静的人更加安静，让寂寞的人不再寂寞。

余晖慢慢褪去。夜色袭来，人们开始骚动不安。我站在丽江古城的入口处，看见行人大多分为两条路而去。一条是沿着右边的河流前去酒吧一条街，一条是从左边石板街进入古城的中央。我随着人流朝酒吧一条街走去，漫步在河边，两旁是千里走单骑、一米阳光之类的酒吧。夜幕下，灯火辉煌，酒吧里传出噼噼啪啪的声响，十分喧嚣、浮躁，歌声、欢呼声、拍桌子声、摔瓶子声从酒吧内传来。

我是宁静的。在一米阳光的门口巧遇我们一起去丽江的朋友拽着我的衣角，找了一个昏暗的角落落座。服务生递上酒水单子，我们要了一打啤酒，一边慢慢喝酒，一边把目光投向酒吧的各个角落。

一米阳光是丽江最出名的酒吧，在这条狭窄的街道，一米阳光有好几家，我们也不知道去的这家是不是电视剧《一米阳光》里的最正宗的一家。不管正宗与否，酒吧里的光线十分昏暗，花花绿绿，根本就看不清客人的脸谱。邻座是两位女子。朋友提议，两座拼合在一起，邻座复议后我们便拼合在一起。交流中，才知邻座的女子也是临时拼合在一起的，一位是四川攀枝花的，一位是南京的。那些酒吧里的空气很色情，人来人往，进来的时候也许是一个人，形单影只，离开的时候也许是两个人，郎情妾意。

我提前离开了一米阳光，留下朋友和两个女子在那里喝没有喝完的啤酒，说没有说完的故事。

我继续寻找夜幕下的丽江印象。

丽江的夜，在远离了一米阳光后开始安静了，雨丝挂在夜色中，嗖嗖的凉意，晚上的行人都撑着自己的伞，只有我，任凭丽江的风雨袭来。

在一个不知名的雨巷，在一家不知名的披巾店铺，我遇到了另一个朋友。朋友一副老板派头，金边眼镜装饰在巨大的脸庞上，几分文雅几分气质。雨着实有点大了，我身子一闪，走进这个不知名的店铺。老板是一个优雅的女子，看样子不过二十五六岁。朋友说，这个妹子是地道的纳西人。

我的朋友进来躲雨，又是在这家店铺买披巾的最后一位顾客。我问他，你怎么这个时候还在这里？朋友说也是刚从酒吧出来，雨有点大，才来这个店铺躲躲雨。他本不想买披巾，可是看见女老板身上的披巾很美，才决定在这里选几条披巾回去送朋友。为了买一条披巾，朋友几乎把店铺中那挂满墙壁的每一条披巾审查了一遍。

雨渐渐小了，店铺也该打烊。朋友依依不舍买了一条披巾离开了那家店铺，最后留下了那个纳西女子的电话号码……

回到客栈，我一个人径自睡下。与我同住的朋友是十年前认识的，他在一米阳光门口拽着我进去喝了一点啤酒。我知道他会回来，于是一个人的梦开始了。

次日清晨，我买了一把伞，插在我的衣兜里，继续寻找我的丽江印象。

穿越死亡线

　　川南与黔北本是毗邻，一衣带水、唇齿相依，一个偶然的机会，我却从四川取道大（贵州大方）纳（四川纳溪）公路折返贵州，在黑夜中穿越了这条人们眼中的"死亡线"。

　　在四川泸州启程已是下午了，车过纳溪时天色逐渐暗了下来。司机告诉我，大纳公路十分危险，是全国有名的八条"死亡线"之一，全长共两百八十公里。汽车奔驰在约莫八米宽的水泥路面上，我一点"死亡"的气息都闻不出来，不禁对司机的话产生了怀疑，这么好的路怎么是"死亡线"？

　　贵州高原的夜色很美，尤其是冬天的高原夜色，云霭霭、雾重重。透过汽车的窗户向外望，黑夜里可见隐隐约约的农家灯火，东三点、西两点，宛若星辰洒在高原山麓，偶有汽车驶来，一股光束穿透云雾，步步靠近车身，成为一道美丽绝伦的夜色风景。汽车在高原把一山接一山的夜景丢在车后，我心里充满疑惑，一次次不停地怀疑司机说这样的路竟然会是"死亡线"。

　　夜里行车，我一般是无法入睡的。在汽车里，我一边欣赏贵州高原的夜色，一边思考大纳公路缘何被称之为"死亡线"？慢慢地，汽车忽而急急下坡，忽而缓缓爬行，忽而右转，忽而左转。靠窗而坐的我，忽而前倾、忽而后仰、忽而左跌、忽而右倒，令人不得安宁。一路上，我看见了路边的树枝从轻轻摇头到挂着点点冰雪到玉树琼枝。车速越来越慢，我心中不由泛起一阵惊悸，看见公路边沟里"睡"

着的几辆姿态不一的汽车，才想起司机说的"死亡线"的真正含义。

司机是贵州赤水人，年岁约小于我，透过他布满沧桑的脸庞，我发觉他在驾驶生涯中已经打磨成了一个老手。在黑夜的行车途中，他告诉我，自从部队退伍以来开车的十多年里，一直在大纳公路上来回辗转，几乎每次途经大纳公路都要看见一至二次交通事故。大纳公路的危险在于坡长弯急，冬天，则多了冰冻路滑，要是不熟悉的驾驶员，或是习惯了在高速路上的驾驶员，一旦麻痹大意，交通事故就会毫不客气粘上你。听到司机的话，我心里越发紧张，一阵阵余悸泛起。司机一边说一边慢慢驾车前行，显得很轻松的样子。

夜深了，农家灯火逐渐熄灭，身边的人们开始入睡。夜色中，雾气腾腾直向汽车窜来，我看见司机躬起身子，两眼直勾勾盯着前方不足五米的路面距离，车速越来越慢了。透过汽车的灯光，我的视线渐渐缩短，原来可以看见山那边的农家灯火，而此时却怎么也看不远，唯一可以看到的却只有与车相遇时，那些靠近的昏黄的光束。那云雾像疯狂的野狗一样，一层层被汽车抛在身后又一层层袭来。我不知道是在什么地方或是到了什么地方，汽车好像云雾山中穿行，如一个步履蹒跚的老妪大约走了一个多小时，那一个多小时中，前方只有约莫一米的灯光视线距离，几次与车相遇却几乎与车相撞差点车毁人亡，死亡的确与我擦肩而过。

我走过晴隆境内的二战期间美军运输弹药的公路，据称那是一条西南地区最危险的公路，汽车从山顶一直沿着"之"字向下，或是从山脚沿着"之"字向上，由于公路形同"之"字，一共二十四个，故称"二十四道拐"[①]。后人为了寻找这条世界著名的"二十四道拐"，居然在滇缅公路找了大概半个世纪。记得那年在"二十四道拐"，我感觉自己很幸运，有幸见识了世界著名的战略通道，所有的危险都抛诸脑后，而在大纳公路，我却倍加珍惜自己的生命。也许，也许是因为白天与黑夜的缘故罢了！

窗外，仍是黑漆漆、雾蒙蒙的一片，群山掩映在云雾之中，高原美丽的夜色已不再美丽，剩下的只有汽车发出的像哀乐一般的声音，有气无力而又规律地吼叫着。我的心跳一次又一次加快，

①二十四道拐，位于贵州晴隆县境内，著名的抗战公路，又称"史迪威公路"。古称"鸦关"，雄、奇、险、峻，有一夫当关，万夫莫开之势。从山脚至山顶的直线距离约350米，垂直高度约260米；在倾角约60度的斜坡上以"S"形顺山势而建，蜿蜒盘绕至关口，全程约4公里。

吴老师，这文章好像几年前在哪张报纸上看过，但也记不清了，今日再见，百读不厌啊！不知道您被吓坏了没有呀？
——新浪网友

真是一场特殊的美景。
——风中白灵

双手紧紧抓住汽车靠背的扶手，在冬天里为自己宝贵的生命捏了一大把汗。司机目不转睛，小心翼翼地握住方向盘，与我的谈话在云雾中渐渐少了，此时的我才真正懂得大纳公路为什么被人们称之为"死亡线"？

大纳公路建于何年何月？车上没一人清楚，司机说，他已经在大纳公路上跑了十多年车了，十多年来，见到的大小事故不计其数。

我的心在黑夜里愈发紧张。当汽车驶进贵毕公路向贵阳进发后，我感觉公路平坦了许多，汽车安全了许多，车速也快了许多。

双眼早已疲惫，我再顾不得贵毕公路的美丽夜景了。

夜宿金陵

第一次亲吻金陵，是在一个华灯初上的夜晚。亲吻她，其实是在触摸她带血的身躯。

金陵于我来说，我并没有想到秦淮八艳的诗词小曲与销魂，脑子里翻滚着的是一幕幕南京！南京！那悲壮与屈辱，壮怀与激烈同在的场面，全景式的中国人在战火硝烟的年代忍受着侵略者的奸淫杀戮，和国人饱受欺凌背后的丧权辱国。

南京，不过是路过而已。当我置身美丽铜城，之后辗转芜湖、马鞍山，从南京飞回贵州之际，我有幸见识了南京，并与她有了"一夜情"。

我是抵达南京的三天前在重庆登机飞往安徽的。我去过不少城市，或年轻的，或古老的，或沧桑的，或阳光的，每一座城市就是我足下的一个圆点，有的城市在我的行走中逐渐淡忘，化作一缕一丝云烟，随着寒暑易节而不再重复回忆，而铜城，一个我今生永远不能遗忘而无法遗忘的城市。无论我的记忆怎样搁浅，我始终无法搁下我的南京"一夜情"。

惜别铜陵，车过芜湖，取道马鞍山，心潮翻滚，就如高速公路旁的万里长江一般，看似平静的江水却是波涛澎湃。

南京的夜，深沉而宁静，厚重而欢快。深情舒缓的乐声把心儿引到远方，跨过尘世的纷扰，飞越千万里的山水缥缈，把若干年的理想一起释放，用没有隔膜的五线谱奏出一曲爱的旋律。双眼疲惫，心依然。

多么美丽的意境呀！

——新浪网友

心开始滴血，血红染赤了南京古城墙……

亲临南京的第一刻，我沉浸在金戈铁马、枪林弹雨的哀怨之中。我触摸南京的遍体鳞伤，从越王勾践命士大夫范蠡在南京秦淮河之南筑城开始，南京注定就是历史上血染的一页，后来孙权定都建业，朱元璋坐在应天府颁布天子诏……再后来的南京，一次一次在血与火中饱经洗礼，从丧权辱国的"南京条约"开始，国人都记牢了南京这个名词。

我翻开历史，那是一九三七年十二月，侵华日军占领当时中国的首都南京，在长达六个周的时间里，对南京无辜平民和放下武器的中国军人进行了血腥大屠杀，史上称之为"南京大屠杀"。遭日军集体屠杀并毁尸灭迹者十五万人以上，被害总人数达三十万人以上。在疯狂屠杀的同时，日军对中国妇女进行了野兽般的奸淫，很多妇女被蹂躏后又惨遭枪杀、刀戳和毁尸。南京失陷后的一个月中，在南京市内，发生了若干起强奸事件，无数的住宅、商店、仓库被日军劫掠一空后，再付之一炬。

金陵的夜，忧郁又妩媚。顿时，心在南京羽翼之下稍稍放慢匆匆奔波的脚步，驻足停歇片刻，听一个用心唱歌的行者，并在他的歌声中寻找自己的影子，把一天的心情烙在优美的旋律之上。我第一眼看见南京，只看见片片灯火。汽车在中华门稍停，我迅速下车，越过南京城的翅膀向机场逃离。

其实，南京是一个值得留念的古城。她让人想起金陵最为著名的秦淮八艳。八名女子，震撼多少男子，到底是谁谁谁？可是真正能说出来具体姓名和传奇故事的，大约不多。我知道，李香君血染桃花扇，陈圆圆倾国倾城，还有董小宛、柳如是……李香君后来在归德城内郁郁而终，陈圆圆因被丧权辱国的男人们争夺而流芳百世。

不少人到南京，之所以会在秦淮河感叹一番，也许只是因为秦淮八艳罢了！我想，我还是快点离开这个地方回到我的故乡。南京的身躯是模糊的。我来不及看清她的面庞，匆忙从她的霓裳羽衣下走过。

夜色下的南京，历史让我在沉重的怀念之际无法收起愤怒的眼神。

我在金陵，不过一夜。那晚，南京飞往重庆的航班还在，我当时想登上那一班机，可我却留下了。工作人员告诉我，航班在，机票售罄。当晚，我懊悔与南京就这样匆忙擦肩而过。机场附近的宾馆住着南来北往东来西去的客人，我是一个陌生人，孤身一人滞留在南京郊外机场的夜里。

夜色朦胧，灯火辉煌，我心冷却。

我的耳边来回荡漾着不同乡音的男女，眼前奔走过不同肤色的老少。焦急、思念，交织一起，心，忽冷忽热，手机里却始终是朋友们一个又一个关切的问候，是否买到机票了？几点的航班？没有航班咋办呀？今晚住哪里？暖暖的问候停留在我心间让我想起了携程旅游网。就在那一声声问候中，我看见了携程工作台。

她是一个地道的南京女子，说是女子，还不如说是女孩。看见我迎上去时，她露出两排洁白的牙齿跟我打招呼。

她是携程的工作人员耿晓萍。

机场里灯火辉煌，我只记得她的名字，也许是焦虑、也许是……我至今已记不清这位曾经帮助过我的女孩的模样。我说我是携程的会员，耿晓萍热情地给我查了我的会员号，确认了我是携程会员，很热心地问：先生，您有什么需要？

如此热情的女孩，我岂可相信呢？孤单一人在他乡，谁不会戒备陌生呢？其实，我没有把这个社会看得太简单，作为一个每天与新闻打交道的人，社会万象，市井人生，磨炼了我明亮的眼睛去审视社会和江湖的险恶。

那一年，我从厦门途径长沙经停飞回贵州的时候，是致电携程为我办理的机票。如果你是携程的会员，你只需一个电话就可以搞定，包括酒店预定。那一刻，我最需要的是找一家酒店住下来，第二天再回贵州。在南京，我有一位老乡，素昧平生，我知道他在南京某个地方，距离我入南京城的第一站中华门不远，但我没去看他。他叫袁咨桐，雨花台七十二烈士之一，与我同饮一江水，在开展救国救民宣传运动中两次被捕，一九三〇年九月十七日在雨花台英勇就义。

机场距离南京市区六十多公里，我不打算返回南京市区住宿。耿晓萍当即为我联系机场附近的宾馆酒店，遗憾的是机场附近全部客满。我的心又一次被孤单的雨淋湿了，那是我身在异乡第一次找不到住宿的地方。无论走到哪里，我凭一张身份证就可以入住宾馆酒店，那一次，客满为患，看来，我只有滞留在机场？

所幸，机场附近二十公里之处有一小镇。

有情，文章才耐人寻味。谢谢你送上的美文。
——寓澍

非常精彩的文章！
令人感慨、感叹、感怀！欣赏！
——好女人

当晚，是耿晓萍为我联系的车辆和宾馆。开车送我的是一个铜山镇上的小伙子，夜里看上去虎头虎脑的，当过兵，有十一年驾龄。我记不得他的名字了，记得他曾告诉我，要不是因为机场，禄口是荒郊，更冷清，铜山比禄口好，那里有一间大学，附近多是宾馆酒店，不要小看铜山，因为有一间大学，学校里的女孩时常出来小住，不少客人也曾在铜山匆匆一宿。末了，我俩都叹息，现在的女孩怎么就如此轻视自己呢？当然，这只是私下的话题，但我相信，不足为奇，定是真的。

住在铜山小镇上，偏安一隅，别有一番情趣，宾馆有工作人员问我是否需要安排一位女孩同住，说可以立即打电话到学校里联系。在来时的路，我已听那小伙子说过，并不惊讶如此话题。我没有遗憾，要了一个单间迅速安顿好自己，因为第二天五点要起床离开铜山。

夜色的金陵是模糊的，包括铜山，禄口，中华门。

南京的夜，深沉而宁静，厚重而欢快。深情舒缓的乐声把心儿引到远方，跨过尘世的纷扰，飞越千万里的山水缥缈，把若干年的理想一起释放，用没有隔膜的五线谱奏出一曲美的旋律。双眼疲惫，心依然。我梦见了在那个安静的客房里，忠实的朋友、热情的携程……

第二天，那个小伙子开车去接我，送我到机场。七点十分许，我带着我的未完的梦途径南昌飞回贵州。

金陵，模糊的夜色。这一别，不知今昔是何年，也不知相逢是哪一首歌？

习水魂

那是一块石碑，记忆的时空已经搁浅，或者沉没。石碑上的三个大字却格外引人注目，第一次看它，或许，你会仔细，或有遐思，或有震撼。倘若经常与之擦肩而过，或许就会忽略它的存在。

那一块石碑，还在那里。

我不止千百次从它面前走过，可我的目光却注视着它身后的楼阁——习酒阁，对于它，我从来都只记得就是那几个字而已。在那里，仿佛听到风自远方吹向远方的声响，看见一个人举着不灭的灯盏，引领着一群人，铸造了数不清的奇迹与辉煌，书写中国白酒的经典符号与传奇故事，凝固了半个世纪的白酒风云，成就了身披茅台羽衣满世界奔跑的一个白酒品牌。

沿着历史的辙印，同遥远而近在咫尺的灵魂对话，一地浅草，满城春色，绵延十里，香飘神州。听不见，汉武大帝坐在长安城说治理大涉水的声音；听不见，燕王朱棣在燕京城外催运楠木的水响；听不见，乾隆皇帝降旨吴公疏河的语言；听不见，红军长征四渡赤水背水一战的枪声……那些，草尖滴血哀婉低吟的绝唱，和记忆、文字一同渐行渐远。只有，"习酒，一二三，干！"是那样的响亮和清脆。

与历史渴谈，只有摇曳的草木记得。一九六二年，一间青瓦堂舍出现在黄荆丛林中，从此，那便是一个具有时代标志性的品牌——"红卫酒"。多年以后，人们还在追忆那间黄荆丛林中的青瓦堂舍当年是何等的宏伟与别致。年轮重复着春秋冬夏，"红卫酒"变成了"习酒"，五十年，弹指一挥间，曾经在那间青瓦堂舍里煮酒的人们——忘记了自己的姓名与年龄。那段往事，只能淹没在尘封的记忆里。

直到一九九一年，四川一位工匠才在习酒阁前立起那块石碑。碑上刻着"习水魂"三个大字。

那块石碑，沉静，默然，三个大字记录着习酒波澜壮阔的平生，多年过去，当初的金色已然褪去，不再吸引过往行人的目光，它厚厚的石壁中却早已装满习酒的历史。从它前面走过，多彩霓裳不再，可石刻深陷，异常醒目。我敢断言：纵然四壁无语，也足以表证辉煌。因为，它装满习酒人"志在醉天下"的豪迈，因为它装满习酒人"无情不商"的理念，因为它装满煮酒汉子勾储大师包装姑娘飞扬的神采。因为，它是地球人知道贵州习水这个地名的一张名片！

这是一座坚固的石碑，青铜一样的坚固。它印证了贵州习酒注定是中国白酒界一颗耀眼的明星历史，尽管如今是茅台旗下企业，但人们无时无刻不在怀念习酒的灵魂人物——陈星国先生。

一九五〇年，陈星国出生在距离习水酒厂约二十公里的习水县回龙区安龙村，一九六九年，十九岁的他应招到习水酒厂成为一名普通的酿酒工人。十年后，他从酿酒工人到车间班长、副厂长。一九八二年，贵州习酒的重担落在了他宽厚的肩膀上。

如果：那时候的陈星国故步自封，没有敢干敢闯的勇气；如果：那时候的陈星国得过且过，没有开拓进取的精神；如果：那时候的陈星国视野狭隘，没有放眼未来的胸怀……所有的假设和如果只能证明一个事实：那就是今天的贵州习酒永远不会如此辉煌。

从三十二岁到四十七岁的十五年，陈星国最宝贵的人生年华换来了贵州习酒的华丽转身，让习酒、习水大曲成为中国家喻户晓的产品。曾经的辉煌与荣耀，正是陈星国人生最宝贵的十五年。

二十世纪九十年代的贵州，陈星国绝对是白酒业界的一个风云人物。他有大海般的胸怀，说习酒、喝习酒、热爱习酒，在他的人生词典里永远装着习酒！一九九一年，他提出了一个伟大的构想——建设"百里中国名酒基地"。

这不是空中楼阁，也不是海市蜃楼。时任贵州省人民政府省长的吴亦侠知道后，高度肯定了陈星国的这一构想，即刻批准建立中国名酒基地，并投入五亿元资金用于这个基地建设。一个白酒企业，同时富有浓香、酱香两大香型产品，这个世界酒史上的神话在贵州被彻底打破。

时过境迁、物是人非。百里酒城再一次掀起建设的热潮，人们眼前总浮现出陈星国高大英俊的形象。

如今，那块石碑依然健在。一切都留给岁月咀嚼。

"习水魂"，后面是习酒阁的奢华，前面是千步石阶的平凡，再后面是青山的苍郁，再前面是赤水的澄明，从它面前走过，你会感觉：一边是习酒人的高峻，一边是习水魂的隽永。

茆台酒就是你们那儿生产的？难怪您的文字有着酒一般地迷醉人！

——巢湖秦歌

后面是习酒阁的奢华，前面是千步石阶的平凡，再后面是青山的苍郁，再前面是赤水的澄明，从它面前走过，你会感觉：一边是习酒人的高峻，一边是习水魂的隽永。

——柔然越女

悠悠故土情，拳拳赤子心！

——卫功立

人生历程就是从幼稚到成熟，这个过程，大脑记录下非比寻常的事件，回首之时，这些事件放映般在脑海中闪现，或深刻、或简单、或铭记、或淡忘……只能说是一种曾经。

心路·历程

母亲之歌

> 记得是在念中学的时候，我那位年轻的语文老师曾经说过一句话："母亲——伟大的女性，时刻燃烧自己，照亮别人。"多年以后，每当我想起我的童年，脑海里就弥散着母亲那张布满皱纹的脸庞，还有那长满厚厚茧子的双手。
>
> ——题记

我的母亲是一位普通的妇女，生长在川南古蔺一个叫杉木河的村庄。外公外婆知书达礼，备受族人尊敬。母亲还是姑娘的时候，外公就有儿女都一样的先进思想把我的母亲送进学堂，成了杉木河第一个接受教育的女性。母亲读书十分用功，但由于家庭出身受"文革"的影响，她与高考失之交臂。回乡后，作了一名女教师。

就在母亲十九岁那年，她带着粉笔尘在手中剩下的余温离开讲台，远嫁贵州，开始了她新的生活。

我的祖父祖母是典型的农耕传人。那个时候，在祖父祖母的教诲下，母亲学会了种地，学会了勤俭。就在日子稍许宽松之际，母亲突然走了，带着她唯一的嫁妆——一架陈旧的缝纫机，离开了我和年仅三岁的弟弟。

那是一个烈日暴晒的夏日，母亲收拾好自己几件残破的衣服后对我说："儿子，娘要去走亲戚，一段时间不能回家，弟弟还小，你要好好照顾他，不能让人欺负。"母亲明亮的眸子里开始模糊了。我其时不知所措，想哭却又哭不出来，只是傻傻地看着母亲那慈祥的面庞。在我的记忆里，那时的母亲总是辛苦劳作，没有一丝怨言，她把泪水藏在心里，躲在被窝里一个人拉衣角擦拭，用哽咽、哭泣和十分微弱的声音打发夜色……

弟弟不知什么时间来到母亲的身边，他黑花着小脸，用那双小巧的双手抹着眼泪哭着要和母亲一起去。母亲拥着年幼的我又把弟弟揽在怀里哽咽着说："孩子，娘要去赶场，赶场给你买粑粑。"弟弟很是听话，紧紧依偎在母亲的胸前，母亲很温柔地拍着弟弟的后背。当弟弟睡熟了，母亲起身提着一个蓝色围帕包好的包袱，跨出了那道曾经属于母亲的家的门槛。我倚在门槛上望着母亲布满血丝的双眼，她那晶莹的泪珠正在眼里不停地滚动，几次滑下脸庞滴在那件蓝色小米花布的衬衫前襟，化成一个圆点渐渐湿润开来，变成一个圆消失了。母亲望着我，嘴在不停地嗫动，好像在说："孩子，等你长大了，会知道娘今天为什么要离开你们俩,希望你原谅娘亲。"母亲又一次叮嘱我要好好照顾弟弟,不要让人欺负……

母亲走了，在我家门前那条细长细长的田坎上，提着少得可怜的几件衣服和背着那一架解散的缝纫机，一步一回头，十分吃力地离开了我和弟弟，她满脸挂着泪珠，伤心欲绝，很快被如画的田畴淹没了身影。家里，除了正在熟睡的弟弟，就剩下我孤孤单单地还倚在那根古老的门槛上。晌午的时候，弟弟突然醒来，他哭泣着、叫喊着娘。可是，任弟弟伤心地哭泣，任弟弟凄惨地叫喊！那一声声带血的呼唤，始终不见回音……母亲"赶场买粑粑"去了就再也没有回来。

那一天，我终生难忘。弟弟哭累了，蜷曲在我身旁，我无精打采望着母亲去"赶场"的那一条路，轻轻拍打着弟弟那件打了两个补丁的衣服，望着母亲一针一线缝过的痕迹，轻皱皱的针边印，小小的线脚一个挨一个如赶场串起来的蚂蚁。我一次又一次地哄着弟弟，对不懂事的弟弟开始了童稚般良心的欺骗。后来，我走到哪里，就把弟弟带到哪里，生怕弟弟被别人欺凌。

母亲离开了我，给我的童年留下一抹残痕，没有了别家孩子的嬉戏，每每哭泣的时候，祖母总是用烤熟的香红薯给我吃，或是熬糯米粥，放上一小点白糖调匀让我慢慢喝。那时候，我的身体十分单薄，常常生病，面黄肌瘦。母亲几次悄悄回来看我和弟弟，每次都给我捎来一小点饼干和糖果，每一次来过又匆匆离去了，每一次离去脸上都悄悄挂着泪痕。

直到我开始上小学一年级了，我才明白我的父母离婚。那时候，别人总是说我和弟弟是"水冲来的、沙浪来的，没有娘"。曾经记得一位好心的叔叔抱着我说："无娘儿子天照应，真希望你们兄弟俩快点长大。"刚说完，弟弟撅起可爱的小嘴说："不！我是有娘的。"弟弟说着说着哭了。那位好心的叔叔给了弟弟两毛钱，后来还收了弟弟作他的"干儿子"。

从此，伴随着母亲的生活更艰难了，要下地干活，要照顾另一家人，母亲终日以泪洗面，对着山岭上那一块块梯土诉说着无尽的悲哀。随着岁月的流逝，我和弟弟渐渐地长大。我在学校念三年级的那年初冬，母亲从学校门前路过，看见我一个人光着脚丫躲在学校那棵枯老的槐树下，母亲瞬间深感锥心般的疼痛，激动得三步并两步前来紧紧抱住我。她眼里闪烁着朵朵泪花，说："儿子，你怎么穿这么点衣服，天气这么冷，要冻坏身体呀。"

我倒在母亲怀里，双脚交错相互搓踩，母亲的身体让我感到那么的温暖。我流着鼻涕说："娘……我不冷，很暖和的！"

渐渐地，母亲与我很少见面了……后来，我有了一位新的母亲。她就是我现在的继母，继母常常给我洗衣服，每次我上山放牛回来，她都在火炉旁边给我温着一小碟菜，总是使我想起我的亲生母亲。

多年过去，每当我想起母亲，我就有一种无形的积极向上的动力。我知道：是母亲的苦难教会我生活，教会我向人生挑战。而今，曾经悲伤的我再次吟唱这一曲永恒的旋律——母亲之歌。

母亲，我从心底唱出了您的无私和伟大。

今天看到你的文章也让我想起了童年，哭了……
——晨雾淡淡

没有想到你的童年是如此悲苦！穷人家的孩子早当家，磨难过的孩子能成大器！又一次泪流满面！愿你多保重！
——新浪网友

认真地读了，原来你如此身世，文章写得感人，流泪了。尤其是你的心这般善美！苦难是一所最好的大学。永远祝福你快乐幸福！
——柳絮池塘

母子情都一样。可是你的母亲和你小时真的好苦，我觉得自己作为母亲，真的有些辛苦，可是比起那时好多了。你现在不也好好的吗？天顾善人吧。
——lili

梦中的北国

南方，那是燕子的巢。我格外遥恋北国。

幼小的时候，我记得那首激昂的歌曲《北国之春》，唱不完游子情深！还记得那部小说《林海雪原》，写不尽轻舞飞扬！

我恋北国。

北国，春天来得特别晚，冬天的脚步缓慢。我没有享受过北国的冬季，但那飘扬的雪花犹如天庭的幕布掩面而来，使人应接不暇，顷刻间，天地泛白，让世界晶莹剔透。无论森林，还是城市，圣洁得令人羡慕。当冰雪消融的时候，嫩绿从夜里钻出来，悄悄布满枝头，妆点山河，千丝绿缕，万点欣红，人们开始宽衣，从蜷缩的隆冬里款款深情般走来，脸上荡漾着堆积了半年之久的微笑。

我少年时在书上认识的北国，就是这样的风景。多年以来，我无数次遐想，北国？北国？究竟在何方？直到有一天，一位遥远的朋友发给我一些照片。照片，地上是厚厚的积雪，大地格外透明，山林间，丫枝上，冰花缔结。哦，我才知道，北国，就是那个冰清玉洁的地方。

那一年春末夏初，我在关口眺望关外。关内柳枝吐新，万物复苏，关外，莽莽苍苍一片肃杀，冷冷清清一片凄凉。我是大山的子孙，生于南国长于斯，当我走进那个春天还藏在冬日羽绒服领口中的世界时，我看到了狼烟散尽的山河，听见了远去的鼓角争鸣。

抬望眼，曾经满目疮痍的旧山河让我仿佛看到，一个高大威猛的男子，骑着一匹枣红色的马，腰挟佩剑，手持长戟，身披红袍，率领千军万马直奔我而来。还看见了曾经在那里驻守的另一位将军，彪形大汉，虎背熊腰，稳坐于关口，任由铁蹄凶悍的爱新觉罗氏如何的强攻，始终屹立如山。

那里，天下第一关。出得关外，那便是祖国之北，北国。

我梦北国。

北国于我来说，和南方有不一样的情怀。这个冬日，我所在的城市连续一个月在雪片中冬眠。雨雪霏霏，凝冻重重，和北国相比，自然逊色。记得那年在北国门槛外，也是冬天，大地苍凉，雪压千里江山，天空却是一片明朗，寒冷的风形如一把男人的剃须刀从脸上刮过，没有刮尽胡须，却让男人的脸布满一道又一道血痕。

梦中的北国，是一个春暖花开的时刻。青衣弄影，在那里，吻着风，拥抱爱，听天籁，伴红袖，睡在春夜中等待黎明到来。还有，越过梦一般的神话。那是一个不知名儿的地方，不知名儿的日子，风舔着春天的脚趾，送走了我的灵魂，让我犯罪般地释放了自己，最后，像春梦一样的高潮，任潮水决堤而去，奔向另一个世界。

梦，我一遍一遍重复着，看见那个关隘，想起胡马。那天，我以为隐居世外的高人会送我胡马，让我骑马扬尘而去，踏碎那片尘土，裹着纷纷扬扬的尘灰去亲吻北国的每一寸肌肤。没有胡马，我的愿望没能实现，但是，我看见了一只南方的雄燕，向关外翱翔，途中，一只雌燕被它征服，瞬间雌燕仰着身体，满意地任由那只雄燕疯狂，那一刻，两心相悦，上演了一幕完美的爱情。

有人说，来世的妻子必定是今生的情人，今生的情人必定是前世的红颜知己。我看见那对翱翔的燕子，心猛然一震，想起了雌燕和雄燕来生一定是一对夫妻。他们那么惬意，那么满足，把所有的快乐都写在飞翔的翅膀上，越过那座关隘，向遥远的北国飞去了。

看着远去的燕子，沉思我的沉思。脚下这座残破又修复的关隘，如何抵挡更改历史档案数千年？"池非不深也，城非不高也"……那是一个谜，永远的谜！何必去窥破呢？

关外关内，迥然各异。我在关隘之间，努力寻找那匹我喜欢的马儿，当时我就想，找不到我想要的那匹马儿也罢，只要有人送我一匹马儿，我就可以扬鞭策马，去北国，寻访藏在历史烟云深处的那些英雄，和他们把酒言欢，称兄道弟，领兵百万，一起搅破历史的旧河山，让那些硝烟远离我们的先人，血流从此消亡。

遐想中，我看见了那一个支那的军队，从东海之外，开着陈旧的汽车和坦克，浩浩荡荡地被我的兄弟阻在北国的门外叫嚣，最后被消灭干净。那些子弹，始终没有飞到的卢沟桥。

我的北国，今生只能站在那座关隘一瞥，透明的世界，滴血的河山、满足的燕子，一切都在我的梦中。

恋着她，心底永远是洁白的。

雪落无声

你的文字，很有一种厚重的东西！学习了！

——娟子

狂雪，冰封了中国南方／从你的视线中／我看到了人们的焦虑与惆怅。冰雪啊／你说来就来，怎么不与春天商量商量？

——引《悲情，中国二〇〇八·新年的狂雪》为序

2008 年的那场雪，至今记忆犹新；文中的那首诗写得真好！那些农民工兄弟姐妹焦虑无助的面孔仿佛就晃在眼前……回家的路是那般漫长。

——巢湖秦歌

梅伸出一只手，圣洁的雪花在她掌中翩翩起舞；我伸出一只手，雪花只在我的掌中停留一秒，然后消失在眼前。没来得及看清雪花的六角，我的掌心便带着一丝冰凉，散发着来自天国的气息。

云贵高原的冬天，凝冻从来不与春天商量。新年第一天，我八点出门，午后归来。天气骤然突变，从海拔三百米的乡下回到县城，漫天的雪幕悄然跟在我身后降落，漫天飞雪，扯天扯地，从此凝冻席卷贵州，开始疯狂般肆虐我们的城市。

是夜，独自一人，在书房临窗而坐。窗外，飘飘洒洒的雪花在空中舞蹈了一日却毫无疲倦之意，划破夜幕长空，从钢筋混凝土的顶部散落在地上，结成一层棉絮一样的丝被，盖在冬日苍凉的大地上，等候燕子归来与春江水暖的消融。远眺城市尽头的山顶，银装素裹，雪白装点的峰峦连绵起伏，直奔天际，消失在苍

茫雪舞中。

凝望这漫天的晶莹，就像是在凝望自己的心情，什么也不想说，什么也不愿想。似乎此刻所有的心情都已凝化成这无数飘落的雪花，随风而逝，悠悠落下……

忽然，脑子里闪过了那一年。

我在电视新闻里看到了温家宝（原国务院总理）在广州安慰滞留在车站的旅客，后来，他又来到贵州，奔走在雪地里，看望奋战在一线的电力工人。那一年，我是大年三十上午才回老家与亲人团聚。在三十之前，我穿着厚厚的棉衣棉裤，戴上帽子，任纷纷扬扬的雪花裹住我的身体。记得是年腊月二十四，我去了贵州习水海拔最高的仙源镇。

车在温水，交警专程守候在那里，任何车辆不得通行。所幸交警队的人与我熟悉，说明去意之后，叮嘱我们的车队套上防滑链方可行驶。出温水后，公路延伸在雪地中开始弯弯曲曲地向高原深处驶去，雪地上是一层久久尚未融化的冰凝。日常五六十迈的车速瞬间不到二十迈。蛇行般在雪路上蠕动，一个半小时的车程足足走了六个小时，路上，除了我们护送煤油、米面、矿泉水的车，再无车辆踪迹。

透过车窗，大地苍茫，飞鸟无踪，人烟罕至，只看到倒杆断线的残破景象，还有，裹着冰凝的电线、电话线与电线杆一样粗大。那一刻，我第一次体会到"千山鸟飞绝，万径人踪灭"的场景。

那一年，是二〇〇八年准春天。雪落在我们回家的路上。

雪落无声，纷纷扬扬、飘飘洒洒，打破宁静夜晚的寂寞，使黑夜变得透明的白。那些移动远去的背影，深浅错落的脚印消失在落雪中，城市里路灯遗留的光线，摇摇晃晃地追逐着雪花，把笔直的身材挤成了曲线。

我曾经在北方待过一个多月，也是冬天最寒冷的季节。那一年，我在北京之北的一个叫稷园的地方读书，记得去长城的那天，我只穿了一条单裤子，行走在长城的方砖里穿过历史的烟云，去了天津，我站在天津河畔解放桥边世纪钟前的阳光下，呼啸而过的北风从我脸上刮过……尽管，寒冷冰封了我的心，我的脚步却不曾冰封。在北风中，在雪地里，偶尔看到了几滴孕育春天的泪珠，和着落雪的声音一起砸向地面，等待温暖的春意分娩。

从新年第一天开始，我所居住的城市就被雪花淹没。与二〇〇八年相比，冰凝、雪花虽然不及，寒冷却一点也没有减少，但我害怕，害怕那一年的悲剧重演。

又是一个雪夜，我想起了《悲情，中国二〇〇八·新年的狂雪》里的一个片段。

二〇〇八，新年，雪
在我们回家的路上
在我们希冀的第一天
呵，你本是美丽的使者
此时，你露出狰狞的面目
狂舞。在空中
你与坚冰，低温，冻雨
一起狼狈为奸

我的民工兄弟啊
多少次望断回家的路，因为你
留在远方。多少次背上行囊
漂移在都市的霓虹找不到归期
还有归途。

我在乡间的姐妹啊
多少回叹望圈中的那猪嗬，牛哟羊
没有食草。多少回望着满地雪色
蜷缩在微弱火星的屋子中央守候
春天的第一缕阳光

我在我的祖辈漂流的最后一站
看见了黑色的夜空，和黑夜下
雪亮的大地。山上山下，房前屋后
倒杆断线，残碎满地
手机不再响起朋友的召唤
黎明前仍是一片黑暗

狂雪，冰封了中国南方
从你的视线中，我看到了人们的
焦虑与惆怅。冰雪啊

明天，阳光是否会醒来，回收雪落的声音，还有我的心境，藏在棉衣的袖子里，藏在羽绒服的领口下，藏在绒线帽的夹缝中的温暖！

欣赏好诗文。您那里一定很冷吧？

2008年的那场冰雪灾害。我记忆犹新，也写了诗，我记得我们这里牺牲了3名电工。

——月牙儿

好文章，学习了！只是南方的我从未看见过真正的雪花纷飞。有些遗憾。

——梅子

你说来就来，怎么不与春天商量商量？

在这个寒冷的季节，在这个冰冻的天地，心情总有几分沉重。如这繁花落尽、万物沉寂的苍茫大地，刻骨铭心的一曲冰河梦断？在雪梦的天地里，慢慢地跪坐，而后结成一块冰。

那是，走在咯吱作响的落雪里，隔世离空的守望着，远方和雪花的灿烂。夜晚，躺在雪域高原的寒冷中，我企望着明天的阳光。一望无垠的雪地啊，你何时才能吐露青草的消息，我在日复一日守望着解冻的春天，而后，等待一场盛大的舞会。

明天，阳光是否会醒来？如果醒来，我希望尽快回收雪落的声音，还有我的心境，和藏在棉衣的袖子里，藏在羽绒服的领口下，藏在绒线帽的夹缝中的温暖！

典藏的记忆

时间的标尺，一寸寸丈量着记忆的价值，人生很多美好的回忆，都会化作时光的碎片，一点一点地斑驳，一点一点地风化，跌落在城市马路的褶皱中，只是早晚而已。

年过境迁，岁月无情！心中那段典藏了多年的历史又在脑海中翻滚。

一九八二年腊月末，我们农村老家忙于书写对联张罗过年，村里突然来人通知说，习水酒厂给我们每户供应了一瓶白酒，两斤白糖。那是一个计划经济向市场经济过度的年代，在此以前，我以我微弱的体力曾经随大人们怀揣着布票、盐巴票、煤油票去乡政府供销社里采购过指定的日用品。那年月，习水酒厂供应白酒和白糖，多年过去，故乡的老人们仍然铭感于心。记忆已经模糊，我依稀记得，姑姑去村里领白酒和白糖的时候，我也跟在后面，其时我不过就是一个读小学一年级的孩子，姑姑知道我跟着去的用心，也就允了我同去。

那天，村里的人特别多。说是村里，其实是村支书的家，轮到我家领这份供应品的时候，我伸长脖子，看看白糖会不会比别人的少。我家和所有的人家一样，都是一瓶异型瓶半斤装的习水大曲、两斤白糖。在回家的路上，我抢着帮姑姑拎白糖口袋，姑姑拿着那瓶习水大曲仔细端详，我却跟在后面悄悄捏一小撮白糖放进嘴里。回到家，祖父拿着习水大曲，小心翼翼，生怕滑落在地上第二天过年没有好酒喝，而我，却站在祖父的面前，望着桌子上放着的白糖口袋……

那个时代的孩子，幼小的心灵是"饥饿"的。和我一样，村支书家门口聚集了不少孩子，同样的期待，同样的眼神。在那个经济转型并不久远的年月，我们家吃的是包谷饭、麦米饭、红薯饭。四时更替，寒暑易节，田地里什么可以吃的都相兼在肚子中，给甑子里的米饭增添了一道色彩。一小撮白糖含在嘴里，甜了我幼小的整个心灵。

名酒就在自家门口，我们只能闻闻酒厂散发出来的溢香，听听别人茶余饭后谈兴习酒。我羡慕那些在习水酒厂工作的男子，可以天天围在酒甑面前，想喝就喝。当时，我的理想因此而很单纯，也想天天围在酒甑面前，闻酒香、煮习酒。

多年往事，有的已经风干，有的已成碎片，有的却还在继续。这一段典藏的记忆至今却飘散在我生命的殿堂之中，成就了生命的质量！今天，我庆幸的同时留下人生的一点遗憾，纵然可以天天闻酒香，但却不能天天煮习酒！

蓦然回首，这殿堂，早已被粉刷得雪白，让我找不到童年的梦了。

秋日心曲

当我悄悄推开窗户，秋日的心事随着落叶黄花飘了进来。

——题记

1

落叶知秋，除了黄花和落叶，心也开始凄凉。秋日，风儿渐凉，树儿始枯，燕儿南飞。

九月授衣。临近国庆，秋色与寒山奔赴而来，速度之快，令云贵高原的山民不得不添一件衣裳。看，远近山峦开始褪色，原来郁郁葱葱的山坡披上朦朦胧胧的梦幻新装；听，夜里凉风习习，从耳边掠过，哪怕只是惊鸿一别，也会刮走你的一丝温暖，留下隐隐约约的寒战。如一个三十岁的妙龄女郎突然面对无限焦虑，终日郁郁寡欢，脸上失去了青春的颜色，一定多几条鱼尾纹，一定少几分水灵。

这年，岁月见长。秋风掠过，心底莫名其妙涌出凄凉。

秋日撵走了夏天的狂烈，凉意沁人。一个寂寞的午后，脑袋落于枕间，我梦见了在春暖花开的季节，漫步湖堤，杨柳依依，清风徐徐，无比惬意，朦胧之中，寂寞被人唤醒。未曾想，窗外褪色的天空和山峦不顾秋日相思的凄苦。待我睁开惺忪的双眼，推开窗户，绵绵细雨，淋湿了窗外的风景，也淋湿了人们的心。

透过雨丝，明净的天空多了几分忧愁。

若是夏季，我喜欢在这样的雨丝中聆听雨声的节奏，那雨声，俨然一曲高山流水，恰似梅花三弄，又如二泉映月。可这个季节里，有气无力，绵绵不休。我仿佛看见了天边一张愁容慢慢升起，欲哭无泪的脸庞，焦虑不安，微微蜷曲的身体，似奔既跑，由远及近而来，由近及远而去，在我身旁轻轻抚摸我的全身，满眼忧伤望了我一眼，说：该添衣服了。

又是一年落叶黄，一层秋雨一层凉。是啊，想阳光却欲惆怅，天籁语铿锵，桂树茂而菊散香，徐风携清凉。授衣之月，不只是风儿凉，还有窗外如丝细雨，和打湿的心情。

我曾轻狂地说：借我二十年，我亦知天命。时至今日，我宁愿借走二十年，还我一个青春年少。若是真如此，我一定牵着远方的妻子，借秋风为伞，御秋雨，吐心事，让秋意在我心底散去，伸手接住明天的雪白与圣洁，揣在她的包里，存放好这份美丽心情。岁月如斯。尽管，心不再高气不再傲，年龄不再青春，但在这个瑟瑟秋风秋雨的季节，我唯有把心中的梦捏成一根细长的丝线，托秋风吹到该到的地方，把我的思念带给远方的妻子。

因为是秋，平添几分忧愁。

我想，若有来生，我也许是一个脆弱的灵魂，定会对月伤怀迎风洒泪，感慨阡陌红尘凄凉萧索。可惜，我是一个男子，再伤情再感伤也有泪不轻弹！

当我再一次轻轻推开窗户，窗外雨丝带着我的思念已经离去。

2

某年，中秋无月。

是夜，一场秋雨打湿了我的心事，夜二时许，独自倚在窗台听雨。心渐凉，雨绵绵，相思不断。

错过花开，还有花落；错过太阳，还有月亮；错过端午，还有中秋；错过了祝福，我拿什么奉献给你？这是我手机里收到的一条信息。是的，我喜欢这样有艺术的文字。

又是一年中秋，子夜，秋风掠过，雷声未起，点点雨水敲响我的窗户，于是，我披衣起床，静坐于窗台，任凭窗外雨水的冲刷。阵阵秋风悦耳，绵绵秋雨惊魂！听，秋雨若隐若现而来，迈着缓缓的步伐从我窗前离去，如一位伤情的女子拖着逶迤的碎花步子，犹抱琵琶，亦如一位受伤的男子，一步一回头，满眼忧伤……

我曾无数次听雨。春雨的羞涩，夏雨的狂奔，秋雨的缠绵，冬雨的锥心，都在远去岁月中凝结成我这半世人生的悲欢离合。

往常，对于秋的如期而至，我已经习惯了丰收的幻想，金色的赏析，而今，品秋、听雨，我还是第一次。这场秋雨，让我感伤，更让我相思潮涌。

都说中秋之夜月华如水，都说明月千里寄相思。可是，何方才有明月在啊？我望着千里之外，夜色深沉，毫无一丝月光。我想：哪怕是残月也好，只要有月光，我就可以把相思邮寄到千里之外。

"秋已至，天转凉，鸿雁下斜阳；红花谢，绿林黄，莫忘添衣裳！"我的生命铭刻着这份相思！"枯藤老树昏鸦，小桥流水人家，古道西风瘦马，夕阳西下，断肠人在天涯。"虽不是小桥流水人家，虽不是古道西风瘦马，虽不是夕阳西下，可那份断肠人的相思却至今依然。夜色下的秋雨之中，我禁不住感叹：相思线啊相思线，一头连着我，一头牵着？即使在这个无月的夜晚，我也千里寄相思。

雨夜深重，我冷静地眺望窗外秋雨，轻轻擦掉秋思的泪水，抚平没有皓月的伤痛，弹一曲中秋月夜寄相思。不知千里之外的人在夜里是否聆听到我的幽幽琴声，还有低吟浅唱出花好月圆情更浓的诗句呢？

默默思念。我拜托没有月光的中秋月，捎去我的祝福与问候："但愿人长久，千里共婵娟。"

3

"在这个陪着枫叶飘零的晚秋，才知道你不是我一生的所有！"听着这首老歌，顿感凄凉。

这个晚秋，枫叶红了，飘零、落地，然后散去。装点了山川

来自心灵珍珠般的情思镶嵌在字里行间。明月升起，在你的梦幻之巅。
——冢上春花

原想借着明月寄思念，可是怎么会没有月光？
——燕子

这是隐藏在你心里最柔软处的深情么，真的让人看了很是伤感，凄美得让人不思回味，请问，这是一个真实的故事么？
——我是一片云

红叶题诗，写不尽的相思……
——闲看落花

成就了满山红遍的风景之后，所有的如火热情随着秋风飘来，吹散在冰冷的空气中。

故乡的秋，是梦！七月使然，八月团圆，九月授衣。晚秋，俨然一股无情的秋风，猝不及防，把落叶一卷而去，残留在枝头上的树叶不过苟延几日而已，深知大限之期不远，彷徨、挣扎。行人越过树下，他们低吟一曲宋词，愿天下有情人终成眷属。风儿迎面飘来，他们浅唱一首元曲，愿秋的脚步别那么轻快。

晚秋是梦，枫叶红了，花儿却谢了。

记得两次在北京，一次是春夏之交，一次是隆冬时节，两次都无缘邂逅枫叶。我知道枫叶是在晚秋，与寒霜不期而遇，寒霜越是凝重，枫叶越是血红。在凝重的秋色寒霜之中，她的生命显得格外的火红。杜牧能在枫林中小憩，顺便喝口小酒，来几句感叹，那是因为：霜叶红于二月花。我没有这等幸运，生于南国，长于南国，遗憾的是没有在枫林之中小憩，不然，我会对着晚秋里的枫叶高呼她的名字。

曾经听说一对萍水相逢而热烈的恋人，相识于茫茫人海，最后，连手都不曾挥一挥，就是在一个枫叶飘零的晚秋，随着秋色越来越深重而渐行渐远，直至没有一点呼吸……这种罹难，也许只在成人的童话世界里。

晚秋，伤情，留下的只有相思泪。在一个曾经留下足迹的地方，在一个生活若干年的地方，停歇、飘散、化蝶，最后，聚成一枚燃烧的火焰、燎原的心，化成一条长长的血红的丝绸。

我仿佛看见，枫叶血红，佳人起舞……

那是一个晚秋，一个身影出现在一个身影的面前，飘逸的秀发无法遮掩清秀的脸庞，泪水从眼角溢出，打湿了衣襟。

从此，我开始疲惫。瘦弱的身躯，余生蹒跚在荆棘丛中，回望来时的路，高矮、坑洼、泥泞、坎坷……我梦着，等一天终老，风烛残年，我却坚挺起来，穿越这片艰难的林子，让心中的大陆不再漂移。

泪水又一次流淌，我发现，泪水不是咸的。

曲水流觞

①天残地缺：
《神雕侠侣》最初名
为《天残地缺》。以
杨过断臂为天残，小
龙女失贞为地缺。

临窗而坐，心中就如纳兰性德："我是人间惆怅客，知君何事泪纵横，断肠声里忆平生"的心境一般。每每子夜时分，总是独自倚在床头，吐着烟雾，凝心听雨。每次如此，才知心渐凉，雨绵绵，相思不断。此时此刻，我一个人静静地聆听那些陈年已久而又伤感的曲调。

突然之间，我的心一阵痉挛。这时候，我才真正读懂：一种相思，两地闲愁。于是，我想起曹植的《明月上高楼》。

二〇〇九年，我在成都，站在司马相如曾经写下千古名篇《凤求凰》的地方，我仿佛看到了此时的司马相如在长安踌躇满志，而卓文君则在成都独守空帏，静待丈夫荣归。那一刻，卓文君那种"忽见陌上杨柳色，悔教夫婿觅封侯"的心情可想而知。此前，司马相如何等的潦倒、失意，而卓文君呢，凭着司马相如一曲《凤求凰》，在封建时代礼法森严的社会里，大胆冲破世俗，不顾嫌隙地黄夜私奔住在客舍的司马相如老家。从此，饮酒作赋、鼓琴弹筝，扶司马、候相如，使穷困潦倒、当垆卖酒的司马相如成为汉室名相。

再读《凤求凰》，与《明月上高楼》相比，我更喜"有美人兮，

— 101 —

见之不忘，一日不见兮，思之如狂。"

这就是一种情感的独白。

我的骨子流淌着憧憬美好、向往完美的血脉。记得我曾经看到杨过与小龙女断肠崖别后十六年的苦苦相思，我的心灵震撼了。一段多么美好的爱情故事，金庸先生怎么忍心如此行笔，惋惜地让他们生离死别呢？那时候，我骂金庸是一个糊涂蛋，不顾杨过与小龙女的凄美。十六年，杨过那种"曾经沧海难为水，除却巫山不是云"，或者"衣带渐宽终不悔，为伊消得人憔悴"的相思，积攒了他对小龙女的忠贞不渝。于今来说，多少痴男怨女也逃不掉这样的阡陌红尘。十六年后，我才由衷地佩服金庸先生，把爱情写得如此凄美，在残缺与现实交错之中却使那段真爱依然保持完好，终于让杨过与小龙女重逢，成就了他们的"天残地缺"①之美。

相思一夜情多少，地角天涯未是长。思念无论如何寒冬，如何凝冻，我依然心有双丝网，中有千千结。于是，在一个夜深人静的时候，我回到了那一年，我默默注视着过往的行人，那些悠闲自在飘来飘去的人儿，我仿佛看到了我的来生。

曾经心比天高……那是一个扎头巾、挟长剑的翩翩公子，白色头巾飘在风中，宛如两条划破天际的丝带，一匹枣红色的汗血马，一卷诗书，伴我天涯海角浪迹……然后，在世外桃源，从不与外人来往，男耕女织，与世无争。不担庙堂之忧，不问世俗凡尘，终日把酒迎风，浣纱溪涧，逍遥、自在、从容，自得其乐。

那是一个梦，这个梦，多少人无数次重复着。

邂逅樱花

念初中时，我从语文课本上认识了盛产于日本，被日本政府称之为"国花"的樱花。多年前的一个夏天，一位从武汉读书归来的远房亲戚不止一次地对我提起樱花，称武大的樱花之美为"云霞满天"。樱花从此烙在我的记忆中，定格成了这一生非要亲眼看见其热烈、纯洁、高尚不可的誓言。

幸好，一个让我缘见樱花的日子并不久远，那不是在日本的富士山，也不是在武大的校园，而是在贵州凤冈。三月的凤冈，草长莺飞、满山滴翠，桃红李白纷纷谢绝了客人，唯有樱花还欢畅地怒放在浅浅的绿色中。

凤冈的樱花源于何时、来自何处、数量几何，在短暂的凤冈之行还未来得及考证。只是刚进凤冈县城的我便被街道两旁怒放的樱花牵引了视线，望着粉红的樱花，我忘却了旅途的疲惫，同行的朋友说，这时候的樱花已经即将凋谢了。

还在怒放中，怎么就即将凋谢？我的心不由一怔。

看见成片的樱花是在一个叫范家湾的地方，那不应该是凤冈的范家湾，而应该是凤冈的富士山。走在樱花丛中，透过三月的阳光仰望她那粉红的身躯，太阳的缕缕余晖斜照下来，斑斑点点的光阴似乎在举手投足之中悄悄而逝。注视樱花，大多是粉红色，近到花蕊的地方，粉红方显沉重，林中间或一株两株纯白色的樱花树，花瓣显得格外清丽。樱花的花瓣五瓣居多，薄薄地屹立在枝头，每一朵笑迎宾客，既不抢眼，亦不慵懒，竞相开放，层层簇簇，婉转在蜿蜒苍虬的枝干上，映着明媚的春光，溢彩、绯红。

置身樱花丛中，偶有微风吹来，花瓣随风飘零而落，俨然如雪的落英，又似起舞的清影。看着朵朵飘落的樱花，不禁想起我的南国之行。也是在春天，与一位来自日本的姑娘邂逅广州一家古典幽雅的咖啡屋，她叫樱子，那一夜，我真正有了樱花情结，在昏暗的灯光下，樱子粉面含羞，犹抱琵琶，虽然衣着的不是和服，虽然说的是汉语，但她那身体里流淌着的血液一点也没有改变身在异乡的性格。那一次，我知道了关于樱花更多的知识，知道了关于日本女人和樱花的故事；那一次以后，樱子再也没见过我，我也没见过樱子了。

在范家湾的樱花丛中，没有古筝甜美而忧伤的旋律，只有片片飘落的樱花，望着如此绚丽、哀婉的画境，脑海里浮现出了晚唐诗人李商隐"何处哀筝随急管，樱花永巷垂杨岸"的诗句。想当年，唐玄宗为博美人之欢，不惜每月耗资十万，作为脂粉之资。历史的镜面又一次闪烁出了杨玉环穿梭于万朵樱花丛中那种"云想衣裳花想容，春风拂槛露华浓"的情景来。

"小园新种红樱树，闲浇花枝便当游"；"柳色青堪把，樱花雪未干"；"三月雨声细，樱花疑杏花"……史书记载，描写樱花的诗句既不如牡丹之数，亦不足莲荷之量。可是，古往今来的文人墨客依然没有忘记樱花，王僧达、沈约、白居易、萧隐士、王安石等文人墨客在各自的诗文中也曾提及樱花，冰心曾写下了《樱花赞》，叶圣陶曾写下《樱花精神》。

樱花在日本已有一千多年的历史，这是樱子告诉我的，早在七世纪，持统天皇对樱花别有一番情结，多次到吉野山观赏樱花胜景。当时，赏樱花只在权贵之间盛行，到了江户时代，樱花遍野，赏樱花才流行在平民百姓中，成为日本传统的民间风俗流传至今。在《辞海》中发现，中国也是樱花的产地之一，早在秦汉时期，樱花就在宫苑之中出现，成为王公大臣、嫔妃公主富贵的象征，到唐代，已经散见于私家花园，后来，遍布祖国大江南北……

"樱花飞逝，风卷残月。所谓伊人，何去何从？"看到樱花，想起樱子，也想起樱子说过的"樱花七日"。在范家湾的樱花树下，注目怒放的樱花，想到眼前灿烂且多姿的樱花即将凋谢，心中不由泛起一丝苍凉。想起与樱子的邂逅，想起人生的短暂……悲伤在脸上再也无法隐藏。同行的朋友似乎看透了我的心思，半开玩笑半认真地说我赏樱花赏出了情思，说我托住了下巴却托不住相思，藏起了泪滴却藏不起往事。

其实，与樱花相比，人生何尝不是如此！

二〇一〇年的绝恋

二〇一〇年冬日与往年一样不期而至，在西部小城，终日转动在规律的工作、生活时钟里，随着衣衫的添减，感觉到十月的降临没有半点舒坦和惬意。

这几天，气温骤降，大街上身着羽绒服的男男女女花花绿绿。而他，却单衣单裤行走在人群中，卷曲着病恹恹的身躯寻找生命的支点。偌大的都市，依然是车行其中，人行其中，没有一根属于他的救命稻草。于是，他的影子在猎猎寒风中飘摇，开始枯竭……

这是一个故事的开始——

月影万变，逃不出阴晴圆缺；暮苍幽怨，埋不住一生绝恋。

十月，这份思念死死拴在千里之外，我告诉他：萍水相逢，缘来缘去，人生只剩下生命的承诺。如今，这个十月却愁肠百结。

那年十月，好冷。他还在一间租来的屋子里，坐在炉火边上看电视，思念不断升腾，心，却飞向了千里之外。零时的钟声敲响，他摁动手机信息的发送键，一个飘向远方的，带着一颗心的问候即刻启程，把人生最深沉的祝福送给了心底的女子，嘴角洋溢着幸福，那一晚，惬意地睡了。从那以后，每年十月，他都或多或少留下一点回忆，记住了她的名字。

因为，十月，是她的纪念日！

相识只是偶然，不知道如何在茫茫人海中寻找。朋友说她是一个典型的东方女子，秀发飘飘，举止矜持，对于她，"耕者忘其犁，行者止其步"也许就是最好的诠释。她的一颦一笑，一举一动都是那么的自然、自在，也是那么的简单、简洁，更是那么的优雅、优美。他记住了她的不只是名字，还有她一生的温柔，善良，她总是微笑着走来，微笑着离去，回回头，微笑消失在苍茫宇宙中。

这又是一个故事的开始——

那是那一年冬天最寒冷的季节。在一个没有亲人的地方。三个多月的时光里，幸福围绕在他身边，两年了，怀念依旧，且铭刻于心。

在那个世外桃源的那些日子，他的手机总爱收到短信，印象最深的一条短信是："你是我这一生第二个心动的男人"。还有很多，那短信就像一个一个冰糖葫芦，甜甜的，像一首一首爱情诗，对于那样的爱情诗，他无法回应，也没有回应，因为，他不会写诗，也读不懂女人的诗。给他短信的那个女子却是诗人。而在另一个地方，有一个女子在千里之外和他一样熬到深夜。

那些夜晚，手机收下了千万种关爱，每一声真切的问候，每一声深情的呼唤，都让他在静寂的夜里安静、舒适、甜美地睡去。那一年的冬天特别冷，我们都穿着厚厚的棉衣，村庄里的男人比我们还夸张。可他是幸福的。

因为，每一个寒冷的夜晚，每一个饥饿的夜晚，有她相伴，永远不疲惫的信息彼来此往，一直到深夜或者到凌晨才快意地闭上双眼。他梦见了她，一直挽着他的胳膊，温柔地陪他走过高原上的每一寸土地，和他一起数过丛林里的每一棵树……

一个一个美丽的梦，在他心里集结成一种相思。

关山重水，思念永远无法阻隔。

在这个故事即将结束的时候，我想起了台湾诗人余光中的《乡愁》，"乡愁是一湾浅浅的海峡／我在这头，大陆在那头"为何不改成"思念是一根长长的线／一头连着我，一头连着她"呢？若干个日日夜夜，若干的思念和牵挂，诉不尽思念的穷期！

每年的初冬，他依然托寒风把祝福捎给她。他说：我捎去的不只是我的祝福，还有我一生的思念和牵挂。日月如梭，斗转星移。

十月，思念的长线依然，而他的祝福如期送出去却不能如期到达了。

寂寞人生路，凄凉两地家……熬住心头沉重，历尽人间悲痛。

故事就这样结束了吗？恩！

纸背上的倾诉

心路·历程

成长·影响

感谢这些影响着我人生的导师。面对他们的一言一行，有的依稀记得，有的或者忘却。若干年以后，当我重拾这些记忆时，我会庆幸，有他们作为我前行的灯盏。

追忆大父^①

祖父走了，离开了我们一家十几口。这些年，我的脑子里时常浮现出他老人家在世时的样子，就跟书上说的"音容宛在""笑貌长存"一样。尽管已经好几年了，但我还经常在夜里梦见祖父。我没有统计过到底在这样的梦境里见过祖父多少次，反正不少，亦真亦幻，祖父的一言一行犹如昨天刚刚发生。

我的祖父二十世纪三十年代初出生在贵州省仁怀县二郎里二甲地名小麦坝的一个富足家庭。早在清朝末期，我们那个家族十分兴旺，高祖是富甲一方的财主，就连嫁女儿也陪嫁丫鬟侍女，曾祖个子矮小，一生十指不沾泥，农忙时节雇人种地也只在田边地头背着双手转来转去。在我祖父出生以后，两百多亩土地被没收，家道逐渐中落。

祖父十岁进学堂读《幼学琼林》《四书》《五经》之类的书籍，随着家道衰落，不得不退学在家。后来，我的姑曾祖父也就是我祖父的姑父，看到祖父天资聪慧，向曾祖说要祖父随他习医。姑曾祖杨锡斋先生是清末秀才，满腹经纶，妙手文章，清王朝覆灭后他便拜师学艺，悬壶济世、治病救人。祖父师拜杨老先生。两年半以后，也就是解放战争开始那年，祖父刚满十四岁，便回到家乡。按老人们的说法就是学艺已经出师了。正要准备行医卖药时，从四川来了一个尹姓江湖郎中，祖父知道这个江湖郎中有一手治疗疮痍的绝活，便又拜这位尹姓老先生为师，学中医外科。半年后，祖父靠自己上山采来的草药起家开启了他为期六十年的行医生涯。

新中国成立后，祖父东奔西跑，种过牛痘，参加过医协会，办过村医疗所。那些年月，我们一家包括祖父的同胞兄弟一家，十几口人的担子全都落在我祖父的肩上，大跃进时期，村子里有人饿死，我家虽然日子也很紧张，但始终没有遇到太大困难，还供我父亲一辈兄弟姊妹几个读书。"文化大革命"后期，由于祖父算是村子里有点文墨的人，便成了批斗的对象，人民公社、大队几次欲捉拿我的祖父，但都遇贵人相助，侥幸逃脱。祖父那时候年轻气盛，相当自负，多次顶撞大队、生产队的领导，可半点亏也没有吃过。后来，我曾听到祖母说，生产队里当时有规定，农户过年杀猪要交什么钱，由于祖父和那些领导有些成见，生产队就不允许我家杀猪过年，为了吃到猪肉，祖父没有请屠户，自己用药把猪悄悄毒死，然后上报生产队说猪暴病而亡才请屠户"打整"②。

尽管我的祖上十分富足，可遗留到祖父这一辈的住房也就只有三间不到六十平方米的木材房子了。改革开放的第二年春天，祖父另择宅基地，把原来住的老房子留给了他的同胞兄弟。虽然建房时地方已经承包到户，农民普遍开始自给自足，但家境仍然十分困难，没有木材，没有大米，全都在街上买，那时我三岁了，根本不记事。祖父行医有几分钱就买来木材，祖母平时省吃俭用，一个家勉强可以维持度日。后来听说，修房子那时顿顿吃的是萝卜饭，青菜汤。

我曾在祖父修建的立材房子里居住了六年。印象颇深，就是从那时起，我在祖父的教导下开始学习书法。我学习书法时还不到六岁，刚启蒙读书，祖父给我买了毛笔让我天天放学回家练习。我家有一张大桌子，漆功十分了得，表面反光，我那时就趴在那张大桌子上用清水练书法，写了又擦，擦了又写，周而复始。为我后来在书法上师从一位七十岁的四川老书法家奠定了基础。在我七岁的时候，祖父在一家国营煤矿医务室工作，属自负盈亏的那种。我的父母离异后，我一直跟着祖父在那家国营煤矿生活。到了二十世纪八十年代中期，祖父辞去了国营煤矿的医务工作回

①大父：祖父。出自《韩非子·五蠹》："大父未死而有二十五孙，是以人民众而货财寡。"

此外，在《史记·孝武本纪》《史记·留侯世家》《梁书·王茂传》，明归有光《归府君墓志铭》等典籍中皆有记载。

②打整：方言，在这里意为整理。

家第二次修建房屋。

那时我可以背十块砖了，确切地说已经念小学一年级了。

我们家的房子也就是现在居住的房子，一家人没有费一点力就修好了，五间正排正列，全是发包出去修的。后来，我考上了全区唯一的一所寄宿制中学（那时的寄宿制中学很少），初一刚半年过后，我不幸患上贫血病。祖父对我十分偏爱，认为我的贫血病与继母有关，为了我的病，多次骂我的父亲，尽管父亲当时已经三十多岁了，但在祖父的面前仍是一个孩子。祖父是一个严厉的老人，直到他老人家临死时也如此。我休学半年之后治好了病，祖父给我九十块钱让我回到学校继续念书。

怀想祖父，我难以释怀的是一种感激。与祖父相处，祖父总是讲很多书上的典故给我听，还给我买来不少书让我读，我在一边练习书法的同时，也一边爱上了祖父曾经读过的诸如《三字经》《诸子家训》《幼学琼林》之类的书籍。有时候，就连祖父的医书也读，其时咿咿呀呀，不知所云，而今却受用终生。祖父常常对我说："黑发不知勤学早，白首方悔读书迟。"我最喜欢这一句。多年以来，在祖父的教诲下养成了爱读书学习的习惯，直到今天也如此。现在，我所知道的"云对月、雨对风，山花对海树、晚照对晴空"；"日月五星谓之七政，天地和人称之三才"，甚至"平平仄仄平平仄，仄仄平平仄仄平"之类的东西就是那些年月在祖父的指引下学到的。

我是一个好学之人，但我怕干农活。以前，祖父为了教会我更多的知识，带着我一起上山犁过土、种过地，还糊过田坎、打过水田，祖孙俩总时常在地里吵架，每一次面对祖父的严厉，我害怕得只能投机取巧。祖父一生嗜酒，上山干活带着两个瓶子，一个装酒，一个装茶，我知道酒对他这一生来说已经喝得够多的了。我只给祖父送过一次酒，那是朋友送给我的早年的"中峡贵酒"，除此，一次也没有买过酒给祖父。现在回想起来，泪水有些禁不住，祖父教会了我很多，而我却对不住他老人家。

祖父在村里备受乡亲们尊重，他处理过不少扯皮事情，也接济过不少困难户。早年，哪家有婚丧嫁娶之类的酒席都邀请祖父为他们写对联，祖父的书法水平和今天的名家比起来虽说有些许差距，但在村子里也是数一数二的。我十二岁上初中了，祖父就再也没有为乡亲们写过对联，我在祖父的指引下开始接替祖父干这活儿，开始的时候照书上的抄，后来随祖父学习了对联格律、对联撰法以后，慢慢就不再用书了，临时写临时编，四时即景，随机应变。

我参加工作以后，虽说是工作，可一直是一个临时工。每次回家，祖父时常说，要勤勤恳恳，兢兢业业，戒骄戒躁，不卑不亢。祖父的每一次教诲我都认真聆听，我还为祖父讲一些当前县里、省里、中央的政策、新闻之类的。和祖父相处，愉悦、欢畅。可惜，好景不长，祖父去世的头年冬天，消瘦、疲倦成为不好的兆头，精神大不如从前。他知道自己得了什么病，就是不治疗，连我也搞不懂怎么回事。有一次，我回家，祖父对我说，要我尽快把远在黔西南的妻子调过来，让儿子也跟着过来。这是祖父最大的心愿，他还对我说他的日子不多了，今后我们一家的担子要全落在我的肩上。顿时，我的心情极不舒坦。后来送到医院检查时，我看到医生在病历上写着直肠Ca[③]（晚期）那一刻，我差点哭出声来，我知道Ca是什么，加之晚期，意味着没有治疗的希望了。

③Ca：医学用语，癌。

我们一家以我祖父为"掌门人"的家庭在我和我的兄弟结婚以后一直没有分家，至今也如此，祖父母在世的时候，全家十二口人，逢年过节，十二口人同坐在一起，好不热闹，真正的三世同堂。祖母先于祖父离开我们两年，祖母去世时我刚刚考到报社工作一年。祖母去世的那天夜里，我接到电话后急忙包了一辆出租车回家，回到家里，脚上还穿着一双拖鞋，对于祖母的去世，我伤心不已，更伤心的是和祖母相濡以沫六十年的祖父……

祖父承载的担子太重，我的父亲姊妹四人的抚养与婚配，还有我这一辈兄弟姊妹五人的培育，尤其是我和我的兄弟，在父母离异后，祖父含辛茹苦。他除了管好我们一家当好"掌门人"以外，还帮助他的同胞兄弟完成了三个子女的婚配和住房修建，也把老房子送给了他们。空空两手开始自己创业，为我们留下了三处不同地址的房产。书上说：鸦有反哺之义，羊有跪乳之恩。我不知道我要怎样做才可以报答我的祖父，也不知道我的父亲该怎么做才可以报答他的父亲。

我没有来得及回报祖父，祖父就离开了我们。

祖父是二〇〇五年春夏之交谢世的，那时候我在县委保持共产党员先进性教育办公室工作，堂伯父电话告诉我，祖父病重，要我回家一趟。我来不及请假，就连衣服也没有换就急急忙忙赶回老家。

　　我的老家和县城相隔不远，仅仅只有四十分钟车程。回到老家，家里已经集聚了不少乡亲，祖父的同胞兄弟看到我到家了，眼里含着泪花对我说，快点，你的祖父一直在喊你的名字。我三步并两步飞奔到祖父的病榻前。父亲正拽着迷迷糊糊、喃喃自语的祖父，还对祖父说：伯伯，一家人都到齐了，您老有什么要交代的就说嘛。我的父亲四个姊妹，一直以来都称我的祖父是伯伯，称祖父的兄弟为幺爷，这样称呼的还有祖父的同胞兄弟的三个子女，从我大姑妈出生的那天起就这样叫，我两家的父辈七姊妹一直叫我的祖父和叔祖父为伯伯、幺爷。

　　祖父虽然走了，但健在人世的叔祖父也备受七个姊妹的尊重。

　　祖父在病危之中看到了我的影子，眼里充满了忧郁。那双眼睛我至今没有忘记，其时，我不知道还有什么，可我后来仔细想，祖父在弥留之际唯一放心不下的就是他的大孙媳妇那时候还在黔西南工作。

　　我是一个感情脆弱的人，看到书刊上有悲情的故事或是电视剧里有感人的画面，我都会禁不住伤感。在我的记忆中我很是伤心地哭过一次，那是我的兄弟结婚当天，我看到我的三姑妈也就是我父亲的第一个妹妹那病得变了模样的身躯，自己的眼泪忍不住像珍珠断线一样掉了下来。三姑妈和我有很深厚的感情，缘于我五岁时父母离异，一直是三姑妈把我养大的。为了治疗三姑妈的病，我从来没有吝啬过自己少得可怜的工资，可是三姑妈患的是肾积水导致肾坏死，无法治愈，在我的祖父离开我们一年后就过早去世了，我无法报答三姑妈的恩情，只好把我的小表弟送到一所技校读书。

　　在祖父大去之时，我始终没能哭出来，我知道今后再也不会见到祖父他老人家了。祖父的最后一句话是对我说的，他紧紧抓住我的手，断断续续说，要我把妻子从黔西南调回来，不要离开自己的故土。我深知落叶归根这个道理，在此之前，我曾动过离开家乡的念头，甚至在黔西南的单位都联系好了，为了祖父的遗言，我没有离开家乡，终于在祖父谢世一年后把妻子调了回来，儿子也一起过来了。

　　今天，尽管祖父已经离开我们多年，但我的这份怀念之情始终还在。时常在梦里和祖父谈心，聆听祖父的教诲。我心里清楚，我是祖父最好的家业继承人选，读过祖父不少医书，记得他老人家传下来的许多中医药方，可事与愿违，偏偏爱上写作，走上新闻与文学的道路，无法从医，更不能像祖父一样悬壶济世、治病救人。但是，我始终没有忘记祖父教会我那些做人的道理。

　　祖父入土那天，是祖父彻底和我们阴阳两隔的那天。确切地说，在祖父没有入土的时候，即使祖父已经不再说话，但我还是在灵堂里悄悄揭开祖父脸上的黑布悄悄偷看他老人家的样子。真的，我和祖父有很深厚的感情。就要看不见祖父的样子了，我甚是伤心，在祖父的灵柩入土前夕，我在祭文中写下这样一段：

> 声声严君早逝心犹痛；阵阵大父旋亡泪更枯。孙辈五人，大男长者近三十，小男幼者方十四。人人年茂，足见猴年多苦雨；个个无知，谁料今春更心寒。一夜清风狂摧祖竹；三更凉露泪洒孙男。维也：泣血之声响彻云霄；哭祖之泪撼动山岳。泪也：风起云飞室内犹存戒子语；月明日暗堂前似闻弄箫声。伤也：乌养未终区区怕读陈情表；鸾骖顿杳炎炎尤作痛心人。

那一刻，生离与死别，悲痛与伤情，全都涌上心头。在祖父入土后一个月，我们一家又按照家乡的风俗请来道士作法，前后一共十天，算是对祖父死后的完满超度。

此时此刻，怀想祖父，更有挡不住的思念之情。耳畔时常响起祖父勤勤恳恳、兢兢业业、戒骄戒躁、不卑不亢的教诲，虽然人生对于我来说还漫长，可我没有忘记祖父对我的教诲。过去，我时常对祖父说，我永远都会记住他这句话，一定做到这个标准，反思这些年来，我也是这样做的。梦里再见到祖父，我还会对他老人家说，我会记住这句话，也会这样做。可惜，如今只有"风起云飞室内犹存戒子语；月明日暗堂前似闻弄箫声"了。

而今，没有什么带给我的祖父，唯有过年过节烧上一点纸钱。

没想到吴老师的文言文功底如此深厚。句句触动心灵，字字默默含情。
　　　　——行者无疆

这一种与祖父的深情不是用泪水可以表达的，相信您在写此文时内心似乎一个文字就是一阵锥心的刺痛。

读罢《追忆大父》泪水涟涟。
　　　　——罗兰梅子

永远的情愫

二十世纪九十年代初，我曾拜在一位德高望重的老人——张计于①先生门下。那时，先生年过半百，而我正同学少年，懵懵懂懂。

无论多少年，时已过境已迁，唯一不变的是这份师生情愫。

我清楚地记得，父亲领我去习水树人学校报名那天为我交了两百元学费。此后，我就在张计于先生座下为徒。当时，班上共有六十二名学生，先生要求极为严厉，上课却甚为活跃，"活泼而不风骚，严肃而不呆板。"是先生在课堂上的口头禅。因为如此，我才懂得"心似平原野马，易放难收；学如逆水行舟，不进则退"，在受教于先生一年的时间里，先生总是说：兴趣是最好的老师！他这句话，令我终生难忘。

那时，我仅仅十五岁。

因为是补习班，一年的时间需要完成三年的课程，在先生的教诲下，学其重点、攻其难点，每天上课以手抄作业，聆听讲解，核对答案为主。一年，我极为珍惜那段宝贵时光，给我后来成就自己的人生铺平了道路。再后来，先生一直在学校，而且肩负着更为沉重的担子。

岁月流逝，光阴荏苒，我总是忘不了那一幕一幕。每当先生拿起粉笔走进教室，随着一声"起立"，他那严肃而和蔼的目光移扫而来，让人感觉场景虽小，却不失沙场点兵的威武。是呀！教书育人是太阳底下最光辉的职业，光荣、自豪，那种场面虽不及盛会的浩大、隆重、壮观，却永远不乏"指点江山，激扬文字"的豪迈。人生的恩怨、生活的烦恼、疾病的痛楚……一切都烟消云散，满是高洁怡悦和潇洒悠然。下课铃声响了，先生才拾起剩下的几粒粉笔头意犹未尽地走出教室。

这就是当年的先生。如今，他依然精神矍铄、谈笑自若。

先生①十六岁走上讲台，七十岁离开了执教五十四年的讲台，从小学教到大学，当过一个人的校长兼老师，也当过数百人甚至上千人的中学教导主任。退休后，为了教育又义无反顾参与办学。五十四年，他最宝贵的人生奉献给了教育，整整培育了三代人。十几年前胃切除后，饮食大减，身体欠佳。在没有离开讲台之前，我多次规劝先生退下来好生休息、颐养天年，可先生却说：人生七十古来稀，等七十岁以后再说。那一年，先生七十岁了，才恋恋不舍离开他心爱的讲台，但又把富余的精力奉献给老人们，担任了诗词学会的副会长，夕阳美老年艺术团的主持人。

怀想恩师，心底充满无限感激。

记得那年冬，先生不知从何处书籍上得知我的简历，驾临我的办公室，赠我一条蓝色镶白花的领带。先生说："昨日天真小儿郎，今朝而立伟栋梁，青自蓝出冰胜水，师生忘年情谊长。"那一年，我三十岁，那一天，刚好是我三十岁生日。先生并不知道我生日，只是偶然窥见书刊上的简介。那天，先生走后，我写下了《而立之行》，从此，不求"举世而誉之，举世而非之"。但求"定乎内外之分，辩乎荣辱之境"。

二十年多了，师生情愫未改。张老师虽赋闲在家，但身体每况愈下，令我忧心。每一次忙里偷闲去拜访，老人家都热情地为我冲上一杯咖啡，然后感慨大去之期不远。

又是一年春，还有些许时日，先生就整整八十高龄了。今日，学生无以为报，只有祝先生杖履千春！

①张计于：贵州赤水人，十六岁走上讲台，七十岁卸任，著有《桑榆逐梦吟》（诗词联选集）。

师恩难忘，人的一生能遇到一两个这样的好老师足矣！

"定乎内外之分，辩乎荣辱之境"，一生做好不易。人是要有这样的定力与胸襟。

——巢湖秦歌

师恩难忘

也许是师生情深的缘故吧，离开母校这么多年以后，总是怀想起那个逝去已久的中学时代。

那是二十世纪八十年代末期，我升入中学半年后患了一场贫血病，在初一还没念完就休学了。第二年秋天，贫血病基本康复，家里把我转到另一间中学复读初一。刚入学那天，一位年龄不大、个子不高的老师走到我的面前，说："好好读书吧，'小中学'和'大中学'①其实是没啥区别的……"那时的我仅仅是一个孩子，什么也不懂。后来，我才知道那句话的弦外之音。

他，就是我的中学语文老师——钟名书。

钟老师和我是同乡，开学刚不到一月，钟老师去我家告诉我的祖父说："付刚身体不好，每天早去晚归，怕身体吃不消，干脆住进学校吧。"就这样，我被褥没带、枕头没拿住进了钟老师的寝室里。

我所就读的是一间完小的戴帽中学，教师寝室是六九教室隔的，虽不太宽敞，可大大的窗户显得十分明亮。我清楚地记得，刚开门进房间的那一刻，我的目光锁住了窗户上挂着的一幅已显高龄的蓝色窗帘上的那幅风竹图。钟老师指着窗帘对我说："苏东坡曾经说过，宁可食无肉，不可居无竹，这学校周围没有竹子，也只好弄幅有竹子的窗帘挂上。"就在那幅风竹图的窗帘下，我度过了三年的中学生涯。

钟老师是一名师范毕业生，他在学校里学的是体育专业。毕业分到那间学校任教后，一边专注于他的体育教学，一边尝试着语文教学，之前他送过两届初中，但都只是教到初二就退回来教初一。那时候，他自谦地说，不敢去尝试初三的语文教学，希望有经验的初三语文教师可以在中考前夕带着学生奋力冲刺，让更多的学生能如愿考上中专、中师。

和钟老师同住一起，他那种父母般的呵护使我今生难忘。记得上初二那年冬天，有一次我感冒了，屋子没有生火，天气特别冷。晚自习下课以后，他很早就上床睡了，十点过的时候起床对我说："趁被窝是热的，快上床睡吧……"我看见钟老师殷殷关切的眼神里仿佛透露出一种伟大的父母般的爱。那时候，每天天还没有亮，钟老师就催我起床读书，我生怕惊醒了他，一个人轻轻起床悄悄洗完脸后坐在窗帘下守着那盏孤灯静静地默读着。最难忘的是钟老师自己掏钱为我订阅了《中学生作文选刊》《中学生作文成功之路》《中学生作文通讯》等，并从书上找出写得最好的作文让我背诵。我一背就是两年，给我的写作带来了很大的帮助。时至今日，我还能记住《中学生作文成功之路》上一篇题为《童年遐想》的作文：人生的小船在岁月的长河中不停地行驶着，我那金色的童年再也无法找回了。是啊，人生的小船在岁月的长河中不停地行驶着，我那一段与钟老师同住的日子再也无法找回了！

钟老师告诉我，做文章要像做人一样，真实、善良、纯朴。那时的我似懂非懂。记得是一个很深的夜晚，钟老师批改完全班的作文后，给我开起了小灶，指出文章要有真情实感，不要矫揉造作、无病呻吟，要感动读者，首先要感动自己。从做文章到做人，钟老师告诉我，一篇好文章不需要任何伪装，一个善良的人也不需要任何伪装。那一夜，我分明看见了他黑黝黝的脸上已经没有一丝光泽的双眼就快要掉进骨子里去了，可他依然耐心地对我讲个不停。

从钟老师的教诲中，我终于明白了那幅风竹图的含义，也明白了钟老师平生爱竹的原因。后来，我去他家做客时，发现了他

①大中学、小中学：大中学指区中学，属寄宿制学校；小中学指乡中学，属完全小学戴帽中学，半日制。

恩师永不忘，师生情谊长。
——风回小院

师恩难忘！难忘师恩！
——龙女

的房前屋后居然有很多竹子。

　　钟老师教了我三年的语文，一千多个日日夜夜，我们除寒暑假，节假日没在一起以外，几乎所有日子都在一起，所有的夜晚都在同一张床上。那三年中，每天都是他叫我起床。我初中毕业离开那间学校后，钟老师也调到了另一间完小当校长，后来当我再回到那所中学教书时，毅然选择了我读书时住过的那间寝室，在那间小屋里，那幅蓝色的风竹图窗帘依然还在，不幸的是破了几个小洞……

　　时隔多年，每当看到哪里有竹或是与竹有关的图画，我就总抹不掉我中学时代的记忆，想起那个难忘的岁月，就总是忘不了与钟老师在一间屋子里同住的日子。

礼敬王彬先生①

初冬的北京稷园很宁静，我们的生活已经规律地形成了上课，吃饭，睡觉或是等睡觉了，再也没有都市的喧嚣和热闹。

"王彬老师上完课后忐忑不安地走了。"这是后来我听到赵剑平老师说的。赵老师说，王彬老师离开的时候请他转告我们，对不起大家！我听到这话的时候，内心震撼极了，怎么一个鲁迅文学院分管教育的副院长如此言重呢？

二○○八年十月二十七日下午，我们一改平日三点钟上课的习惯，班主任通知我们，改在下午两点半提前上课，老师有事需要提前离开。我不知道那天下午是哪位名家给我们授课，但我是两点钟到教室的。王老师来了，我们和往常一样鼓掌欢迎，大家的热情一点也不亚于前几日。

王彬老师给我们讲的是小说的动力元。

他的嗓门很小，坐在后面的同学听得不是很清楚，但只要认真听讲是没问题的，我们都不是小学的孩子，不像小学生一样上课不认真还做小动作，讲俏皮话那样，即使自己不认真听课也不会影响他人。在王彬老师讲课之前，我们每人都用一种敬佩的眼光打量着这位衣着朴素，举止平凡的老人，也许有人在想，鲁迅

① 王 彬，1982年春于首都经济贸易大学毕业。鲁迅文学院副院长、研究员。致力于叙事学、中国传统文化与北京地方文化研究，偶写散文。著作有：《红楼梦叙事》《水浒的酒店》《中国文学观念研究》《禁书·文字狱》《北京老宅门图例》《北京街巷图志》。文学作品有散文《沉船集》。

文学院的副院长，又是我们这班学生的名誉班主任，学识上、演讲上该是多么的厉害呢？

一开始，我也在怀疑自己的感觉，鲁迅文学院副院长不过如此！说实话，开始的时候我有些茫然，怎么会是这样的授课水平呢？实在欠水准。可是，我很快发现自己的感觉是错误的，王彬老师讲小说的动力元，我越听越感觉就跟我在写小说运用的技巧一样呢？我也用过这样的元素，可我运用的时候不知道这就是动力元。

我从心里敬佩着王彬老师，在他的讲座中，我发现有不少同学悄悄离去，有不少同学在睡觉，有不少同学在玩手机（大概是在发短信之类的），我真为这些同学感到惋惜，遇到了这样一位不苟言笑、丢掉了幽默风趣的学究派大师，居然不认真听课。

在给我们上课的老师中，王彬老师是一位最不幽默，最不健谈的老人。那些日子，不少同学争相找老师签名，合影，我则躲在一旁观看，到底是追星呢还是崇拜呢？其实，与老师合影也没有什么坏处，但也没有什么帮助，我估计，无外乎标榜着自己与名家如何如何，不信，你看看，这是我们的合影！

课间休息的时候，我发现和王老师合影、找他签名的同学没了，这还真给我留下一个和王彬老师短暂交流的机会，我告诉王彬老师，这节课讲授的内容让我眼界大开，是一堂很专业的、很学究的讲座，我以前写小说也用过这些技巧，但不知道这就是动力元，而且运用得不恰当，真是谢谢老师了！王老师很谦逊，他说，这些都是人们在小说创作中经常运用的技巧，只是没有人去发现他的存在，现在，你知道了就好好运用吧。

我没有请上课的老师在我的笔记本上签名，也不与老师合影，因为我回去以后不会标榜自己曾经和那些名人名家在一起如何如何？那天，我特地和王彬老师照了一张合影照。我从心底敬佩这位上课不风趣不幽默不受同学们欢迎的老师，我很感激他让我知道了小说的动力元。

王老师走了以后，我向班主任提出一个建议：我们需要学究派的老师，不需要江湖派的老师。

我只想说一句，王彬老师，你托赵剑平老师转告我们的话言重了！

与肖复兴①偶遇

①肖复兴，中国著名作家，原籍河北沧州，现居北京，1968年到黑龙江生产建设兵团插队，曾任《人民文学》杂志社副主编，国务院新闻办《中国网》专栏作家、专家。

　　见到肖复兴，实属偶然，能聆听他的讲座，更是一件奢侈的事情。

　　二〇〇八年十一月三十日下午，我是在稷园第一个见到著名作家肖复兴老师的人。中午吃饭以后，赵剑平老师写了一个条子给驾驶员，条子上写的是肖复兴老师的住址、电话。下午两点半，肖复兴老师准时来到稷园。

　　我们是三点钟开始上课。肖复兴老师来早了，他带着一个邮政特快专递的纸口袋，下车时候，我问：您是肖复兴老师吧？肖复兴老师向我点了点头。那一秒钟，我看见肖老师一派大师风度，上身是一件红色拼接的冲锋衣，下身一条蓝色的休闲裤，满头黝黑的头发掩盖着斑白，一副宽阔的额头下架着一副眼镜。由于那时还早，没有人接待肖复兴老师，我便领着肖老师到休息室小坐一会儿。在休息室里，肖复兴老师和我拉起了我们这次进京学习的家常。

　　我知道肖复兴是在二十几年前，那时候我还在念小学。在二年级的语文教材里，《爬山虎的脚》就是肖复兴老师的作品，至今记忆犹新。以后，我没有关注过肖复兴老师，直到一九九九年初，我在《小说选刊》一九九八年第十二期上看见了肖复兴与朱向前对当前中国短篇小说困境与出路的对话。在他们的对话中，我看到了中国短篇小说的困境，也看到中国短篇小说的出路。对于热爱文学的我，正因为肖复兴与朱向前的一番对话开始涉足短篇小说的创作。

我没有想到，时隔十年后我会见到肖复兴老师。

在休息室里，肖复兴老师很关切地问我们在北京学习的情况怎样？我告诉他，稷园几乎与世隔绝，想逃课都没有地方。他又问我，在这里习惯不？房间有暖气没有？伙食怎样？我都一一告诉这位我敬仰的作家。其实，我们这帮人中有很多人是怨声载道的，我倒是习惯了，吃饭、睡觉、上课，已经成为惯例。我告诉肖复兴老师，在这里学习，重新找到了学生时代那种读书的感觉。

对于肖复兴，我真的没有想到会在这样的场合见到他。我知道他是中国当代著名作家，曾经担任过《北京文学》主编，《人民文学》副主编等。那天，他给我们讲授的内容是《写作与生活的奥秘》，在讲课之前，他反复举例在当下文学是什么？我们为什么还痴迷于文学？是啊，文学是什么？为什么我们在物欲横流、世界经济一体化的今天还这么痴迷呢？他回答了自己的问题，文学不能让人升官、发财，也不能让人讨到老婆、过上幸福的家庭生活。这样的解答是打击我们这些行走在文学道路上的年轻人吗？不是，他说，从事文学的人都是心想事不成的人。

从事文学的人都是心想事不成的人。这句话多经典啊！我第一次听到这样的观点，肖复兴老师是多年的编辑，他讲课激情飞扬，我们全班学员都很喜欢这样的讲座，全场鸦雀无声，只有安静地听，认真地记。他给我们讲了写作的本质、写作的观察、写作的学习、写作的思考四个内容，从事例、经历剖析了写作的态度，写作的成功之路。

"现在这个时代，连大学中文系毕业的学生都找不到工作，你们还写什么？写作能改变你们什么？能带给你们什么？"我印象最深，我也这样思考过，但我一直找不到准确的答案。那天，肖复兴老师为我们释疑解惑。

再见雷达①

第一次与雷达老师见面是在二〇〇七年的第四届贵州省青年作家创作会议上。开幕式那天，雷达老师并没有到场，他是在青创会的第二天从北京飞抵贵阳的，我们参加青创会的代表一共五十人，在开幕式后，每天都是当下文坛有影响力的作家、诗人、评论家为我们讲课。

雷达老师就是应邀去给我们那五十名代表授课的老师之一。

京城北郊的冬天，到处一片萧索、苍凉。

再见雷达老师正是在这个萧索、苍凉的京城北郊。二〇〇八年十一月二十四日上午，尽管气温不是很低，但冷冷的太阳还是很早从云层里露出脸庞，我们学习的稷园四周荒凉得没有一丝绿色，雷达老师在初冬的冷空气中很早从京城南二环驱车赶来为我们上课。

我们全体学员很恭敬地坐在自己的位置上恭候着雷达老师的到来，班主任赵剑平老师突然说，路上堵车，雷达老师要推迟十来分钟才能赶到。这让人们很失望地坐在教室里交头接耳，我突然坐不住了，于是，上了一趟洗手间。

我没有想到，第二次与雷达老师见面是在洗手间里。

①雷达，甘肃天水人，先后在全国文联、新华社、《文艺报》社任编辑，后任《中国作家》副总编，曾任中国作家协会创作研究部主任、研究员，享受国务院特殊津贴专家。任社会职务有：中国作家协会全委会委员，中国当代文学研究会副会长，中国小说学会常务副会长；第四届、第五届、第六届茅盾文学奖评委，第一届、第二届鲁迅文学奖评委等；兼任母校兰州大学博士生导师。

雷达老师匆匆赶来还没有与学员见面就赶到洗手间。我告诉他，二〇〇七年我在第四届贵州省青年作家创作会上听过他的讲座。雷达老师是受当代中国作家尊重的评论家，也是中国文坛最具话语权的批评家，还是第四、第五、第六届茅盾文学奖的评委。

雷达老师的话语足可以让中国文学界诸多作家思考。那天，他给我们讲授的内容是《当前文学的缺失与创新》。在没有开讲之前，他把他认识的贵州作家诸如何士光、李宽定、李发模、石定等人与作品列举一番。这些人都是我们这次进京学习的学员所熟知的人，他们的作品我们这群人也都陆续读过一些，这种与地域有关的文学与人作为课堂的开场白，使人耳目一新。

"文学说到底是语言的艺术。"这是我第二次听到雷达老师这样的阐述。他在给我们讲当前文学的缺失与创新中，谈得最多的是文学作品的"魂"，也就是一部伟大的作品、震撼的作品需要的是一种"民族精神"。在谈到当前文学的缺失的时候，提出了中国文学的缺失主要表现在新时期没有一部能与世界文学对话的伟大作品。这观点，我始终同意，我记得在二〇〇七年的一个小说创新研讨会上，有一个作家曾问过我：中国小说的出路在哪里？当时我的回答是中国小说也许没有出路。其实我的理由很简单，世界级的文学大奖——诺贝尔文学奖与中国作家无缘，这是理由之一。其二，中国小说作家的创作手法几乎都是外国作家的翻版。试想，我们到二十一世纪的今天还在沿着别人的道路行走，我们原创能力的薄弱和震撼作品的诞生会等到什么年代？

雷达老师从文学生命创作的缺失，弘扬正面精神价值的缺失讲到民族精神的缺失，这让我感觉他是一个极其富有民族精神的评论家。为什么文学会有如此的缺失呢？在当下的文学领域里，传统文学受到诸多挑战不用怀疑。我从雷达老师的讲座中得知，一部分作家追求市场，一部分作家无法超越自己，但不管怎么说，作家也是人，也要生存，这就是社会对立的矛盾。

为什么韩寒、郭敬明的青春派小说印刷上百万册，而且市场走势好？为什么传统的文学作品只能在正宗的文学期刊上发表，而没有阅读市场？这正是文学的今天存在的另类现象，换句话说就是传统的纸媒时代，传统的读书时代面临着颠覆的危机。

整整三个小时的讲座，雷达老师没有打开自己的教案，我猜想：他一定没有准备教案！他在三个小时的讲座中层层拨开中国文学当前的缺失，也表现出自己对当前文学存在缺失的担忧和责任。当然，他还是带着教案来的，他的教案就是他的一篇文章——《文学原创力的匮乏与焦虑及拯救》，他是在讲座即将结束时念的这篇文章。

作为一个对历史、对民族有责任感的作家、诗人、评论家，何时何地都把这种责任担在自己的肩上，并且四处奔走呼吁倡导社会各界要有"民族精神"。

雷达老师正是这样的文艺评论家！

崔道怡①印象

　　一个偶然的机会，我幸运地见到景仰已久的著名作家、编审崔道怡老先生。

　　那天，我接到原习水县文联主席罗吉宇的电话，他告诉我作家赵剑平先生来了。匆匆赶到酒楼时，饭局刚刚开始。我进房间的第一眼就看见了我的好友——青年诗人姚辉。姚辉拉着我的手说，来，我给你介绍几位老师。

　　姚辉第一个介绍的是崔道怡老先生。我顿时惊讶，以为自己听错了，我重复了一遍：崔道怡？对！对！对！哦！崔老师，我们的大手和小手紧紧握在一起。随后，姚辉一一给我介绍了和崔道怡先生同行的时任《人民文学》副主编、著名文学批评家李敬泽先生和诗人朱零。我敢肯定，中国知道《人民文学》的文学作者都熟悉崔道怡先生，但能见到崔道怡先生的却为数不多。我很荣幸。

　　我知道崔道怡先生曾在《人民文学》任常务副主编，主要研究小说创作，在《人民文学》发现、培养了大量的著名作家，在中国作家群中威望甚高。

　　这次崔道怡先生是受赵剑平先生的邀请到贵州创作采风，他先后到过遵义、茅台。先生穿着一件红色上衣，蓝色牛仔裤，衣着十分朴素。那天午饭后，我随崔道怡先生一行前往四渡赤水纪念馆参观。一路上，我向崔老先生介绍了四渡赤水的历史和四渡赤水纪念馆的基本情况，老人家精神矍铄，身板硬朗。在车上，我问崔老先生高龄。他十分幽默地回答：我是"七〇"后的。我迷惑，望着老先生。老先生又补充，别人问我的时候，我都这样说，和"八〇"后相比差七岁。

哦，我明白了，老人家是开玩笑，原来是七十三岁。

崔道怡老先生一九五六年毕业于北京大学中文系，在《人民文学》先后任编辑、小说组长、编辑部主任、副主编、常务副主编、编审等职务。先生告诉我：从二十世纪五十年代初就开始从事文学创作，后来因为工作的原因，致力于小说研究。他十分和蔼，我们在车上很是谈得来。他告诉我，《人民文学》是"天下第一"，很多著名作家、诗人都是《人民文学》培养的，可以说，《人民文学》是中国作家梦想的舞台！那天，崔道怡老先生告诉了我很多有关《人民文学》我不知道而很想知道的许多故事。

崔道怡老先生不知培养了多少知名作家，他著有专著《创作技巧》《小说创作入门》《小说创作十二讲》，主持编辑了《中国新文学大系》《新中国五十年短篇小说精品》等，还先后获得全国文学期刊优秀编辑奖、全国百家出版工作者，享受政府特殊津贴。

对于崔道怡老先生，我是偶然看到他的《小说创作入门》一书。记得当时，我大概翻了几页后，被崔道怡老先生对小说创作的精细讲解深深吸引了，我买下了崔道怡先生的《小说创作入门》如获至宝。后来，我曾经订阅了两年的《人民文学》，才知道崔道怡先生在《人民文学》任常务副主编、编审多年，阅读《人民文学》上刊登的每一篇小说，十分惬意，从此对崔道怡老先生怀着景仰的心情。可以坦言：我就是这样拜在不认识的老师——崔道怡先生门下学习写小说的。后来，我的小说《悄悄流逝的爱情》在《山花》杂志上发表那一刻，心里最感激就是崔道怡老师。

第一次见到崔道怡老师，我心里为之一动。久仰的先生突然出现在我面前，是老朋友姚辉介绍失误还是我听错了，不敢相信。北京和贵州相距千里，怎么会呢？我重复了一遍崔道怡的名字，得到肯定后才相信这是真的。参观四渡赤水纪念馆，崔道怡老师认真聆听解说员对四渡赤水的讲解，在介绍到陈赓大将在一渡赤水时，我给崔道怡老师讲了共和国元勋子女重走长征路时，陈赓的儿子陈知建在他父亲的住居里说的一个笑话。崔道怡老师顿时爽朗大笑。老先生亲眼见到过从四渡赤水战役中走出来的共

①崔道怡，辽宁铁岭人。1956年毕业于北京大学中文系。历任《人民文学》杂志编辑、小说组长、编辑部副主任、副主编、常务副主编，编审。1988年曾获全国文学期刊优秀编辑奖，1996年曾被评为全国百佳出版工作者，享受政府特殊津贴。被誉为"天下第一编辑"。

和国将领，他说，就连林彪的讲话他也在会场听过。四渡赤水纪念馆参观结束后，我问老人家：您对这个地方有什么感受？老人家说：四渡赤水是一段弥足珍贵的历史，那个时候真正关系到中国革命存亡，赤水河的历史既不能伪造，也不能搬走。

我搀扶着崔道怡老师游览了千年古镇土城，在细长而坎坷不平的石板街上，我陪同他老人家参观了当年的红军总政治部驻地、总参谋驻地、朱德驻地和红军街，老人家几次对我说：没事的，我能走。可是，我还是紧紧搀扶着老人家，和老人家有说有笑，虽然老人家身板硬朗、身体健康，但毕竟年逾古稀……

崔道怡老师临行前，我们这双一老一少的手紧紧握在一起。"到北京就打我的电话，欢迎到我家做客，我就住在作家协会家属楼……"对于分别的场合来说，我很不适应。短短的相聚，吾心足矣，祝愿老人家健康、长寿！

对话王朝柱①

①王朝柱：河北吴桥人，电视剧《长征》编剧。1966年毕业于中央音乐学院作曲系。20世纪80年代初弃乐从文，相继出版《李大钊》《爱的旋律》《女囚徒》《蒋介石和他的密友与政敌》（三卷六部）、《功臣与罪人》《谍海奸雄》《政坛败将》《王昆仑》等史传文学作品。2013年出版《王朝柱精选文集》。

没想到，著名编剧王朝柱竟是那般的质朴。

我知道王朝柱这个名字很晚，尽管他从一九八〇年以后转行写作，著作达到一米厚，先后出版四十几本书，但我知道他是从电视连续剧《长征》开始的。再去北京之前，我曾和李安清一起谈到王朝柱。李安清是一位特型演员，在《延安颂》里他扮演董必武，在《解放》里他还是扮演董必武，这两部电视连续剧都是王朝柱近年来的恢宏巨著，中宣部的精品工程。李安清正在拍《解放》，他只是抽了一个空闲的时间从南京飞到贵阳，然后乘车到习水参加一个电影文学剧本论证会，在送李安清先生到贵阳的时候，我和他在遵义一家宾馆里谈起了著名编剧王朝柱以及王朝柱的十六部重大历史题材的电视作品。

《长征》是一部恢宏壮观的史诗巨著，这毋庸置疑，不管哪个频道播放这个电视剧，我都看，到目前为止，我不知道自己陆续看过多少遍了。也许是因为革命老区的缘故吧，我对中国重大革命历史题材的作品最感兴趣的就是《长征》。

二〇〇八年十一月二十三日上午，我第一次见到王朝柱老人。他在简单地介绍了自己的一些情况后，没有作过多的演讲。他很谦虚，在课堂上说：我真的不知道给你们讲什么好？你们来学习一次不容易，我怕浪费你们的时间，真的不晓得给你们讲点什么？六十九岁的老人，一副慈祥的面庞，一口假牙说出满口真话！这不得不令人肃然起敬。

要知道我们这个圈内的人是不听多少招呼的，记得在一次全省的青年作家创作会上，会场明明有很多会议纪律，可结果却没有一个人遵守，省委的领导在场也如此。可面对王朝柱老人，人人都十分尊重，老先生很谦虚地提议：我们采取互动的形式，你们问我什么我回答什么？尽量找点对你们创作有用的话题问。这是一个富有创意的讲座！

我是第二个提问的学员。我知道《长征》是一部极富有影响力的作品，也就有关长征的问题向王朝柱提出了一连串疑问。

历史是不可以假设的，可长征中伟大的四渡赤水战役就是可以假设的，若没有四渡赤水战役之前的土城战斗，或是土城战斗如毛泽东的计划一样在那个不足两平方公里的葫芦型山谷吃掉郭勋祺的部队，中央红军还会四渡赤水吗？我围绕这个问题给王朝柱提出了四个疑问。

的确是一些疑问。一是土城战斗中，中央红军指战员的死伤人数没有准确数据，有资料记载中央红军牺牲千余人，有资料记载死伤四千多人，从中共党史的角度确认这场战斗到底牺牲多少红军指战员？二是土城战斗一直富有争议，毛泽东曾说：土城战斗为我中央红军西渡赤水河赢得了宝贵时间，也曾说过土城战斗是一场拉锯战、消耗战，那么土城战斗到底算胜仗还是算败仗？三是如果没有土城战斗或是土城战斗实现预期目标，还有毛泽东一生的得意之笔吗？土城战斗和四渡赤水是什么关系？四是当初中央红军靠什么信念支撑实现了以少胜多，走出了敌人的重重包围？这种信念算是一种精神吗？如果算，那么这种精神本质是什么？

我把这几个问题写在便条上递给王朝柱老人。说句心里话，我的确急于知道这几个问题，虽然我可以凭借自己的猜测去分析这几个疑问的真实性，可我不愿意这样做。王朝柱是中国红色历史的权威，是中央领导人特批可以自由进出中央文献图书馆的专家和作家，我怎么可以失去这样大好的机会呢？

老人也许是一口假牙的原因，在说话时常会遇到假牙脱离牙龈，话语有些不清楚。不过，对于我来说还是可以听清楚的。他首先肯定地说："土城战斗是一场败仗，而是不是一般的失败！"面对毛泽东都不愿意承认这是一场败仗，王朝柱却十分肯定地说那是一场败仗。虽然新中国成立后很多长征的将领都不愿意回顾这场战斗，也不愿意说是败仗，但王朝柱的话语却掷地有声。我想：也只有王朝柱才有这样的气魄！

　　老人接着说的是当初的中央红军多是农民、穷人，根本不会打仗，而土城战斗遇到的对手却是郭勋祺。郭勋祺原来是共产党人，和刘伯承一同起义一起打仗，此人在军事上很有一套，只是后来脱党了，加入了川军。在不会打仗的农民起义军面前，郭勋祺能不战胜吗？到底死伤多少人，在那种混乱的局势面前，谁会认真统计呢？王朝柱没有正面回答我土城战斗到底死伤多少人？可在这样的结论面前，我想这段历史永远都不会有真相的一天。就让它成为一个谜吧！反正大量的军史、党史已经写下了这一段，真实与否何必去探究？

　　围绕土城战斗，王朝柱老人信誓旦旦地说：没有土城战斗就不会有四渡赤水战役！这样的回答我早就知道了，原来遵义会议已经明确中央红军的行军路线，可四渡赤水与土城战斗的关系是什么？中央红军靠什么信念支撑赢得四渡赤水的伟大胜利？这种精神本质是什么呢？带着这一连串的问题，王朝柱老人很慎重！

　　这就是在北京对话王朝柱。似乎有点班门弄斧的味道，不过班门弄斧一次吧，小心一点就是了，免得斧头砸到自己的脚！

　　谢谢这位老人。

社会是个万花筒，容下冷暖，装着繁华与落寞。曾经相识的人，曾经发生的事，曾经见过的物，随着时间的推移，或远去、或湮灭、或变幻……市井中，我们依然只是一个小我。

市井·生活

最美的烟火

许久不曾行走在乡间，初冬的一天，尽管寒风有些刺骨，但天空蔚蓝，于是，去了一趟赤水河中游的农村。

那是一个名叫滨江的村子。地如名，村庄临江而座，山高坡陡，村子里六百多户人家还有近两百户住在土墙瓦屋之中，他们开门见山，出门爬坡，白天俯看赤水河，夜晚仰望北斗星，常年习惯于独居山间。无工矿企业，无经济作物，曾经一捧黄土一捧沙，一背太阳一背雨，而今，大多村民靠外出务工经营家庭生计。

因为是扶贫遍访，我们走进了杨明义的家。

杨明义曾经是滨江村数一数二的富户。多年以来，他骑着一辆摩托车从滨江村的半山坡上沿路而下又沿河而上，穿行在赤水河川、黔两省交界的几个集镇，靠卖蘑菇改善了住居环境，提升了生活质量。那天，我们坐在他家的院坝里，听到的却是一位中年男子的半部辛酸史。

眼前的杨明义是一位典型的大山汉子，五官棱角分明，目光呆滞，泪珠噙在眼里直打转，一脸的无奈与失落。与夕阳照耀在他家小洋楼的白瓷砖上熠熠生辉泾渭分明，他刚毅的脸庞无法让人读懂贫穷的含义。

在滨江村，当村民纷纷外出务工时，杨明义却寻思着如何在家创业、教育孩子，于是他学会了种蘑菇，东拼西凑了几千块钱购买种子和菌袋，在自家屋子里开始了种蘑菇的营生。日积月累，他建起了小洋楼，日子一天比一天更滋润……

贫穷不应该属于杨明义一家。早在二〇一四年十一月之前，他家还有十多万元存款。在贵州高原上的农村，有十多万元存款那是了不起的家庭，何况在滨江这样一个交通受阻、信息闭塞、产业单一的边远村庄呢？

在杨明义一家衣食无忧的日子里，夫妻俩曾多次商量：趁着年轻多挣点钱，好好教育孩子，让孩子走出大山，过上更安逸的生活。

这是一个没有做完的梦，二〇一四年冬天，北风呼啸，噩耗从天津传来——儿子杨忍因车祸重伤住进ICU[①]病房。杨明义瞬间像从高山跌进低谷一样，那一刻，他与妻子都瘫倒在地，六神无主。匆忙之间，杨明义立即赶赴重庆、直飞天津。

杨明义的儿子是二〇一四年高考进入天津理工大学的一名学生，由于他爱好骑行，曾经在高中读书时就把家里给他的生活费省下来购买了一辆自行车，每逢周末骑着自行车回家。那期间，杨明义多次劝说儿子，自行车稳定性差、不安全，读好书考上大学才是首要任务，不要骑着自行车与同学们四处游玩。

一个没有文化的父亲就是这么一句简单的诫子之语。杨忍在高考前的冲刺阶段放下了骑行的爱好，最终以习水三中前三名的成绩考入天津理工大学。

儿子上大学了，杨明义心中窃喜。对于滨江村这个贫穷的村子里出了一位大学生，那是全村人的骄傲。杨忍临行前，全村的父老乡亲都来祝贺，希望他好好读书，将来成为一位有用之才。

杨忍食言了。

那是一个周末，从天津理工大学的校门出来，杨忍与十一位同学集体出行，正直兴高采烈的时候，一辆轿车风驰电击般冲向了人群，骑在自行车上的杨忍没有想到，那是他厄运的开始。当场，十一位同学中三人轻伤，一人重伤，司机酒驾，家庭经济拮据，最终以司机领刑一年零六个月、赔偿一万多元而告终。

当天，一位美国医生正在转诊病人回程遇到了这起车祸。于是，120急救车刹在杨忍面前，随后迅速朝天津禾木嘉医院疾驰而去，并替杨忍交了两万元手术费。遗憾的是杨忍从推进手术室的那一天起，直到现在都没有醒过来。

"植物人？！"

我们在场的人都沉默了。如此巨大的灾难却没有和杨明义夫妻俩商量。杨明义最刻骨铭心的一句话就是："如果可以选择，我宁愿承受这一场车祸，希望躺在病床上的不是儿子而是自己。"此时此刻，太阳的余晖照耀在滨江山间，杨明义的声音尽管很低沉，但我们却仿佛听到了他这一席肺腑之言久久回荡在山村。

给儿子治病是杨明义的大事，从天津辗转到北京、从北京辗转到重庆，从社会救助到四处借钱，他前后为儿子花费了八十多万元医药费。存款花光了，该借的借了，一位地道的农民，一年之间花费了八十多万元，那可是一个天文数字啊！万般无奈之下，杨明义只好放弃住院治疗，把儿子接了回来，等候奇迹的发生。

早在天津、北京的时候，医院里的专家就告诉过杨明义，儿子有苏醒的可能，无论在哪里，千万别放弃治疗。是的，儿子虽然躺在床上一动不动，但在杨明义夫妻的精心护理下，四肢或多或少有一点刺痛感，目光中尽管辨认不出谁是谁，但刺痛感可以在神情中表露出来了。

① ICU：医学术语，重症监护室。

因为这场突如其来的车祸，杨明义的小康梦彻底破碎了，而今，他只能依靠自己的一辆旧摩托车载着自己，一个人一个背篼，行走在赤水河川、黔两省毗邻的几个集镇上卖蘑菇，三百、五百赚点钱来给儿子购买醒脑药物，喂食营养，期盼着奇迹发生让儿子早点醒来，回校继续完成学业。

夕阳西下，杨明义家的院坝里吹来一阵北风。妻子说，很快就五点半了，该给儿子烧水翻洗身子和进食补充营养了。于是，我们惜别杨明义一家，步行在滨江村山间的小路上。

回望杨明义的小洋楼，我看见了他家厨房上空升起一股炊烟，冉冉腾起融入山冈。我知道，这正是杨明义夫妻俩在烧水或者是为儿子煮吃的散发出来的阵阵炊烟。我心里一震，在普遍农村电气化的今天，也只有在赤水河畔的滨江村杨明义家里才有这样的炊烟，源于父母的爱，正是人间最美的烟火。

这是一个真实的故事吗？吴老师，能看得出来，您用非虚构的手法把人间冷暖写进文中，这样的作文足以表证您是一位有担当的作家，向您致敬。

——天际鸟

山间，树木挂满冰凌，余晖掩映，与炊烟交织，弥漫在赤水河上空。

那年冬天的成都

二〇一二年的冬天，网民、媒体关注的"贵州仁义哥"在成都大街小巷妇孺皆知，成为感动四川、担责成都的热议。因为工作联系，我迅速从贵州赶赴成都，认识了这位"贵州仁义哥"。

时间是十一月六日晚。家住成都崇州市金鸡乡金鸡路的李光全老人正步行赶回他所在的鞋厂宿舍时，骑着电瓶车的王冬正好与老人不期而遇。

一个美丽而凄惨的故事发生了……

金鸡路的路灯和王冬的电瓶车大灯一样失去了功效。在那一段注定王冬要"邂逅"李光全老人的金鸡路，紧急刹车已经来不及了，电瓶车直接撞向了李光全老人，李光全老人当场倒在了地上，王冬连人带车也随即倒下。

当时，李光全老人翻坐了起来，慌了神的王冬顾不上自己头上的伤口还在流血，赶紧爬起来将李光全老人扶起。

王冬当即问老人："大爷，您受伤没有。"老人回答他："没得事，你走嘛……我要回前面的鞋厂宿舍。"王冬又说："不行啊，大爷，我撞倒你了，必须带您去医院做个检查。"

这时，王冬看到了老人的头部在流血，他赶紧一边用手捂住老人的伤口，一边拨打120。

急救医生赶到了。李光全老人还坚持说自己没事，一定要返回鞋厂宿舍。在王冬和医生的坚持下，李光全老人才上了120急救车到崇州市中医院做了一个检查。检查中，李光全老人多次催促王冬回去，说："你留下一点适当的医药费就可以了"。王冬没有离开老人，执意留下等待检查结果。

王冬被老人撵了几次都"赖着"没有离开，崇州市中医院的医护人员觉得十分奇怪。

崇州市中医院初步检查：老人意识清楚，头枕部有一条大概五厘米长的裂口，为活动性出血。谁也没有想到：几个小时后，李光全老人被转到了重症监护室。医生经过详细检查诊断为外伤性蛛网膜下腔出血、颅内出血。

王冬，来自贵州习水，他是大坡乡大坡居委会二组在成都一家鞋厂做工的二十八岁青年。李光全，家住四川省南部县兴盛乡五龙观村六组，也在崇州另一家鞋厂做工。

医生要求老人立即住院治疗。王冬当即找朋友和家人借了一万多元钱给老人交了住院费，让老人安心住院治疗。第二天一早，李光全老人所在的鞋厂领导到医院看望李大爷，当时李大爷意识仍然比较清醒，说没有什么问题，让王冬回去算了。

当医生给大家介绍病情时，李大爷忽然出现了呕吐，接着就昏迷、不省人事。医生说，老人生命垂危，需要立即手术对颅内瘀血采取处理措施。

这是一个突如其来的消息。在崇州市中医院，李光全老人连续做了两次颅内手术，头上缠满了纱布，纱布浸透着瘀血。

金鸡路的"邂逅"却让李光全老人昏睡不醒。王冬守在李光全老人的病榻前一下子呆了，他的精神濒临崩溃。

一条腾讯微博这样写道：

> "这个冬天暖流暗涌，撞伤了人，他没跑，受伤的老人都说没事，他还是坚决送医院；到了医院做了包扎，老人多次催他走，他又选择留下来等老人子女；哪料第二天，老人竟然昏迷不醒，即使大难不死也将终身残废。他叫王冬，28岁，从贵州不远千里来到成都打工，是两

这是一个"仁义哥"，他应该赢得掌声，因为他的有情有义，因为他敢于承担，这是一种让人肃然起敬的正能量，原本每个人都做得到，但正因为有些人选择做了缩头乌龟，"仁义哥"精神才弥足珍贵！

——@贵阳迷糊糊

个孩子的父亲，最小的只有8个月。"

发布这条微博的网友叫@田莽。微博发布后立即引来"成都电视台CDTV—3热线188""微成都""微博贵州"以及全国各地网友的转发评论。

王冬被网友们亲切地称为贵州"仁义哥"。

看到老人昏迷不醒，鞋厂的领导担心肇事者王冬会逃脱责任溜之大吉，于是索要了王冬的身份证件，并安排专人守护王冬。

医护人员告诉鞋厂的领导，完全没有必要守住王冬，老人家是这小伙子主动送来的，转到重症监护室当晚，王冬一直在外面守候了一整夜，并且还对医生说，有什么需要及时通知。

从事发到送医救治，王冬随叫随到，没有半点想走的意思。

随后，鞋厂领导通知了李光全老人的家人。十一月七日晚，老人的女儿李树珍和儿子李云昌从浙江温岭赶到崇州市中医院。看到处于重度昏迷的父亲，兄妹俩喊了一阵子，老人家还是没有半点反应。李家兄妹二人立即对王冬心生怨恨，准备动手打人。这个时候，医院的医生护士和病友们全都出来替王冬求情。

一位赶到现场救治的医生当着李家兄妹说："王冬这小伙子是个好人，当时那种情况，没有路灯没有监控，又是晚上，肇事后不想惹事完全可以溜之大吉逃避责任。而且你父亲几次叫王冬走，王冬还坚持要把老人送到医院做检查，王冬作为一个外地人，大家都不认识，能做到这一点，已经相当厚道了。"

李家兄妹二人十分伤心，但他俩看到王冬心地善良。一边恨他肇了事，一边又不忍责怪。

病危通知一直在李光全老人的床头挂着。医院告知：老人的医药费需要好几十万元，如果运气好，大难不死也可能终身残废。

但是几十万的医药费却难住了窘迫的王冬和李树珍兄妹二人。

成都电视台热线188栏目记者杜玫霖对王冬成都担当肇事责任不逃离现场坚持送医救治的报道后，《人民日报》、中国新闻网、CCTV、贵州卫视、四川卫视、成都电视台、崇州电视台、《贵州都市报》《成都晚报》等各大媒体相继报道。

有媒体记者问王冬，当时为什么在老人的几次催促之下不离开呢？王冬回答，父亲从小就教他做人要本分，做事要对得起自己的良心，如果当时走了，自己会一辈子不安心。

王冬感动了四川，成都不少好心人通过成都电视台、成都晚报联系到王冬，并纷纷为李光全老人捐款救治。他们都称：在浮躁的社会当下，王冬唤醒了即将沦陷和边缘化的道德伦理，能为王冬尽一份力算一份力，社会需要王冬这样的仁义楷模。

为了方便照顾老人，李家兄妹俩在医院附近的苏州南路同兴巷租了两间房子。两家人挤在狭小的出租屋里，王冬的妻子带着八个月大的孩子专门煮饭。老人还在病危期间，医院离不开人，李家兄妹和王冬轮流看护。

当这样的消息传到王冬的家乡，父亲卖了过年猪和家里所有值钱的东西，到处为李光全老人筹钱。

筹集到的区区两万元，不过杯水车薪。李家兄妹俩也刚刚买了房子，经济十分拮据，正在到处筹钱治疗自己的父亲。

十一月十九日，王冬家乡的干部、群众听到王冬成都肇事担责需要大量的医疗费后，纷纷捐款救治李光全老人。

王冬小学的老师说，王冬是一个有社会担当的年轻人，遇到这样的事，家乡父老一定不遗余力帮助他们渡过难关。王冬的父亲王运财托人为李光全老人带去了一千元营养补助费。老人的儿子李云昌接过那一千块钱后，眼泪模糊了双眼，他说："王冬的父亲和王冬一样，都是好人。"他又说："这一千元钱不拿去治疗父亲，就拿来作为两家在成都的生活费吧。"

王冬担责感动了各级媒体，贵州卫视新闻联播、百姓关注、法制第1线等栏目记者聚集在王冬的出租房前。贵州电视台百姓关注频道还为王冬送去了一万元慰问金。

从发生事故到二〇一二年十一月二十日，王冬收到各界捐款约六万元。李家兄妹和王冬都被捐助的好心人感动了，他们都说，如果老人家的医疗费没有超过十万元，则社会各界的捐助将作为善款全部转捐，十万元的医疗费自行想办法筹集解决。

医院决定把李光全老人转到四川省人民医院继续医治。就在二十日中午一时许，临床医生告诉王冬：李大爷的病情稳定了，指尖出现了临时性的意识反应。当即，王冬和李家兄妹俩喜出望外。随即，李光全老人在医护人员的护理下急送四川省人民医院救治。

公道自在人心，他要是走，也许他会一辈子不安心。他留下来，给我们的社会也是一种美德引领。
——@浪迹天涯心路

有担当的男儿好样的，大家不会忘记你，中国需要这样的好男儿，加油！
——@李永利

王冬和李光全老人的故事传遍了成都。《人民日报》新浪官方微博发出评论称："王冬，够仁义！" CCTV—13频道11月19日《新闻直播间》栏目以"四川成都：感人仁义哥撞倒老人勇担责"报道后，《人民日报》以半个版的规模刊发《王冬，"赖着不走"的肇事者》并配发了评论和两张图片。

"仁义哥"感动了成都、感动了四川、感动了中国。《人民日报》发表了《你选择承担，我选择原谅》，文中说：

> 日常生活中，总有一些"撞车事件"让人感到揪心。有的肇事者害怕伤者讹上自己，选择偷偷溜走；有的老人摔倒后，害怕承担治疗费，选择赖上好心人。渐渐地，"要不要救伤者、要不要扶老人"的问题竟然成了我们时下艰难的选择。

> "仁义哥"的故事给了"撞车事件"一个不一样的结局。有人曾经说，善良比聪明更难。聪明是一种天赋，它与生俱来，而善良则是一种选择。撞人后王冬也可以选择偷偷离开，但他选择了承担一切后果，甚至做了最坏的打算。然而结果并不算坏，不论是老人自己，还是老人的家属都选择了谅解。本来是寒冬里的一场冷风，但是所有人共同燃起了一束火把，驱走了寒意。

> 也是在本月，扬州一中学生骑车剐蹭宝马车后没有逃避责任，而是等待车主并写下纸条留下联系方式；车主事后不仅不追究责任，更为这个孩子的行为而感动。

> 这就是相互理解。你选择承担，我选择原谅。

那个冬天，暖流暗涌。网民在关注，媒体在关注，王冬的仁义激起了道德重现的涟漪。勇于担当的贵州小伙儿，宽容向善的成都市民！望老人健康，年轻人挺住！

雪地玫瑰香

一场暴风雪，挂在高原上的城市染成白茫茫的一片。

广州人若要想看到这一胜景，除非北上。我与之相比，幸运多了，二〇一六年新春，我所居住的城市一夜之间披霜戴雪，瞬间，天地泛白，山河染色。

时间凝固在这个新年。天气预报：各地出现凝冻，气温低至零下。

我，我的朋友们都纷纷从外地火速赶回，生怕一旦出现凝冻滞留在路上。那一天傍晚，我待在家里，坐在火炉边，翻开陈旧的书页，正沉浸在黄金屋中，窗外鹅毛般的飞雪铺天盖地而来，夜色下的城市格外通透、明亮，街上的汽车放低了吼叫的声音，淡淡消失在夜幕下的风雪之中。

第二天，我从窗户眺望，道路、建筑、汽车、远山……在白雪的掩映之下，白亮亮的，直反光。于是，我把自己裹得严严实实的出门去了。刚迈出小区大门，但见大街上的行人熙熙攘攘，穿红着绿，相互搀扶，小心翼翼行走在雪地之上。

清晨的高原，天空刮着风、飘着雪。一群特殊的人儿正挥动着手中的铁铲沐浴在风雪之中，她们穿着橘黄色的马褂迎战这场暴风雪，前面是撒盐的队伍，后面是清运的车辆。

那天是周六。天还没有亮，妻子从暖被中翻身起来就走了，留下了一句话：全城城管备战冰雪，我要上班去了。妻子是一名城管干部，也许因为如此，我对城管特别有感情，每当看到她们天还没亮就开始拿着扫帚清扫大街，洒水车拉响明快的节奏在朝晖下洗净纤尘的时候，我总是在想，我能为他们做点什么呢？

一个偶然的机会，我约一位音乐界的朋友写了一首歌。

漫步在城市的街头巷尾，整洁悦目的市容令人陶醉，人来人往，熙熙攘攘，最引人瞩目的是那一朵朵黄色的玫瑰。

绽放在我们身边的黄玫瑰，脸上总是荡漾着春天般的笑靥，在城市的每一个角落，一笔一笔描绘，舞动着绿洲红城的美。

你是城市最美丽的黄玫瑰，美在于你的无私和可贵；

你是城市最可爱的黄玫瑰，美在于你的勇敢和无畏。

……

这首歌，朋友录制成小样传给我。旋律响起，我就仿佛看到一群身穿橘黄色马褂的环卫工人，他们没有严寒酷暑，不论刮风下雨，依然在城市的每一个角落。扫帚是她们的画笔，街道是她们的画布，汗水是他们的颜料，在城市的街头巷尾，描绘出一幅幅赏心悦目的画作，而在这个城市中，所有凝固的建筑，流动的人群，酣畅的车辆，跳跃的小鸟，直立的树木，娇艳的鲜花，都是这幅画作中小小的元素。

也许，我能做的仅仅是这些。

这个春天，画中增添了雪色，橘黄色的马褂与白茫茫的大地交相辉映。不知是谁发明了这两种颜色的搭配方式，一年四季只能在这个时候才显得格外耀眼。我原来以为雪红与雪白能给人印象深刻的是色彩撞击感，此刻却发现橘黄与雪白的交融更是如此美丽。

高原的积雪厚达二十四厘米，在行人的脚下逐渐萎缩成冰，扫雪没有那么简单了，铁铲也不能轻松地战胜它们。风雪中，她们吃力地挥舞手中的铁铲，抑扬顿挫，把一铲铲冰雪整齐地丢在路边，然后装运拉走。任凭飞雪在头顶上飘来飘去，汗水浸润了她们的脸颊，脸庞前腾起一股白雾，身上斑斑点点的白雪，与大地雪白交融。

冰雪一直持续。雪停了，冰来了，这些绽放在我们身边的黄玫瑰始终没有停歇，路边的积雪化作冰块与雪泥，陪伴她们的依然是一把铁铲。看他们三五成群，谈笑风生，巧手如云，把冰块与雪泥装车清运，留下一条干干净净的街道。

这条街道，就是我上班的路。时刻都散发出黄玫瑰淡淡的芳香。

那天上午，我依旧步行在上班的路上，一群环卫工人正在清扫行政中心门前的积雪。我便主动与她们打招呼。其时，我才得知，她们劳动强度很大，收入却很低。我半开玩笑地说，让你们局长给你们配手套、帽子，这样就更加不惧严寒了。一位环卫工人告诉我，她们不冷。

一句简单的回答，她们的脸上荡起春天般的笑靥，让我顿时温暖起来。从她们的身影前走过，我俨然看到，冰雪过去，橘黄色的玫瑰永远是春天般灿烂的风景。

感动的泪水

二〇一〇年九月二十六日晚，张东明，贵州卫视、中国农民工。我记下了这一连串的符号。

那晚，农民工张东明走进贵州卫视《中国农民工·谁愿与我为伴》栏目。我和现场的观众与台上的八位女宾一起，一直在感动中度过。

尽管只是一个相亲节目，但我却认为那是一件伟大的纪实作品。现场相亲的八位女宾无一不泪流满面，其中的六位在泪水中哽咽着对他说：对不起！

我被八位女宾的泪水感动了，是夜，久久不能入睡。

张东明的出现，现场并无多少浓墨重彩的卖点，一个朴实的小伙子，衣着很简单，说话结结巴巴，眼里充满惆怅。第一轮相亲，八位女宾为他开着的灯熄了两盏。当现场的女宾慢慢走进张东明的内心世界和个人生活中，我和现场的观众一样，从一段视频中了解了这位平凡的小伙子藏着不平凡的故事。

谁是张东明，在此之前我也不认识，现在我也不知他身在何处，我只知道他是一个贵州山区一间民办小学的校长，二十六岁，在外打工，为了妻子的遗愿，靠收旧手机维持生计，同时援助他的民办小学。他说得最朴实的一句话就是："只要我还有能力赚钱，哪怕生活过得差一点，为了山里的孩子们，我也觉得值了。"

他是一个"准"大学生，由于家境贫寒，圆梦大学未能如愿，生活拮据的东明不得不外出打工，为家里还债，在打工期间，与妻子相识、相知，最后走近婚姻的殿堂，妻子与他相濡以沫，靠打工维持简单的生活，用节省下来的钱在家乡援建了一间民办小学。不幸的是妻子英年早逝，留下一子和一间学校。

贵州卫视《中国农民工》栏目，不知道是哪双雪亮的眼睛发现了他。居然使我在一个相亲节目中看见了东明的朴实、平凡和伟大。

现场被感动着，为东明的事迹而感动。他每月仅一千五百元收入，却只花三百元用于房租、水电、生活，剩下的钱全部寄给学校，学校学生最多的时候有两百七十多人，孩子们一张张笑脸，天真、灿烂。学校是民办小学，教师的工资靠东明打工的收入艰难维持，杯水车薪，而东明的朋友、兄弟姐妹也参与到无偿的援助之中，东明的心里有儿子也有学校的孩子，可儿子却寄放在哥哥家里。

我被东明感动了。感慨这么伟大的爱尽管是金钱充斥着的今天依然还有这样一位有社会良知的青年。

东明是男人，是伟丈夫。最后，他赢得了田萍和桃子两位姑娘的心。两位姑娘都说过一句话："即使全场的灯都熄了，我的灯会一直为你亮着。"这是一句普普通通的语言，也是一句铿锵有力的誓言。当主持人司马南最后征求这两个姑娘的意见的时候，两位姑娘一动不动，无须考虑，认为东明就是一个她们需要的爱人。

灯一直为东明亮着。现场响起一次又一次的掌声，也为在场的观众和女嘉宾带来揪心。

世风日下，人情似纸。一个贫困山区，竟然有那么多孩子上不起学，那么多孩子上学居然靠一个中国民工？社会良知、人性底线，在哪里啊？

毋庸置疑，东明是一个有社会良知、人性底线的大爱的男人。我希望全社会觉悟起来，我们的孩子、我们的农村、我们农村的孩子，需要你们的关心，需要你们的呵护，需要你们的爱。百年大计、教育为本，百年树人、只争朝夕！

东明赢得了现场八位姑娘的泪水，也赢得了现场一位姑娘实实在在的语言："对不起，我想我今后会支持你。"还赢得了两

在这个混沌的世间，能有这么一位清朗的人出现，真是件不容易的事情。

——李燕辉

我不知道说什么是好，中国的农民工，我亲爱的兄弟姐妹，曾经我就是其中一员，虽然我们已经沦为一个社会的边缘人，但是我们的内心依然阳光万丈，因为我们深情地爱着生活！向无数个张东明及他去世的爱人致敬！

——巢湖秦歌

位姑娘的牵手。尽管他没有选择的权力，但最后两位姑娘还是愿意跟他走，他只能选择一个，到底是谁？那就要看未来的生活中，谁是东明最后的支持者，谁愿意接受东明的现状了？

这是一个谜，电视换节目了！

鸟的故事

①金庸：原名查良镛，1924年3月出生于浙江省海宁市，武侠小说作家，被誉为"金大侠""查大侠"。

爱情鸟

金庸①先生让中国众多男人读懂了杨过与小龙女，凄美、动人！我站在虚假的武侠小说面前慨叹：这样美丽的邂逅为何就不能感动上帝呢？一部《神雕侠侣》，我看过无数次，那不仅是我的童话，也是我生命中叹服的一部爱情传奇故事。

凡是读过杨过与小龙女的人都知道，杨过拜师时才八岁，小龙女十六岁，断肠崖一别十六年，生离死别，十六年后，人生又重逢，此后，归隐人间……悲壮，伟大！

公元二〇一五年第一天，一对新人牵手走进婚姻的殿堂。你想不到，男人认识女人时男人二十六岁，女人四十岁。男人对女人说，你是天底下最幸福的新娘，女人说，你是天底下最让人幸福的新郎。一句多余的话也没有，他们在自己简陋的洞房里开始了新的人生。

一个人的心灵是空荡荡的，两个人的心灵则会撞出一团火花。罕见的婚恋持续一个抗日战争年限，我为之感叹。

那是在八年前，偶然的邂逅注定了他们生命的历史必须改写，偶尔的问候成了今生今世最珍贵的语言。八年，历史多厚重啊！

让我想起了叶兆言的《风雨无乡》。

——宋小竹

思念越过千里，煎熬在心里积淀，最后成为一部伟大的著作。我记得一个故事，那就是好几年前，一个年仅二十八岁的小伙子爱上了比他大十二岁的女人，那女人已婚再婚，再婚离婚，不知何故，居然就被一个二十八岁的小伙子爱死了，直至走投无路。为此，我读懂了"山为陵，水为竭，乃敢与君绝"的千古绝唱。我真佩服那小子，爱死不后悔。

人世几回伤往事？用八年的时间积淀成一个家。

他们相识于屏幕之间，远隔千里之遥。那时候，女人在一家私营企业工作，面对纷繁复杂的世相，处之泰然于过往行人中。她是一个典型的东方女子，秀发飘逸，身材修长，皮肤白皙，右面的耳朵上钻了三个小孔，用微小的黄金点缀着一张迷人的笑脸。男人从爱上女人的那一天起，他就想，此生一定要娶她为妻。女人告诉男人，她不能离开儿子，至少要等儿子上大学以后才行。为了这个承诺，男人苦苦等候八年。

人生的八年不多，那八年是黄金期，是爱情期，那八年，他们一共见了六次面。第一次相约，仅三天，别后，女人哭红了双眼，男人哽咽着来不及拥抱，在平淡的现实中踏上了返乡的征途。第二次，男人与女人共处了十天，那十天，累够了女人，女人既要照顾自己的家，又要照顾男人，别后，女人回到自己的家里再一次痛哭，她知道，下一次相见又是一年以后，那样漫长的等待，生命可以等，感情却不能浪费。

他们相见，都是在女人的生日前后那几天。男人为了自己心爱的女人，不远千里而来，不远千里而去，就像一只爱情鸟，在女人世界的天空飞过……

城市鸟

终日，浸泡于文字之中，荒原变小城，边城换废都，世界已经变得绚丽多彩。我却还在斗室中，透过门缝，眼里只有一个扁扁的图形，突然，我发现我在另一个星球。

那日，我回到我原来居住的地方。

多年前，我看过一些悲悯的文字。其实是一些简单的遣词造句而已。发明者是一个西部乡村的普通干部，于是，我说过，此人有点修为。后来，此人的办公室竟然在我的楼下。

一个男人，不到四十，天资聪颖，多才多艺。就是凭借当初我的一句话，从乡镇借调到县城工作，我开始认识他，在认识他的过程中也开始认识城市的变迁。

那日，具体我也不记得是何年何月何日，我从他面前走过，他守在一家太阳能经销店门口，问他，店的主人是谁？他的回答很简单，自己下班之后混口饭吃而已。店里的墙壁很苍白，苍白的墙壁上挂着一把二胡。

我不知音律。却在那里安静地听过他的二胡，不止一次。他总是问我，如何？我以我的虚伪额首赞许。那天，似乎在十年之前。我认定这样的人才难得。我身边不乏穿梭于酒池肉林的男人，可对于这样的男人，才艺俱在，我的目光总带着一些优质的色彩去看着他。有一天，我却发现他生活在另一个世界里。

我在一个夜幕拉开的时刻看到一个影子，衣着很简单，却很庄重，弋游在一个广场的圆舞池中，像一个赛尔号的精灵。周围是五十岁左右的老人，就只有几个三四十岁的男女，那个影子就是我见过的拉二胡的男人。

他的舞姿很优美，和几个年轻的女子手牵着手，在舞池中滑翔，翩跹，沉醉，没有一点羞涩。

我曾经感叹，太绝了！也曾经羡慕。后来，我问他跳舞为了什么？回答很简单，下班后消遣时间，锻炼身体，没有钱去舞厅歌厅，只能在广场跳几曲。也算一种满足吧，追求和索取本来就是一对矛盾，于是，我开始瞩目这种简单的生活方式。

我居住在一个西部小城，夏天的夜晚，不乏惊艳的女人，夜晚的夏天，不乏金钱的男人。霓虹灯和他们的人生一样，见多了，早已麻木了。我看过，那个男人在广场的舞池中，很专注地随着音乐的节拍和一个个女子牵手，成为围观者的表演者，一曲终了一曲又始，直到人们散去，舞场冷却，等待他的却是那些女人的热情和温度……

有人曾经告诉我，他的妻子是一个农村女子，没有工作。他的女人们却是这个城市里的一些小资女人，每天都可以请他吃饭，喝酒，末了，还请他睡觉。他的女人们青春已经不再，但全身充满成熟，魅力，就像从很远很远的地方飞来的一只只城市鸟，最后，他也成为鸟群中的一只。

我看到的广场舞池，不少是五十上下的男女，他们似乎是夫

真有这么美的爱情吗？有些茫然呢！
——风中白灵

世上真有这样的爱情吗？
——蒋娅娟

人的一生能有几个八年？为了这样的爱，是个女人都会感动。可惜，这男主角，只可能是童话故事中才会出现。
——龙女

妻，似乎是邻居，似乎是朋友。唯有，一个男人和几个女人，似乎什么都不是。

每天晚上，如果不下雨，这个赛尔号的精灵一定会出现，只是我没有看见。

月夜鸟

那日闲暇，突然收到消息，一位朋友离开了家。

我漠然，也很安静。

她大学毕业成为公务员的那一天，我们就开始朝夕相处。身边来了个成熟的女孩，成为我所在的单位十几号小青年瞩目的对象，其中有两位小青年颇为倾慕，当时相互以一张百元的纸币作为最后的赌注，其中一位的行动是买早餐，另一个则是请吃宵夜。结果，一百元纸币都不是最后的彩头。

其时，她与她大学里的一个同学恋爱着。

现实的女人永远没有心事，青春只能作为一张小额的支票，赌的是浪漫与人生。恋爱的女人枕着男人的臂弯，很多年前就已经见怪不怪了。这就是发生在很多年前的故事，那时候我们的工资只有两百多块，在一个个买单的男人背后，也许就是现实女人的另一种追求。

后来，她走了，走进了城市，再后来，她和一个公务员恋爱了。两个小青年还留在乡下，结婚那天，我作为朋友，见证了她眼角藏起的泪珠，那两个小青年也去了，再后来，他们也相继从乡村走进了城市。

儿子、爱人、家。对于有些人来说，一切都只能说是曾经有过。

突然的消息，安静地离婚。

我居住的小城里，一个朋友说，民政统计的数据每年有四百多对夫妻离婚，她不过是一个四百作为分母的一个分子而已。在这个金钱承载着一切的社会，有的女人离婚后，或是为了金钱或是为了感情或者成功或者失败。因此，在曾经的朋友面前，我很坦然，没有一点惊愕，静静地听着人们的议论，有人说，她不聪明，夜晚不归家；也有人说，跟着某人混日子，以某人作为榜样，看见了某人离婚后的曙光……

众说纷纭。我只有一句话：鞋子合脚不合脚只有脚知道。

男人靠实力作为资本立身，女人凭智慧作为资本生存。没有花容月貌，不再沉鱼落雁闭月羞花，茶楼里玩麻将，酒店里大吃大喝，浴场里整夜不归，身边的男人永远不缺，KTV中有清脆的破声响……高兴的时候忘却了儿子和家。

曾经流行一句话：都说女人如衣服，姐是你穿不起的牌子。她呢，就像一只在月夜里飞来飞去的小鸟，在人生的长河中没有目的的迂回在那些男人的周围，不管她是否有过真爱，至少那块牌子已经不再高价标注了，而且不再是没有人穿得起的牌子了。有人曾问我：如何看待？我反问：情真意切否？众人哑然而笑，异口同声，虚荣的女人永远不懂什么叫爱！

月亮升起的时候，她一定不在家，没有月亮的夜晚，她也许不在家。她在哪里，只是我们不知道。

这样的女人，犹如一只月夜鸟。

是人生的迷失还是满足？
——林英

这个名字叫得好！
——罗兰梅子

无论社会怎样发展！无论男人女人年轻时都要奋斗！从来就没有救世主，一切靠自己，为你的寒冬作准备，活得踏实！
——罗兰梅子

停留在心间的梦

我们清楚地记得：二〇〇五年四月二十九日下午三时，一个闪亮史册的时刻出现在我们眼前：在北京人民大会堂，胡锦涛、连战两人的手紧紧握到一起。这是国共两党最高领导人相隔六十年之后的首次握手，是两党关系进入一个新阶段的标志，是给海峡两岸前途带来春天信息的一个历史时刻。

台湾，离我们遥远，却又近在咫尺。

曾几何时，国民党元老于右任先生的"大陆不可见兮，只有痛哭……"道出了海峡隔绝之恸；诗人余光中的"乡愁是一湾浅浅的海峡/我在这头/大陆在那头"倾诉了两岸离散之苦。

我在习水县委统战部听说过这样一个真实的故事：原习水县官渡区周春辉先生一九四九年随国民党转移台湾时，妻子袁夕静女士当时身怀六甲，不能随丈夫前往。三十五年后，袁夕静女士通过对外机构多方查询才得知周春辉先生健在。

鸿雁传书，真情永存。周春辉先生为袁夕静女士写下了多首诗词，其中一首这样写道："寂寞人生路，凄凉两地家，声声无奈鬓双华，何日重归故里话桑麻。熬住心头沉重，历尽人间悲痛，尊荣镜里花，风尘洗尽夕阳斜，回首恩仇恰似浪淘沙。"离愁别苦，望眼欲穿。谁不思念自己的亲人？已经八十高龄的袁夕静女士，只要听说习水县委统战部的同志要来她家，她的第一反应就是安排自己的家人：快弄点好吃的，晓红要来咱们家！

晓红，就是习水县委统战部已经退休的侨联干部张晓红。她与袁夕静女士有着三十年的交情，三十年来，只要是逢年过节或是袁夕静女士生病住院，她都要去看看这位丈夫在台湾的家属。在与袁夕静女士有着三十年交情的同时，她还和习水县一百七十九位台胞台属保持着十分紧密地联系，深得台胞台属的爱戴。

原籍习水土城的袁凯，一九四九年随蒋介石去了台湾，他的大哥一家苦苦寻找四十年都杳无音信。一九八九年，在张晓红的多方联系下终于找到了这位已经年过花甲的老人。袁凯在台湾期间一直单身，回习水探亲时遂萌生了娶妻生子的念头。第二年，他如愿与赵如菊牵手，可是，麻烦事接二连三地缠绕着婚后的袁凯。

那年头，住房、子女户口是最大的难题。袁凯在习水县城租房居住，出租屋是张晓红托熟人给他租的，后来买房子，每一次都是张晓红去看的房，办理的房产手续。袁凯把张晓红当作自己的亲人，就连存款、取款和买房交钱都交给张晓红经办。用他的话说就是："晓红值得我们信赖，这样的好人我们都不相信她还相信谁呢？"最难的是办理赵如菊和两个子女的城市户口，当时城市户口准入门槛很高，不易办理。为了给赵如菊一家办理城市户口，张晓红四处奔波，多方协调，最后就连户口本四块钱的工本费都是她自己掏的。

二〇〇二年秋，七十二岁的袁凯来到张晓红的办公室，那天，晓红大姐不在，时任习水统战部副部长的冯帝飞接待了他，袁凯没有说找晓红大姐是什么事情，只一味地说，要好好感谢晓红大姐。冯帝飞语重心长地告诉他：这都是应该的。

让晓红大姐一生难忘的是，二〇〇四年十一月，袁凯在弥留之际的遗言：要妻子把孩子抚养成人，要子女把张晓红当作自己一生的恩人。袁凯去世当晚，妻子赵如菊夜半三更哭喊着来到张晓红的家，张晓红披衣起床开门后，赵如菊泪流满面跪在晓红大姐的面前，痛诉丈夫已经离开了人间。随后，晓红大姐迅速赶往殡仪馆，组织人手操办袁凯的一切后事。

在习水，每一位台属都认识张晓红，每一年中秋节、春节，晓红大姐都要去他们家里看看，送月饼、送白糖、送水果。

晓红大姐三十年的侨台工作中，为一百二十多位台属找到了亲人。正是她三十年的努力工作，台湾同胞通过燃灯基金会、慈恩基金会不断支援老区建设，先后为习水六十间小学提供了两百多万援建资金。

"台海沐春风，何日云雾散？"我们看到，在汶川"5·12"地震发生后，台湾民众和大陆民众一样为受灾同胞而悲伤流泪。在台湾，无论是高官富贾，还是贩夫走卒；无论是叱咤两岸的演艺界，还是遁入空门的佛教界；无论是蓝营绿营民众，还是中间派民众；无论是台湾政府，还是民间组织……大家纷纷慷慨捐助。

这一刻，没有人能把大陆人和台湾人分开，因为大家都是华夏儿女；这一刻，海峡两岸都在为死难同胞悲痛欲绝，因为大家血管里流的是一样的血。

台湾，离我们遥远，却又近在咫尺。晓红大姐心中那个梦，永远是那么的洁白。

医者仁心

已经六十多岁的孙富明本可赋闲在家，共享天伦之乐，但是，他从退休那天起却一直坚守在自己挚爱一生的工作岗位上，继续着自己追逐的梦。

我认识这位慈祥的老人是在他退休以后，一个偶然的机会，他面对我道出了他平凡的一生。

孙富明，从小立志从医治病救人。十七岁初中毕业后随着千千万万的知识青年上山下乡，直到两年后才开始与医学结下不解之缘。那是一九七二年，他从遵义卫校毕业后以优异的成绩考入上海第一医学院，三年后，拿着毕业分配通知书前往湖南省长沙市国家建委二局职工医院报到，从此开启了他的临床生涯。

作为贵州人，在交通不便的那个年代辗转千里到湖南长沙工作，在当时贵州习水这样缺医少药的山区可算凤毛麟角。

一九七六年七月，唐山地震举世震惊。第二年三月，正直唐山大地震恢复重建需要大量医护人员的时候，孙富明毅然离开了待遇优厚的长沙前往唐山参加抗震救灾。那是一个艰苦的岁月，孙富明和参加这场抗震救灾的所有人一样，带着被褥住在自行搭建的活动板房中。在唐山，他一待就是两年，每天的主要工作是早上背着消毒工具挨家挨户喷洒消毒液，中午为病人开展清创、切肢、包扎等手术。

一九七七年冬的一天，孙富明那天从中午走上手术台，为一例例地震中的患者开展清创、包扎，一直忙到深夜。那晚，一位右下肢切除的患者突然大出血，生命危在旦夕。当时，没有血库，病人需要输血都是临时购买，由于患者在手术室亟须输血，在场的医生护士除了孙富明没有一个人是B型血。救人如救火，孙富明当即叫护士抽了自己200CC血为病人输入体内，然后，他继续为患者手术。

手术结束时已是深夜十一点。病人从死亡线上拽了回来，孙富明却筋疲力尽地在病房睡了半晚上。第二天查房的时候，病人醒来知道是孙富明献血挽救了他的生命时，眼里流淌着感激不尽的泪水。唐山地震，让多少绝望的生命有了生机，那时候在这场全国大救援的队伍中，孙富明仅仅二十六岁。

一九七九年，唐山抗震救灾结束，孙富明回到了长沙，作为一个外科大夫，他谋生了返乡为习水做贡献的念头。一九八一年五月，孙富明回到了家乡，三十一岁的他被安排到习水县人民医院外科做一名普通医生，他的外科技术在习水首屈一指，先后任外科主任、医院副院长。一九九七年四月，中共习水县委、县人民政府不忍长期处于亏损的习水县中医院持续下滑，随即调任孙富明担任习水县中医院院长。

当时，仅有二十多人的习水县中医院不到十人上班，医院连工资都发不起，多数医生不得不离开医院在外开诊所。孙富明把一个烂摊子捧在手中，不少亲戚朋友都劝他就在县人民医院当个副院长，待遇好，工资高，何必去接手中医院这个烂摊子？

孙富明走马上任后，在医院大门贴出了"患者是亲人、人民是父母"的标语。医院里的许多老医生至今还记得，当时家住良村镇大安村的梁定全从电线杆上摔下来造成了全身多处骨折送到中医院后，孙富明连夜召集医生护士为梁定全手术。那一次手术，孙富明至今记忆犹新。

梁定全家庭经济拮据，多处骨折复位后便回家疗养。病人回到了家里，孙富明隔三岔五就去梁定全家里检查，为病人松一松夹板，瞧一瞧石膏。在他康复以后，孙富明又把时任习水县水电局的副局长蒲家兴带到他家里，为梁定全修建大安电站作了规划设计。梁定全曾经说他一生最感激的人就是孙院长，说孙院长不仅为他治病，还帮他致富。在孙富明的帮助下，梁定全建起了大安电站，随后还帮村民安装了路灯，成为大安老百姓中的一位致富带头人。

如今，大安村的群众大多数疾病都来县城找孙富明，尤其是梁定全一家，不管哪里疼痛，第一个要找的就是孙院长。

在习水，只要人们提起孙富明都会不约而同地竖起大拇指。程寨乡石门村的一位老太太二〇〇八年患了结肠病变，来到习水县中医院检查，孙富明当即确诊为结肠癌变，老太太家庭十分困难，一听说要开刀手术就怕了。孙富明劝慰老人家，手术后回家疗养，可以减少费用，万一手术差钱，大家一起想办法。结肠切除、吻合后，孙富明从家里为老太太带来吃的、用的，让老人家在医院安心养病。老人家哪里知道，孙院长悄悄为她垫付了八百多元手术费。

孙富明从医四十年，他都记不清为多少病人多则三五百、少则十元八元垫付了多少医药费。这位老太太手术成功回家疗养期间，孙富明还多次打电话询问症状，带着其他医师去她家里探视。从一九九七年开始，习水县中医院的医生在孙富明的影响下，都养成了回访病人的一种习惯，有的病人十分边远，医生就带着病人所需药品到病人家中探视，义务为病人家属检查。正是这样年复一年，习水县中医院赢得了良好的口碑。

二〇一一年，孙富明六十岁了，看到他一手抚育成长起来的习水县中医院从开始的亏损到现在年收入达两千多万元，他舍不得离开这个与自己有着十多年深厚感情的"家"。退休那天，一百五十名医生护士都对孙院长恋恋不舍。退休了，遵义、习水好几家医院都来找他，希望孙富明加盟，可是，孙富明三天看不到习水县中医院，他心里就像缺少了什么？本来可以在家安享晚年的他，却又重新穿上了白大褂，回到了中医院继续工作。

一个医生真正的快乐是什么？那就是为病人解除病痛，恢复健康。这是白求恩说的，孙富明也力求这样去做。现在，他不是医院里的领导，而只是一位普通的医生，早上在病房查房，查房结束后提出治疗的指导方案，然后就在门诊看病开处方，晚上依然站在手术台上加班。医院的医生护士都说，孙院长是一位让人尊敬的老人。

乡村爱情故事

在贵州西北习水一个偏僻的村庄，一位女人早晚总是搀扶着自己的丈夫在公路上走来走去。过往的人们都知道，那是二十九岁的外来媳妇胡隆贤陪着丈夫张儒江练习走路。看着蹒跚学步的张儒江，村子里没有一个不称赞胡隆贤，都说是她用真情感动了上天，唤醒了沉睡五百多个日日夜夜的张儒江。

胡隆贤出生在遵义市红花岗区新蒲镇一个殷实的农民家庭。五岁那年，父亲不幸离去，一家四姊妹的生活重担落在了母亲的肩上。正是读书的好季节，胡隆贤却意外地辍学了，那一年，她十四岁。十四岁，对于刚上中学的胡隆贤来说，体谅了母亲艰难的生活重担，只身到遵义市区打工，干起了帮人卖衣服的活。在她最黄金的五年里，她学到了经商的本领，一九九九年，十八岁的胡隆贤跟自己的干爹袁策明借了五万块钱，在遵义市红花岗区苟家井市场租了一个摊位，开始了自己的经营之路，从事儿童服装批发。

1

一个小女孩起早摸黑经商，很早就开始摆摊子，很晚才收，苦和累只有胡隆贤心里清楚。二〇〇二年，一个男孩子闯进了她的视线，他就是习水县二郎乡在遵义平桥自强制造厂打工的农民工张儒江。当初，张儒江并不是胡隆贤的白马王子，胡隆贤也不是张儒江的白雪公主。二〇〇二年初冬，张儒江看上了在苟家井社区卫生服务站的胡继莲，便经常借故去诊所，胡继莲那时候出落得亭亭玉立，正在遵义卫校读书，空余时间回来实习。正在张儒江对胡继莲痴迷的时候，胡继莲以张儒江比自己年小为由拒绝了张儒江。

胡隆贤的干爹袁策明一次在社区卫生服务站打吊针，偶然认识了张儒江，对张儒江的聪明和勤劳记在心里，回去以后便筹划着为干女儿找一位夫婿。经过胡家介绍，张儒江和胡隆贤开始有目的性的接触，那时候，张儒江骗胡隆贤说自己是一九七九年出生的。

胡隆贤和张儒江经过了半年多的交往，发现了张儒江是自己这一生要寻找的男人，张儒江也起早摸黑帮助胡隆贤经营她的儿童服装批发部，所有的重体力活都是张儒江一人承担，他不让胡隆贤受半点苦累。对于胡隆贤和张儒江来说，彼此之间都有一种蓦然回首，那人却在灯火阑珊处的感觉。正当他们的爱情升温的时候，胡隆贤的母亲和姐姐都反对他们在一起，原因是张儒江是一个农民工，是一个乡村小伙子。

胡隆贤的母亲说什么也不同意，为了张儒江，胡隆贤流泪、绝食，威胁自己的母亲，可母亲铁石般的心肠无法融化。最终，母亲当没有这个女儿，再也不管胡隆贤相威胁，胡隆贤万般无奈之下只好对母亲说：张儒江就算是一堆狗屎也认了！

二○○三年国庆节，他们终于走进了婚姻的殿堂。

2

婚后，胡隆贤和张儒江共同构筑爱的小巢。

夫妇俩一个上班，一个经商，生意越做越大，恩恩爱爱，出双入对，很多人向他们投来羡慕的眼光。正当他们在生意上得心应手的时候，二○○五年，工商管理部门因为苟家井市场是露天摊位容易发生火灾，不得不强令拆除那些摊位。那时候，张儒江看到妻子在市场露天摊位上赚钱太辛苦，于是，动员胡隆贤租来一个门面。

没有想到，这次经商搬迁给胡隆贤带来的是亏损。到年底，

好让人感动啊，好佩服她，祝好人一生平安！
——皖如

爱确实能够创造奇迹。
——巢湖秦歌

经营不到半年的生意亏损了四五万元，夫妻俩合计，工作不要了，生意不做了，去安徽做不锈钢焊接。胡隆贤和张儒江怀揣三万元去安徽，本来想在安徽大展身手，好好干一番事业，可事与愿违，在安徽大半年又亏了。二〇〇六年初秋，胡隆贤和张儒江又辗转东莞，带着三岁的女儿再也不能拿身上剩下的两万多块钱以身犯险了，只好沦为打工仔和打工妹。

要强的胡隆贤和张儒江始终想做生意当老板。十月份，他俩回到了张儒江的老家，面对一个穷乡僻壤，靠肩挑背磨过日子的胡德贤谋生了做米皮卖的主意。说干就干，胡隆贤跑回遵义拜师学艺，张儒江开始筹钱买设备。二〇〇七年春，夫妻俩的米皮加工厂开业了，员工就两人。

为了运输方便，张儒江花了八百元买了一台旧摩托车，巡回在永安、桑木、二郎赶乡场，生意出奇的好，一天下来可以卖两三百块钱。生意越来越红火，旧车已经越来越不适应了，六月份，张儒江花了五千多元钱买了一台全新的摩托车。胡隆贤没有想到，张儒江的生命几乎结束在这台新买的摩托车上。

二〇〇八年八月十八日，对于二十七岁的胡隆贤来说，是一个今生今世刻骨铭心的日子。那天，胡隆贤在家做米皮，张儒江骑车送米皮到邻近的永安镇。傍晚时分，胡隆贤等来的是丈夫血淋淋的身体。

3

八月十八日，北京奥运正在紧张地比赛中，可对于张儒江来说，却游走在死亡的边缘。

那天傍晚，张儒江在回来的路上，由于车速失控，掉进了十多米的深沟，当时，二郎街上的袁小兵听到这个消息后，迅速开车前往出事地点，将自己的新衣服脱下来包住张儒江受伤的左脑，把张儒江抬上一辆面包车拉回二郎卫生院抢救。面包车上已经满车是血，二郎乡卫生院无能为力，简单地包扎后迅速转到习水县人民医院。

胡隆贤看着人事不省的丈夫，泪流满面，把女儿寄养在邻居家守在丈夫的身旁随车去了习水县人民医院。张儒江的病情十分严重，医生经过紧张的抢救，很慎重地告诉了胡隆贤："生还的希望几乎等于零！"

那一刻，胡隆贤彻底绝望了，双膝一软，跪在医生的面前。她苦苦哀求医院里的医生，无论如何也要救活张儒江。张儒江年迈的父母一次又一次休克，他们醒来的第一件事就是搀扶着胡隆贤要回家，说张儒江命该如此，怨不得谁。胡隆贤在大声痛苦中反复说："只要有一线希望，我都要救活他。"

医生被胡隆贤感动了，抱着试一试的心理电话求助于四川省泸州医学院的脑外科专家，并请求援助。八月十九日下午，像一个死人般的张儒江第二次推进了手术室，五个小时以后，医生从手术室出来告诉胡隆贤一个好消息："手术是成功了，但张儒江下半辈子只能在床上度过了。"

听到了医生的话，胡隆贤喜忧参半。她在痛哭中说："无论他今后怎么样，我都会照顾他一辈子的。"

在习水县人民医院，胡隆贤每天的事就是给丈夫擦身子、翻身子、按摩、在他耳边说话。每天如此，胡隆贤重复着同样的动作，每次都流着眼泪盼望着丈夫早日醒来。

4

二〇〇九年九月二日，胡隆贤在给张儒江擦身子的时候发现丈夫左手动了一下，医生告诉她，是张儒江苏醒了，第二天，张儒江终于微微睁开了双眼。胡隆贤为丈夫的醒来高兴得流了泪，可是，望着丈夫呆滞的目光，不吃不喝，不说不笑，不理不睬，她再一次陷入了深深的痛苦之中。难道丈夫真的如医生所说的会成为植物人？但是，胡隆贤有一个坚定的信念，就是无论如何也要陪伴丈夫度过余生。

家里所有的值钱的东西全卖光了，能借的钱也借了，经济异常的拮据，所有的亲朋好友都为胡隆贤惋惜，张儒江的父母对她说：你改嫁吧，张儒江遇到这样的好妻子已经是福了！胡隆贤的母亲也对她说：你还年轻，趁早嫁个好人家呀！

胡隆贤没有放弃张儒江，在病床边守了丈夫四个多月，每天除了擦身子、翻身子、按摩四肢之外，就是对着张儒江的耳朵说话，说他们的爱情故事，数一二三四五……可是，丈夫仍然不理不睬，只是睁着眼睛，想睡的时候又闭上眼睛。最难做的活儿是为丈夫洗衣服，丈夫大小便失禁，胡隆贤才帮他换好的干净衣服常常又一下子弄脏。

四个月很快就过去了，丈夫还是死一般躺在病床上。可已经债台高筑的胡隆贤不得不把丈夫接回二郎乡下老家。二〇〇九年，胡隆贤一年都守候在丈夫的床前，重复着每天为丈夫擦身子、翻身子、按摩、说话的必修功课。整天面对着不认识亲人和儿女的丈夫，她没有半句怨言，唯一的期望就是丈夫从病床上站起来。

5

就在张儒江依然沉睡不醒的时候，媒婆上门了，张儒江的父母也多次奉劝胡隆贤改嫁他人，给她介绍的对象有驾驶员，有退伍军人，有返乡民工……

胡隆贤说什么也不答应，在她心里，她只有张儒江。她说，公婆对自己那么好，把自己当做亲生女儿，何况还有一个可爱的女儿，自己已经是张家的一员了，自己的母亲丧夫二十多年都没有改嫁，就算张儒江这一辈子都躺在床上，她也不会放弃。

张儒江的奇迹发生了！二〇〇九年十月的一天，胡隆贤在给丈夫擦身子的时候，听到了丈夫喉咙里发出的声响。

沉睡了一年多的张儒江终于有开口说话的欲望了，胡隆贤又惊又喜，她把耳朵凑到丈夫的嘴边，听了几分钟，始终没有听到丈夫说出一句完整的话来。这时候，胡隆贤坚信奇迹即将发生，接下来的日子，胡隆贤又添了新的工作，那就是教张儒江识字，数数，辨认亲人。

功夫不负有心人。在胡隆贤的悉心照料下，张儒江渐渐恢复了意识，认识了自己的妻子、女儿、父母。由于伤在左侧大脑，出事当时，脑浆溢出，出血不止，导致右下肢和上肢均没有力气。胡隆贤每天搀扶着丈夫除了在公路上锻炼四肢以外，还有意识地要丈夫用右手捡路边的垃圾，以增强丈夫的右侧活动量。

就在丈夫逐步好转的情况下，看见丈夫左侧大脑的凹陷，胡隆贤又一次发愁了，第三次巨额的手术费又让已经欠下十多万元债务的胡隆贤愁上心头。

6

胡隆贤不离不弃，用真情唤醒了沉睡的丈夫在习水传为佳话。二〇〇九年七月，二郎乡干部群众纷纷伸出援助之手，为胡隆贤捐助了七千多元，习水县委宣传部、妇联、工会、民政局等单位纷纷为胡隆贤送来了希望。二〇一〇年二月，张儒江第三次走进了习水县人民医院手术室，医生在他的大脑植下了一块约十五平方厘米的钛金板，让他凹陷的左侧大脑恢复了原貌。

术后，胡隆贤每天依然搀扶着丈夫在公路上走来走去，为丈夫打理着一切，张儒江的记忆和意识在妻子的引导下逐步恢复了，并且在夜晚睡觉时，还把嘴巴凑在妻子的耳边说简单的悄悄话，有时候甚至下意识抱着妻子。每每这样，胡隆贤就说："你现在不行，等你恢复了才可以啊！"

张儒江虽然不如常人，但胡隆贤让他看到了后半生的希望。

当时光流过乡村每一块土地，土地上开满各种颜色的花朵，我的乡愁，其实就是最平凡的那一朵。对于故土，无论世俗如何染尘，我依然在山水大地上静听岁月的歌谣。

山水·鳎部

叙说鳛部源

    千里赤水河从云南镇雄奔袭而来，在一个特殊的地段忽而折转，形成了独一无二由东向西的流势。这个特殊的地段就是红军长征著名的四渡赤水战役的主战场——习水。

    古时候，习水还是鳛国的领地。古鳛国有个美丽的公主名叫习妹，习妹爱上了二郎滩撑船的郎哥，于是习妹常偷偷地把民间贡给国王的习酒送给郎哥暖身驱寒。这事被国王发现，视为大逆不道，派兵抓回了习妹，并要将郎哥斩首。元宵佳节，习妹从宫里逃出，来到二郎滩，与郎哥共饮习酒，结为夫妻。国王的追兵来了，郎哥习妹双双跳入奔腾的赤水河……从此，赤水河满河酒香，美酒渊远流长。

    传说终归是传说。鳛国究竟在哪里？

    贵州是古人类的发祥地之一。在黔西县的观音洞，发现了原始人使用过的石器，是长江以南地区旧石器时代早期文化的典型代表。此外，贵州还发现了旧时器时代中期的"桐梓人"、中晚期的"水城人"和晚期的"兴义人"文化遗址。在普定县发现的"穿洞文化"遗址，提供了一万六千年前人类祖先在此生息的证据，而被誉为"亚洲文明之灯"。

四五千年前，生活在贵州高原乌江南北两岸广大地区的人群主要是鳖人，这就是贵州简史上公元前三十世纪至春秋时期的鳖人时代。在后世人文学者的记忆里，他们有双重的身份，他们既是远古的鳖巴人，也是古代蜀人鱼凫部落的重要支系。鳖人是人类历史上最早的水利工程大师，贵州境内乃至中国境内众多伟大的早期水利工程系统都留下了鳖人的身影。

鳖人时代是中国文明进步的时代，公元前二十二世纪，尧舜命令鳖人鲧治水，未获成功。后来，鲧的儿子大禹治水成功。公元前二十一世纪，大禹的儿子启开创了中国历史上第一个奴隶制政权——夏朝。公元前十五世纪，鱼凫人建立古蜀国鱼凫王朝。公元前七世纪初，鳖灵协助蜀王杜宇治水成功，禅让以获蜀国，建立蜀国开明王朝。鳖灵后裔治理蜀国十三世，并缔造了蜀文化的中心——成都城。

就在这个时代，西南一支民族开始迅速强大。他们在云贵川三省交界不断发展壮大，后来成为西南少数民族领袖的僰人①。"僰人"是先秦时期中国西南的一个古老民族，又称为濮人、越人，人们多叫为百濮、百越。唐朝前以僚獠著称。僰人雄踞云贵川三界的咽喉地带，并不是一个易于驯服的人群，因此历来是朝廷的心头之患。在今天习水县寨坝镇丁山坝，谁会想到仍有一对狮子不像狮子、大象不是大象的石刻图腾还在，端刀亭、宜降宅、跑马杠等地名也沿用至今，而比邻的丁山湖却早有悬棺。面对那一对石刻图腾，有文物界的专家认为：可能是中世纪时期的遗物。在贵州与重庆交界的偏隅之地，僰人正是在中世纪时期消亡的民族。

僰人是我国古代西南的一个少数民族，因为他们最早栖身的地方荆棘丛生，虎狼出没。他们历尽千辛万苦，开拓荒野，建造家园，被誉为披荆斩棘的人，所以他们的称呼要在"人"字上加上"棘"字。僰人的称呼也不是一成不变，有典籍记载，他们先后经历了濮人、都掌人等称谓。

《尚书》记载：商纣末期，周武王伐纣，在一个叫孟津的地方发生了一场大战，西南八个少数民族部落参加了这场战役，其中就有一个叫做濮人的部落。后来，史学家认为，濮人就是世代繁衍在"鬼方"②的先民。尽管这个民族已经消亡，但"鬼方"至今仍有记载。"黄帝铸九鼎，天下分九州。"当时的梁州就是九州之一，包括今天的贵州部分地区，也就是历史上记载的鬼方疆土。

鳛国到底是传说还是真有其国？

鳛国，大约出现于商纣末期，是一个叫濮人的部落，也是西南讨伐纣王的八个少数民族部落之一，比夜郎还早。公元前七百年，濮人的部落开始四分五裂，一支强大的民族逐渐分散在云贵川边境各地。公元前七百七十年许，一个新兴的部落诞生，这就是由"僰族"的土著民族兴起的"鳛部"。"鳛部"当时只是一个小国，到公元前四百七十六年，两百年后的这个部落逐渐衰落而被历史湮灭。后为民族之争，为夜郎所辖，"鳛部"几乎不为外人知晓。

何以命名为"鳛部"？横贯这个部落有一条河流，长年不断，由北向南流经部落全境，因河中独产他处绝无的鳛鱼，河流因鳛鱼而得名鳛水，这个民族部落即为"鳛部"。县以水名，水以鱼名，可惜这鳛鱼今已绝迹，无缘识见其英姿，空留下一个美好的记载任人悬想。鳛鱼虽去，习水长流。

"鳛部"消失以后，在这漫长的历史长河里，僰人为了生存和发展，为了争取民族自由平等，曾付出过无比艰辛和惨重的代价，仅明朝开国二百年间，朱明王朝就对他们发动了十二次征剿。在前十一次血雨腥风的征剿中，由于他们英勇善战，敢于牺牲，虽然付出了惨重的代价，却击败了朱明王朝十次征剿。

成化元年（公元1465年），叙南僰人因抗豪绅暴虐和官府苛捐杂税而举旗起义，巡抚汪浩派都督芮成率兵讨伐。周洪谟时为侍读，建议照九姓司设长官。芮成将此建议书呈汪浩，并派人到僰人各寨昭示设官、铸印。不料汪浩忽然从成都赶到叙麻用乡绅所罗织强加给僰人的"罪名"，扣上一顶"存有异志"的帽子，斩杀了僰人赴叙府待命的二百七十余寨寨主，致使僰人大悲大怒，决意复仇。于是他们到贵州总兵官处诈降，都指挥丁实等出迎，僰人伏兵四起，官兵五千余众被杀。汪浩听说后，慌忙连夜逃走，官兵在随汪浩奔逃时迷了路，人马坠入溪谷，死者不计其数。也使屯兵金鹅池的贵州兵、屯兵戎县的四川兵闻风丧胆，坚壁而不敢出兵。僰人沿江之南顺流而下，直抵江安、纳溪、合江，如履无人之地，势如破竹，逼得官兵龟缩江北。成化三年（公元1468年），僰人不堪苛捐杂税和官兵贪婪暴虐，又举旗起义。朱明王朝以襄阳伯李瑾为总兵，太监刘恒为监军，兵部侍郎程信为尚书总领军务，合三省土、汉官兵十八万，激战历时四年多，由于僰人英勇善战，顽强抵抗，官兵只攻下大坝，而对九丝天堑却望而

① 僰，bó，读轻唇音为白。古时无轻唇音，只有重唇音，读濮。

② "鬼方"是中国传统中的二十八星宿之一，位于南方，肖羊，也是人的生命终结后将要去的地方。

生畏，不敢进攻。

万历元年（公元1573年），四川巡抚曾省吾以刘显为节帅，郭成、张汗等十二人为偏将，调动官兵十四万人，对僰人"飞檄进剿"。如此一来，一个历史上强大的民族从此消亡了，侥幸残存下来的僰人何处立足藏身？谁还敢承认自己的民族呢？民间传说中便有了"去包耳，添立人，改'阿'为'何'姓"的说法，于是乎，就有了"假苗真僰"的说法。于是在整个西南地区从此实实在在的没有了僰人的踪影！一个民族的消亡，本就是历史的悲剧。而作为一个曾经雄踞祖国西南的强大民族历经了两千五百余年的沧海桑田，在距今四百余年时却突然从这块他们生存繁衍的热土上消失得无影无踪！这能不使人产生几多迷惑、几多猜疑、几多悲哀？

一个把历史沉淀在悬崖上的民族，他们在华夏边陲开疆拓土几千年，这就是缔造了"鳛部"的伟大民族。

鳛部酒话

酒之源

"酿酒三千年，僰人开先河。"

公元前一三五年，西汉使者唐蒙出使南越，绕道途经鳛部，把鳛部出产的枸酱酒带回长安献给汉武帝，汉武帝尝后连声赞叹，誉为"甘美之"。为此，清朝诗人陈熙晋说："汉家枸酱知何物，赚得唐蒙鳛部来。"

史料记载，枸酱是鳛部边民用当地盛产的"拐枣"酿制而成。鳛部核心地区就是如今的贵州习水，《汉书》"黄帝铸九鼎，天下分九州"中，鳛部位于梁州之南，是西南边陲少数民族集居地。公元前七五〇年，这里的世居僰人建立了自己的国度——鳛国，那时候，枸酱一直不为世人所知。

古鳛部"拐枣"漫山遍野，鳛部先民早在两千多年前就开始利用拐枣酿酒，一直持续到唐朝的"砸酒"，均属发酵而成，北宋年间，当地人改进了酿酒制法，在史称兹州的今习水土城运用红粮、小麦、大米等酿制蒸馏酒，宋人张能臣称之为"凤曲酒法"。

地之灵

土城宋人发明的"凤曲酒法",是迄今世界上记载最早的蒸馏酒。

"凤曲酒法"是工业革命的核心,也是文化交流的产物。传统的发酵酒变成蒸馏酒,架起了中原各地与贵州习水通商的桥梁。就在土城这个通川入中原的要塞,宋窖、春阳岗的问世,成为西南边民沟通巴蜀与中原的重要商品,正因为如此,后来才有明永乐皇帝朱棣在修建紫禁城的时候从这里伐运大量楠木进京。

历史赋予了贵州习水"名酒之乡"之称。

习水,位于贵州西北赤水河谷,高低海拔落差大,森林植被完好,是地球同纬度保存最完好的中亚热带常绿阔叶林。有专家称:赤水河谷地区湿度大、无污染,大部分地域属红色沙壤土质、日照丰沛、无霜期长,适宜于白酒酿造,空气中聚集的多种微生物,加之高温气候,更适宜于优质酱香白酒生产,尤其是茅台以下五十公里的河谷地带,酒质更好,酒味更香。

从古至今,这里的土地出产上好的红粮、小麦。随着生产力的发展,人们运用小麦制曲,红粮酿酒,采取固态发酵、重阳下沙、窖池储存、蒸馏取酒等方式,酿制了一坛坛美酒。

水之魂

习水,顾名思义,以水命名。《遵义府志》记载,因境内一河流产鳛鱼,故称鳛部水,后简称习水。

习水不仅植被好,而且水资源丰富无比。丛林中飞珠溅玉般的水体晶莹剔透,清澈微甜,被人们成为"楠木水",赤水河、习水河南北呼应,成为长江上游最纯净的支流。

周恩来总理生前指示让赤水河成为中国不能受到任何污染的河流。茅台、习酒、郎酒先后在赤水河谷的诞生,让更多的商家看好中国白酒市场,加之赤水河无污染、河谷山溪纯净的特点,两侧各类白酒企业在改革开放以来如雨后春笋。著名书法家邵华泽也不得不感慨:这是一条美酒河。

赤水河注定就是世界的。这条河曾经是远古时代赤色巨龙的化身。它眷念这方水土,化作一条河流缠绕在云贵高原深处,如今以酒为媒,造福人类。

酒之城

鳛国的公主鳛妹爱上了在赤水河二郎滩撑船的郎哥,后来鳛妹与郎哥畅饮习酒，殉情赤水河。这只是一个传说。但是，如今的习酒与郎酒隔河相望各领风骚却是不争的事实。一九五二年，坐落在赤水河东岸边的习酒开启了习水酒业的新篇章。

弹指六十年，习水酒业兴盛远比唐宋繁荣。宋窖、景阳春的传承和以"习"为名的习酒、习部、习郎、习府、习湖、习龙等品牌次第诞生，在中国白酒市场上满世界奔跑，还有小糊涂仙酒、雪龙酒、健康王子酒、二十一响礼炮等相继问世。

这些聚集在赤水河谷的白酒品牌，印证了"贵州习水，名酒之邦"的盛誉，搭建了"黔北习水，美酒之乡"的构架。

未来十年，中国白酒看贵州。茅台以下五十公里的赤水河谷地区将是遵义白酒、贵州白酒的主战场。习水七十二平方公里白酒园区以得天独厚的资源优势、交通优势是贵州白酒界公认的处女地，等待的是有缘商家和企业的入驻开发。

呵，洁白如雪的李花

二月了，北国之春依然"千里冰封、万里雪飘"，"银妆素裹、玉树琼枝"；南国之春处处"李花如歌、梨花似酒"，"山水流泻、绿树婆娑"。在这大地复写着春色的日子，当我踏上那一座座冬日里满目苍凉的山，发现春天的山冈不再萧瑟、不再凄凉，而是生机勃勃、姹紫嫣红。满山遍野洁白如雪的李花散发着诱人的芬芳扑鼻而来。

哦，这正是"春色三分"编织着的张张图画！

我到过云南罗平。在罗平的田野山冈，那一片一片相连的油菜花像金子铺满大地，给罗平大地披上一件华丽的外衣。在从罗平回黔北的路上，隔窗而观黔中大地的油菜花，一朵朵金黄在春风中摇曳点头，犹如大海中的金浪一浪接一浪不停地翻滚着。习水二郎，一个坐落在桐梓河畔的小镇，面积不大，可李花之多却富甲天下。我没到过洛阳，不知道洛阳牡丹之美，可我到过黔西南的安龙，见识过十里沼堤之壮观。早春二郎，你看那满山遍野洁白如雪的李花，一点也不乏罗平菜花、十里沼堤之美，相信洛阳牡丹也不过如此！

在李子之乡二郎赏飘香的万亩李花，心情陡然间平添几分惬意，又是那么的舒坦！但见花团锦簇，洁白得如天使从天而降，山前山后，冰封似海，山上山下，玉树琼枝；置身林中，片片李花翩翩起舞，似雪飘人间低吟一首"春晓"，如音符续断轻弹一曲"广陵"。看见如歌似海的李花，我的心情也和那丛丛李花一样，片片翻飞，思绪万千。

如果说那金黄的菜花是公主，高贵、典雅，那么洁白的李花则是乡村美丽的姑娘，质朴、纯洁，与金黄的菜花相比虽然少了几分娇气、艳丽，但却永远保持着那一份清灵、素净，给人以圣洁之感。

多年以来，我喜欢白色、欣赏白色。在那万亩李花丛中放眼而望，山冈一片花的海洋，洁白如雪，山下嫩绿的麦苗、金黄的菜花装点着春天的颜色，流水哗哗、绿草稀稀，大地吐露春色，人们开始宽衣；农家小院几处早莺争暖树，田野深处谁家春燕啄新泥？春风拂面，几许尘土新味、几许李花芬芳。

面对李花，我没有多余的解释，因为我在农村生活了很多年，年年都和李花相约在春天。记得是在年少时，年迈的祖父在老家的房前屋后栽了很多很多的李子树，每逢大年十五，祖父祖母两位老人家就要领我去果树旁边，用砍刀将果树砍上几刀，说是让果树也过个年，意为"喂年饭"。我已经有好多年没给老家的李子树啊、梨子树啊、桃子树啊、杏子树"喂年饭"了。现在想起那时年少无知的我，根本就不知道什么是"喂年饭"，只听祖父祖母说，让果树过个年，结的果子多，好吃，除了给果树"喂年饭"外，还在树林子将一些枯枝败叶收在一起点燃，让果树被烟熏过，说是"撵蝗虫"。记得那时给李子树喂了"年饭"、撵了"蝗虫"后，我家的李子树年年枝繁叶茂，特别是仲春上旬的李花，洁白得鲜艳夺目，活像身穿白色衣裳、头戴白色头巾的美丽姑娘站在春天的田野里。

置身万亩李花丛中，感慨良多，唯一让我想到的就是她的洁白没有黄色的华贵，没有红色的热情，没有绿色的茂盛，没有蓝色的深沉。洁白如雪，只是静静地守候自己的花期，朴素无华，不去争奇斗艳，而是在冬天过去后早早到来，顶着几分寒冷赶来向人们报来第一声"春种了"。

遥远的飞鸽

赤水河汹涌而去，可她并没有打湿一回飞鸽子丰满的羽翼；习水河蜿蜒而淌，可她也没有带走飞鸽子神奇的传说。初识飞鸽，是在大坡乡几位朋友的带领下驱车而去的。那日，天公作美，太阳掩起唬人的脸庞，不是秋天却有一种天凉好个秋的味道，汽车从大坡街上弯弯转转爬行而上，约莫半小时，司机在朋友的招呼下停了车。下得车来，莽莽苍山全部伏在脚下，直扑向天际。

去飞鸽时正值白露临秋，站在峰顶上凝望远山，那山显得格外丰满、蓬松，团团树冠如一簇簇浪花，或黄或绛或红或绿，或苍翠或葱茏，斑斓交辉、诸色争呈，丛丛树林相依相拥相撑，连绵起伏，层层叠翠。数千里山川，尽收眼底，美极了！

早就在一本描述黔北习水的旅游画册上目睹过声名并不远播、闻名并不遐迩的寨门日出。没想到亲眼远眺寨门外数千里山川恰是无比的空旷，顿时，我的心情也豁然开朗起来，似一种胸怀大地，唯我天下第一的潇洒。朋友告诉我，这是飞鸽子森林公园的第一景——南国云海，又名苍山云海。攀上寨门观海亭，远眺群山，层峦叠嶂，那山犹如一头头小小的兽脊，铁一般雄奇地伏在大地上，数也数不清到底有多少座，一直绵延到天边，使人顿生"会当凌绝顶，一览众山小"之感。

遗憾的是天公太作美了，只会给人凉爽之意，站在山顶上，我思绪万千，心潮澎湃。在习习清风中，我想：要是在雨过天晴的清晨，远眺群山一定无比的舒畅和惬意。朝雾蒙蒙、茫茫云海，千沟万壑一片汪洋，风起云涌、波涛翻滚，片刻间，红日喷薄而出，气势恢宏壮观，天地间定是中华一绝。日渐已高，晨雾缓流，万山又成无数小岛在云海中飘浮，仙山楼阁浮出水面，该是无比的美妙啊。若遇细雨蒙蒙，定是爽爽清清，帘帘雨幕直奔天涯，细雨过后，彩虹高挂，傍晚时分，新月隐隐现出身来，含羞般又在苍山云海中步步跃起，缓缓奔来。寨门观景，惬意之极，那远眺之感，实在令人心旷神怡、宠辱皆忘、感慨万千。倘若遇上大好机遇，潇湘雨、巫山云、峨眉月、黄山日出、海上波涛均在眼前……

同行的朋友告诉我，位于飞鸽的入口处还是明清时期军事城堡的大门。

没想到如此美景之地，脚下还演绎着一段远古的历史，我低头沉思片刻，怀古之心不禁隐隐恻动。观其寨门，地势险要，一夫当关，万夫莫开。自古成为军事关隘重地也是自然。如今，小寨门已劈成公路，再无影子，大、中寨门还依稀可见残垣断壁。整座寨门修葺一新，红褐色的石料层层砌起，有门、有路、拾级而上，直可攀至峰顶。站在寨门处，令人心生悲怆之感，遥想古战场，那阵阵金戈铁马之声、那负伤之兵、那硝烟战火……唉！数千年往事，涌上心头。

看罢寨门外，想罢寨门内，悲喜交加，思绪如潮。于是，我不得不缓缓移动双脚，走入那葱葱浓浓的森林……

公路蜿蜒在一排排绿树之间，幽静万分，路旁柳杉笔直挺拔，直冲云天。同行的朋友说，两旁的柳杉是二十世纪六十年代、七十年代人工栽种的。不知是何缘故，我忽然想起我家乡附近的一片人工柏树林，林子不大，仅十亩左右，如今，栽柏树的老人已长眠地下，柏树林却郁郁青青一片，成了家乡独一无二的风景线。飞鸽柳杉，当年种树的老人是否还同柳杉一样活得有滋有味？是否还依然健在人世呢？

偶有清风吹过，层层杉树林嗖嗖唰唰，那声音俨然一曲山间悠扬婉转的音乐，由远及近，又由近及远，反复回荡在山谷中，顺着林区公路——"通幽曲径"自上蜿蜒而下，在一拐弯处，公路上由原来的红褐色细沙变成了鹅卵石，粒粒卵石稀稀疏疏横在地上，五彩缤纷。我倍感惊奇，便问朋友，这是为什么？朝着他的手指望去，在村子边上有一半崖处挂着一块巨大的湖泊砾石，仔细一瞧，方圆数十米内全是鹅卵石。没有河流，鹅卵石从何而来，一种怪异正在心头升起，看着块块砾石，令人想到四亿多年以前云贵高原上还是一片汪洋，无不给人一种沧海桑田的变化。朋友说："我们不是来看柳杉，而是来欣赏大自然四亿年的神奇变化。"

人在林中悠闲而行，不知不觉来到了山脚下的水上公路，司机驾着汽车行驶在河床上，水花四溅开来。那河床、公路合二为一，不得不令人赞叹，简直鬼斧神工。沿途景致一处紧接一处，步步相逼直扑眼帘。"通天河神龟"将扁而圆的头伸向河中；"五虎寻羊"虎视眈眈、凝望溪水……

传说飞鸽子很久很久以前有包办婚姻的习惯，有一父母自作主张为长子包办了一场婚姻，儿子为了追求自由恋爱，在婚后不久便离家出走，父母及族人四处寻找，在离家不远处将儿子拴住，并狠狠地用皮鞭抽打。儿媳眼见相公奔走，介于"出嫁从夫"的纲常论理，一气之下便病倒在床。不知是哪位仙人点化，夫妇俩变成白果树守在飞鸽林。如今，但见离溪水不远的半山腰有一棵苍劲古老的白果，树干上依稀可见鞭痕模样，当地人称为"公"树，正是奔走的男子，而溪边另一棵白果树歪歪斜斜，形如卧倒在床的妇人。

如此美丽的传说，实在令人百听不厌。当地一位老人还讲了一个更有趣的故事。话说一位青春少女脱下衣服在河中洗完澡后仰睡在河岸上，被太白金星察看天庭时偶然发现，那时太白金星与座下童子正在炼九转还魂丹，恰被凡间俗气冲上天庭坏了丹药，太白金星一气之下，禀奏玉帝称此女子不守妇道，便罚为石像镇守原地。如今，只见美女双腿自然分开，羞涩裸露……仰卧在飞鸽林区的水上公路旁。后人便称之为"美女晒羞"。

飞鸽之行，给人神奇，令人愉悦。说她遥远，其实并不遥远，只因她"锁在深闺人未识"！

青山梦远，绿水长流，神话终归是神话，传说依然是传说，但飞鸽二十处景点，处处迷人，如画如卷，她以温润之气、丰盈之姿，展示出她原始的清纯无邪，俨然气色清华的高原处子。

喔！遥远的飞鸽。

春色三分

  习酒城的春天来得很早，当人们还身着棉袄，头戴小绒帽时，酒城的春天便在滔滔不息奔腾的赤水河中缓缓苏醒，那漫山的梧桐树、小叶榕早已耐不住冬日的沉寂，慢慢开始舒展着身子，吐露着新芽……

  那片土地对我来说再熟悉不过了。曾经经过那里的条条曲径，曾经抚摸过那里的一草一木。早春二月，酒城四处繁花似锦，春风和煦，穿梭往来在公路上忙于上班或是闲于散步的人们个个笑容可掬，脸上的灿烂敢与春色媲美。争暖树的早莺与啄春泥的春燕随处可见，鸟儿们在枝头叽叽喳喳喋叫不休。阳春三月，道路两旁的梧桐树、小叶榕显得格外蓬松、丰满。春风一吹，丛丛树冠涌起大大小小的浪花，奔跃着直扑而来又相拥而去，俨然夏日的葱茏。

  酒城之春，莺燕争鸣，群芳争妍。徜徉在酒城的春天，给人一种温暖、清凉，那温暖而不炎热，清凉而不冷冰，让我从书中不断搜寻和煦的注解，令人怡然自乐。那树枝，葱葱茏茏一片，那青草，郁郁青青一块，那鲜花，红红绿绿一簇。无论你置身何处，身旁的春色都由不得你拒绝纷纷靠近。空气中泥土的芳香夹杂着酒香，令人心醉，忘乎所以，流连忘返，不知归路……

酒城新兴而古老，古老的是"汉家枸酱知何物，赚得唐蒙鳛部来"，新兴的是自习酒驰名天下以来遂变厂为城，而今，幢幢高楼依山而建，条条大道绕城不散，紧紧依偎在当年红军四渡赤水河的二渡、四渡渡口——二郎滩，与四川郎酒厂姊妹般门户对峙。

春满酒城，花香鸟语，酒香怡人。习酒城的春天也和习酒的春天一样，处处满满的、绿绿的，卸下冬日的寒冷与荒凉，到处荡漾着明媚的春光。一个又一个春天过去，她却在春风、春雨、春光中不停地成长。

春色三分，我原以为是春色只显露了三分，尚余七分不曾显露。其实不然，"春色三分，二分尘土，一分流水"。二分尘土，包容着土地、尘埃……茫茫大地，春天来了，它们精灵般漫天飞舞；一分流水，不管那水来自哪里，又流向何方，它却不停地湿润着脚下的土地，让三分春色不再死亡。"二分尘土，一分流水"，那是酒城的春天，也是春天的酒城。有了流水，不会让大地干枯，只会不断滋养和孕育，令大地越发年轻，不断显露生机和活力。

春色是年轻的，酒城的春色，春色的酒城也是年轻的。

难忘三岔河

  初识三岔河，是很多年前在一本描述黔北习水的宣传画册上。画册开篇印着：日照万画岩，一雨千瀑悬。习水红层山地景观兼黄山之奇，华山之险，泰山之雄，峨眉之秀，是国之瑰宝，大自然的宝贵遗产，一笔不可估量的天然财富。

  从见到画册的那一刻起，去一趟三岔河便在我心中凝结成一个梦，多年以来，这个梦始终萦绕在我的脑子里。

  我已经记不清是哪一年。高原的夏天并不清凉，三伏时节，几位朋友相约到三岔河采风。于是，说走就走，走三岔河、赏三岔河，感受三岔河的清凉气息。汽车在高原的崇山峻岭之间奔驰，窗外如画美景不停地扑入眼帘，使人应接不暇，我不敢多看，生怕看累了我的双眼，无法饱览三岔河的秀丽风景。车过天堂坝，沿习水河上行，便感觉一股清凉之气沁人心脾，陡然之间才切身感受到三岔河与众不同。山，是一座座葱葱茏茏、郁郁青青的美景山；水，是一丝丝清亮的涓涓细流；人，是多么的勤劳与善良，淳朴与热情。

  置身三岔河，脑海里浮现出画册上的一幅幅美景来，给人一种似是而非的故地重游之感。

领路的向导是当地一位中年男子，他领着我们观赏了望仙台、锅厂沟、银匠沟、两岔河、红岩沟。

三岔河景区大门口赫然树立着一块混凝土制作的标牌，上书：习水县中亚热带常绿阔叶林自然保护区。我站在标牌旁边，禁不住仰望四周，座座美景山巅，凝聚了高原深处的智慧，汇聚了天下名山的气势，铸就了不是名山的名山之魂。

走进山涧，酸枣、杨梅、香柏、柳杉争相意欲挡住去路，杂草丛生、众树摇曳、百花争艳，林中嗖嗖唰唰的声响，时高时低，时起时落，煞是好听，偶尔有阳光从树林的缝隙中斜射进来，犹如一条金色的丝带缠络在绿色的山林中，让人总想把那条丝带拾起来系在自己腰上，借势攀沿上山一览三岔河全景，再感受那眺望远方是山、俯瞰下方仍是山、完全是画中山、山中游的感觉。

三岔河，山美水也美。山涧，水流潺潺，丝丝流水声恬静而悠远。在山中行走，人遇飞岩，只得绕道而行，水遇飞岩，倾泻而下，形成一帘幕布。三重天、五跌瀑、水漫丹霞、水珠四射、潇洒流银，一切美景尽在眼前。为了能看到三岔河的瀑布，我早已顾不上疲惫的身子，艰难地行走在山林中，向着水声而去，沿路饱览形态各异的瀑布。

林中飞瀑，水流自岩顶倾泻，澎湃激昂，惹得草木皆惊、群蜂欲动。偶有水流轻轻，但见水势舒缓，柔情百倍，水雾蒙蒙、飘飘然然。沟壑间千瀑飞悬，各俱形态，出得山涧，均汇聚于三岔河。河水忽深忽浅，水中砂石隐隐可见，游鱼划动，终年清莹，甘甜爽口，当地村民称之为"楠木水"。楠木水呈青色，是习水河"三色水"中独特的一色，端坐河边，一股夏日冰凉透过肌肤，悄悄窥视细流，使人浮想联翩。

在三岔河那片神奇的土地上，山美、水美、人更美。记得是刚从红岩沟顶的三重天沿着羊肠小道下山来时，幸遇一位十二三岁的少年。那一刻，我饥渴难熬，双腿受了点轻伤，胳膊隐隐作痛。少年见我行走吃力，便把我挂在肩上的包接了过去背在背上和我边走边聊。刚出山谷，少年欲与我分手时，热情邀请我去他家做客。在少年家里，主人拿出三岔河盛产的老鹰茶招待我，显得格外亲切，天色已晚，我起身惜别少年一家。

我们相约三岔河采风住的不是什么宾馆酒店，那时候的景区还是一片空白，无人问津。那几天，我们住在一户袁姓农户家里，主人十分好客，端上自家上好的腊肉、手磨豆花、糯玉米、嫩南瓜款待我们，尽情劝我们多吃点，似乎吃得少就是吃不惯、吃不饱。我们在袁姓农户家里住了两夜，给主人增添了不少麻烦。

匆匆离别三岔河，尽管未能带走那九沟十八岔，沟岔相连，千峰凝翠的故事，但我却忘不了神奇的三岔河，忘不了一瀑数叠、万壑奔泻、水漫丹霞、赤壁成河的美景；忘不了山势雄奇、娇峦叠嶂、山色逶迤的清幽迷人与神秘诡异；忘不了山林中子牙封神、关侯拜印、七仙锁滩等浑然天成的亘古传说……

三岔河，一块令人心仪的宝地。

一九三五年的习水

1

"西风烈，长空雁叫霜晨月。霜晨月，马蹄声碎，喇叭声咽。雄关漫道真如铁，而今迈步从头越。从头越，苍山如海，残阳如血。"

红军破娄山，一曲西风烈，唱不尽残阳如雪。毛泽东注定是世界伟人，他在中国的山沟沟里"指点江山"，用一条两万五千里的飘带染红了中国，成就了中国的马列主义。这条飘带，缠绕大半个中国，影响全世界。从此，神奇习水，这块位于贵州西北，兼容绿色生态与丹霞渥色的土地上印染着红色。

历史在硝烟中渐行渐远。至今仍会在旷野山川中唏嘘叹息：红军长征——一部划时代的伟大著作！四渡赤水——毛泽东一生的得意之笔！

一九三五年的习水，红星闪闪，硝烟弥漫。

一月二十一日晚，中革军委对二十二日行军路线下达了命令，当晚，一军团进入习水双龙，在李村坝宿营。二十二日，彭德怀、杨尚昆率领的中国工农红军红三军团从桐梓花秋出发，进驻今习水桃林乡放牛坪，夜晚，奔袭了一天急行军的中国工农红军夜宿桃林。当天，红九军团从九坝出发，途径习水官店河村、双龙，进入习水；军委纵队和五军团也从栗子坝、九坝出发，一路南下西行，抵宿河村至官店一线。

在此之前，习水人知道红军，但没有见过红军。这一次，红军的到来，让世居于此的习水人在水深火热中寻找到新生的希望，一路上，习水乡亲躲避白色恐怖，冒险为红军送粮送水喝，送衣送针线。从此，习水人与红军结下了深厚情谊。

在放牛坪至今还传唱着红军粉的故事。就在那个寒冷的冬天，距离放牛坪不远的沙溪村村民听说彭德怀、杨尚昆率领的红军来了，他们纷纷拿出自家准备过年的豌豆粉丝，人力背上山，找到彭德怀的警卫员，说什么也要把过年的豌豆粉丝送给首长。官店街上的罗国华是一个靠卖粑粑度日的干人①，红军在官店宿营时，曾跟他借锅煮饭，当红军把锅还给他时，锅里装着一块肉。罗国华就在那几天前后遇到了林秀清的国民军和红军，林秀清的国民军曾在他那里吃粑粑而不开钱，而红军却像亲人一样对待他。

从一月二十一日起，红军纷至沓来，把红色历史书写在这块绿色的土地上。

①干人：穷人。

2

梅溪河，这个名字和它的景色一样美。苍山馥郁，峡谷纵深，谷底溪流潺潺，谷顶峰峦竞秀。

梅溪河是习水河一级支流，发源于良村镇茶园村空房子，由南至北，流经吼滩、良村、大安、狮子等地，于新场汇入习水河，属大娄山脉的余脉和四川盆地边沿地点。

记忆深处，梅溪河是血与火的场面。那是一九三五年一月二十三日，为了保证中央红军挺进赤水河的战略转移。红五团前卫营在梅溪河阻击川军郭勋祺部，战斗打响后，川军集中炮火，企图越过梅溪河从石板桥上进军，红五团浴血奋战，顶住了激烈炮火，川军伤亡严重，激烈的战斗进行了整整一天，最后，郭勋祺不得不退守良村场。当天，从吼滩方向而来的红军中央纵队全部安全通过梅溪河，向东皇进军。

遵义会议，红军决定从泸州宜宾之间北渡长江。一月二十四日，红军中央纵队到达习水木楠坝当即决定，红九军团暂归红一军团指挥，向官渡进发占领赤水县城后转战合江。二十五日，红九军团在程寨仙人关遭遇守敌，军团长罗炳辉临阵不乱，在右面是习水河，左侧是悬崖峭壁的仙人关采取迂回作战的方式大破守敌。当天，红九军团在官渡召开群众会，成立习水贫民革命委员会。

这块土地注定就是血染的。南宋端平二年（公元1235年），袁世盟领兵平夷，并命属下将士定居于此。平定蛮夷之后，袁世盟及后裔奉命世代镇守这方土地。明朝时期，播州宣尉使杨应龙有叛乱之心，大肆修建海龙囤屯兵积粮。袁世盟后裔、世袭长官司袁宝台觉察后于明万历二十二年（公元1594年）在习水土城四周分别建了七宝屯、金字屯、天赐屯、九龙屯四大军事城堡，以防不测。杨应龙叛变后，袁应台辅助奉旨提兵二十万的四川总督李化龙于一六〇〇年攻破海龙囤，平定了叛乱。一八六二年五月，太平天国翼王石达开部太平军欲攻占綦江作为抢渡长江的基地，以期攻打成都，消灭清廷在四川的军事政治中枢而坐拥西川。因战斗开始前内应暴露，清军有备，受挫后即停止攻城，从今赤水市渡过赤水河，占叙永厅，向川南地区进军。次年，石达开所部中旗赖裕新部和石达开本军先后在云南昭通巧家成功渡过金沙江，突破了清军苦心经营的长江防线。

与历史巧合的是，毛泽东选择了经土城而过，改变了行军泸州、宜宾，北渡长江的线路。蒋介石从南京亲临重庆督战时曾梦想：把中央红军消灭在赤水河峡谷，让毛泽东成为第二个石达开。令蒋委员长遗憾的是毛泽东不是石达开。

3

土城是黔中西出川南的要隘，历来就是兵家必争之地。

一九三五年一月，国民党妄图将中央红军消灭在黔北与川南一带的赤水河峡谷，中央红军自遵义会议以后，在行军土城途中，遭到了川军郭勋祺部的疯狂追击。二十六日，红三军团、五军团、一军团二师、九军团一部共两万余人与川军在距土城镇五公里的青杠坡交火。由于川军增援部队源源不断，战斗十分激烈，川军、红军相持不下。

战斗指挥所设在土城大埝上，毛泽东、周恩来、朱德、刘伯承亲临大埝指挥所指挥。战斗白热化的形势下，前敌先锋彭德怀一手提大马刀，一手提驳壳枪率军多次冲锋陷阵，朱德把帽子一摔，不顾毛泽东的阻拦亲临火线。

为了摆脱敌人的疯狂追击。毛泽东、周恩来迅速部署中央红军改变北渡长江为西渡赤水河的军事计划，红军干部团接到命令后从赤水方向以二十分钟步行六十公里急行军速度，返回土城迅速奔赴青杠坡作战前线。二十九日凌晨，红军将笨重的军械丢进赤水河，分别从浑溪口、蔡家沱陆续渡过赤水河。再一次粉碎了蒋介石的阴谋，揭开了历史上著名的"四渡赤水"战役的序幕。

青杠坡之战，史称"土城战斗"，双方伤亡十分惨重。军史记载：这是一场拉锯战，消耗战，为我军西渡赤水河赢得了时间。美国作家索尔兹伯里在他的《长征——前所未闻的故事》一书中说，"青杠坡这一仗不会被载入史册"，因为"红军的伤亡数字太高，容易造成错觉"。此战，国民党伤亡三千多人，红军伤亡四千余人，其损失仅次于湘江血战。

这是一片英雄的土地，处处传唱着英雄的故事。

一九三五年的习水，烽烟滚滚，战火弥漫。青杠坡之战创造了世界战争史上的奇观。共和国的三任主席（毛泽东、刘少奇、杨尚昆），一任总理（周恩来），五任国防部长（彭德怀、林彪、叶剑英、耿飚、张爱萍），七位元帅（朱德、彭德怀、林彪、刘伯承、罗荣桓、聂荣臻、叶剑英），两百多位将军都曾在青杠坡这不足两平方公里的葫芦形隘口中与敌鏖战。

4

历史是无情的，大大小小的战役吞没了无数鲜活生命的厮杀并深刻地影响了中国历史的进程，饶是如此，留给后人的依然是"一寸山河一寸血"的谈资。

红军一渡赤水后，在云、贵、川三省交界的扎西（今云南省的威信县）地区集结，并进行了整编。毛泽东反复思考着红军下一步的行动方向，熟悉中国历史的他，一定会想起发生在距土城以西一百多公里的长宁之战。一八六二年，太平天国翼王石达开率十万大军西征入川，一直想抢渡长江，新任四川总督骆秉章先发制人，调集重兵围攻长宁，一场大战，双方均伤亡惨重，石达开见这一带渡江无望，便率军转攻贵州，乘虚蹈隙连克桐梓、遵义、大定等府。

毛泽东指挥红军二渡赤水再占遵义几乎重演了太平军当年转攻贵州的故事。一九三五年二月十八日，红军以迅猛的动作分别从太平渡、二郎滩二渡赤水，回师黔北，彭德怀亲自带兵抢占天险娄山关，在遵义地区击溃和歼灭国民党军吴奇伟部两个师又八个团，取得了自湘江惨败以来长征路上的胜利。

蒋介石为了阻止红军北渡长江，在上自宜宾，下至重庆均派有重兵沿江把守，而毛泽东已将目光投向了长江上游的金沙江。一九三五年三月十六日，红军大模大样地在中国名酒之都的茅台三渡赤水。三月二十一日，毛泽东率红军主力悄悄从太平渡、二郎滩四渡赤水河，而后突破乌江，兵锋直指贵阳。此时贵阳附近已无兵可调，蒋介石只好电令云南的滇军火速驰援贵阳，为红军奔向金沙江让开了路。红军却在贵阳以东的龙里突然掉头向西，直奔金沙江而去，将数十万敌军甩在身后。

这就是成就了毛泽东军事指挥艺术生涯中的得意之笔——四渡赤水战役。四渡赤水，红军许多人都颇有微词，当时二十七岁的林彪就曾写信给中央对此提出质疑。为此，毛泽东在北渡金沙江后以长辈的口气对林彪说：你懂什么，你还是个娃娃。

七律《长征》的"金沙水拍云崖暖"，我原本以为只是描写金沙江河谷炎热，其实，一个"暖"字，道出了红军渡金沙，摆脱自长征以来数十万敌军围追堵截后那种轻松、愉悦以及对前途充满自信的舒畅心情。

一九三五年的习水，红军于此辗转六十二天。

硝烟散尽之后，战斗的声响似乎更易体现于浩繁典籍史册而非真实承载战斗的战场。穿越历史，看到长平之战，秦军活埋赵国四十万将士，两千年之后杀戾之气尽消散；巨鹿之战，项羽破釜沉舟，楚军以一当十，震天厮杀声早已黯然；赤壁之战，曹操八十万大军兵败如山倒，沧海桑田，至今甚至无处寻觅当年的华容道；淝水之战，苻坚惨败一路逃窜，风声鹤唳草木皆兵。如今，城乡交错的中原哪里还能找到古战场的痕迹啊？

长征是历史纪元上的第一次，长征是闻所未闻的故事！

寻访古盐道

赤水河是一条了不起的河，它有红军长征留下的壮丽诗篇；有川盐入黔留下的盐运历史。在众多的记述中，它是一条英雄的河，一条美酒的河，一条美景的河。

寻访古盐道，一直是我最大的愿望。早在多年前，我就梦想着追述古盐道，用笔记述曾经苦难的赤水河，记述她曾经让"干人"用泪与血、用甘甜与苦涩留下的历史。

盐仓遗韵

贵州自古无盐。川盐自长江进入赤水河沿河上行，纤夫拉船行至二郎滩以后，由于无法通航便只能靠岸采用人工负运。由于黔中地区人口众多，食用古盐多从珠江、长江运入。历史以来，长江、赤水河有着重要的交通地位。当盐船在赤水河中上游的分界线二郎滩停泊靠岸后，古盐亟需囤存，以便人力慢慢运走。当地百姓把囤积古盐的地方叫做"盐仓"。

盐仓，又称为盐号，通常修建在赤水河中、上游以及运盐旱路每隔五十里、百里不等的地方。盐仓多是官方修建，也有当地的大财主修建，但他们通常是主持盐帮的首领，拥有盐运的水陆码头经营权。

二郎滩渡口曾经十分繁华，岸上约三百米的地方全是五尺宽的梯级石板路。沿着石板路拾级而上，便是昔日二郎滩繁荣兴盛的盐号。当年熙熙攘攘，如今却显得有点清静，宽敞而陈旧的房屋开始斑驳脱落，只有门楣上挂着的"中国工农红军四渡赤水开仓分盐遗址"木牌。岁月已经远去，但它依然保留着二郎滩的光荣和骄傲，是一笔二郎滩人永远的财富。

看着那红字黄底的小木牌，让人不由肃然起敬，当年红军开仓分盐，拯救千人的场面若隐若现。

二郎滩码头形成较早，自东汉时期航运备受重视以来，各地州府开始呈报当地水运河道，赤水河便逐步得到朝廷重视并整治渐通船只。唐朝开元盛世年间，赤水河航运事业一度繁荣，但二郎滩以下的岔角滩、顺江埠水流湍急、暗礁阻击，航船并不能顺利行至二郎滩。明朝，倭寇入侵，湖广旱路被倭寇把持，川黔地区运输紧张，人们打通岔角滩、顺江埠两个险要的地方，乾隆、光绪年间也曾拨银治理过。从长江转运黔地物品进入赤水河以后，二郎滩出现了前所未有的繁荣，入黔的各地客商由此而入，二郎滩码头便由此形成。大量的川盐运入后，为囤积川盐，当地官方在码头上修建了盐仓，便在盐号里经营川盐，后地主与官方私通逐渐掌握了经营权。

几百年过去，保存最完好的盐号要算"德谦裕盐号"了。当地居民不知道它建于何年何月，住在盐号里的老人说，老盐号的布局与六七十年前一样，没有什么变化，房椽破旧、东倒西歪，木板的墙壁和地下的泥土，黑黝黝的，十分潮湿，那是长年积盐形成的。

古老的盐号不知溶化过多少盐巴。当时，人们把盐买回家以后用一根索子吊起来，煮菜的时候放在汤里搅两下子，有点盐味即可，称之为"打滚盐"，形容川盐昂贵。又有"斗米换斤盐"之说。

二郎滩的老盐号，今天古韵犹存。陡立的、细长的、狭窄的、光滑的石板路旁，房子是木材结构，有小四合院，有独立间，囤盐的屋子一般中堂偌大，较高，而且每间屋子尺码都带"八"字，一位陈姓居住的老盐号中堂是二丈四尺八，房高是一丈八尺八，大约是做生意求个吉利的意思吧。

放眼凭眺，老盐号破旧不堪，在巍巍郎山的映衬下，显得十分苍老，正看着奔涌的河水，越过沙滩、穿过峡谷，滚滚流向长江，留下神秘古老的赤水河风情和幽雅而古典的盐史韵味。

盐道古痕

在川黔接壤的崇山峻岭中，蜿蜒的赤水河从谷底穿越，一直伸向远方。大山铁脊般雄奇，河水兽跃般汹涌，风景煞是好看，令人叫绝。

黔北古盐道分水、旱两条。水路主要是赤水河中下游河段，即二郎滩至长江入口处，全长一百五十公里，流经古蔺、合江、习水、赤水等地，是川盐入黔的主要航道；旱路主要是从二郎滩上行途经茅台和桐梓直取遵义的道路，不少路段地势险峻、道路崎岖，令人望而却步。

当运盐的航船到达二郎滩泊岸囤积盐仓以后，大量的"干人"便从川黔毗邻两地涌来负运，成了旧社会"繁荣"的一道风景。

赤水河两岸十分贫瘠，由于山高坡陡，地形纵深切割大，在封建社会无法修建驿道，交通闭塞，经济滞后，百姓生活疾苦，经年累月靠缴租佃田、帮工或是讨饭度日子，他们自称"干人"。时过境迁，"干人"成了穷人的代名词。大部分有力气的青壮年"干人"为了赚钱养家糊口，就背着"背篼"（负在人背上的一种装载货物的竹筐）到盐号里负运川盐走过崎岖的山道到达下一站交售，从中获取微薄的一点收入。

当时步行运盐的"干人"在二郎滩起运后分为三条路出发，一路从四川古蔺的黄金坝沿赤水河岸到吴公岩渡口去马桑坪；一路在二郎滩过赤水河转入贵州地界后走回龙沿桐梓河①上行；一路在渡过二郎滩后途经洪滩、两岔河后又分为两路，其中一条是从吴公岩去马桑坪，一条沿桐梓河上行直取花秋。三路一起到达遵义后再转运。

人力负运川盐已成为历史。最迟负运川盐大约是二十世纪四十年代，"干人"背着盐巴起运以后，要经过一道又一道的山梁，当时被称之为"背过山盐"。几百年的盐运历史，干人脚下的一条条崎岖山路磨出了一道道光滑的痕迹。在很早很早以前，这片地方上根本没有路，人烟稀少，自从有川盐入运以后，负运川盐的穷人们为了找到捷径，便在荒山野岭中开辟一条十分危险的道路，走的人多了，路上便磨出了痕迹。

①桐梓河：古称溱溪，又名牛渡河，为长江上游二级支流，发源于贵州省桐梓县南部的石板乡梅子水，流域面积3331.5平方公里。

今天，能找到的古盐道为数不多，在贵州地界上的习水县习酒镇洪滩，盐道上已经荆棘丛生，但还可以找到一些陈旧的痕迹，盐道大约只有一米宽，均用青石板铺筑，石面光滑，隐隐约约还有石匠用铁斧子斧过的痕迹。在四川的古蔺县二郎镇赤水河岸，一条重新整修的古盐道已成为游人如织的羊肠小道，仁怀境内也有一点。路面宽窄不等，宽的不到八十厘米，光滑的石板儿路忽上忽下、忽宽忽窄，悠远而去。在盐道的铺路石上，清楚可见的是一个又一个小小的、圆圆的、深深的凹坑，像一串串惊叹号。

据说：从前"背过山盐"非常热闹，还有"水落沙明浦，盐稀客待船"之说。人来人往连成一串，从远处望去，形如一串爬行在山道上的蚂蚁。古盐一般是按规定打封的，有五十斤一封的，有一百斤一封的。不是今天成粉末状的碘盐，而是呈块状的"砣砣盐"，硬度较大，不易粉碎。穷人们每人都带着歇脚的"背杵"，负盐走在山路上的时候，累了便把"背杵"栽在路上，"背篼"底部歇在上面，人站立着减少双肩的压力松口气后又继续前行。长此以往，石面上就磨出了印迹，形成一个个凹坑。

在古盐道上保存至今的最大印迹直径约十三厘米，深度约八厘米，形状美观，繁如星辰，成了古迹，也成了历史。

两岔河传奇

滔滔赤水河从云南镇雄奔来，宛如一条玉带缠绕在滇、川、黔的三省十三个县（市）的茫茫沟壑间，波涛汹涌，直泻长江。

赤水河激浪冲天，穿山越岭，整个行程汇集大小支流上百条，落差较大，滩多水急，易涨易退。当河水流至距源头三百二十公里的川、黔两省古（蔺）习（水）仁（怀）三县市交界处（又称鸡鸣三县），桐梓河在崇山峻岭之间穿梭而来，形成一个"丫"字状，断其山脉、阻其行人。这里成了汇集赤水河险、峻、雄、奇、美为一体的两岔河，十分壮观。

两岔河，今称之为"两河口"，川黔两省三县市在这里以河心为界，茅（仁怀茅台）习（贵州习水）公路、黄（黄金坪）郎（二郎）公路均呈圈状环绕赤水河。是盐运古渡的重要关隘。当年川盐入黔就在这里兵分两路转运遵义。

两岔河在1949年前仅仅只有几家稀稀疏疏的农家房舍，人民生活困苦，周边土豪劣绅长期欺压百姓，群众无田无地，四周到处是荒山野岭，杂草丛生，当地居民生活来源主要靠佃田、帮工，负运川盐等，十分窘迫。据说有一天，家居牛渡河畔四十岁左右的陈氏打鱼郎从牛渡河划着渔船捕鱼来到两岔河时，突然天空乌云密布，河水暴涨。打鱼郎眼见暴雨即将到来，便划船靠岸，可是，任凭他怎样使劲划，小渔船却纹丝不动，依然泊在江中，犹如被铁钉钉在水里。

陈氏打鱼郎立在渔船上流着眼泪对着老天爷大声喊："老天爷，如今穷人难当啊，我上有七十岁老母卧病在床，下有子女三个，大儿长者仅九岁，幼儿小者仅三岁，如今我突遇灾难，葬身鱼腹，怎叫我死而瞑目啊。"

顿时，雷声一响，一道金光从天空飞来，直指打鱼郎，瓢泼大雨倾泻而来。陈氏无可奈何，闭上双眼默默等待生命的结束。

约莫半个时辰，雨停了。陈氏睁开眼睛一看，自己还好端端站在船上，河水汹涌澎湃，在岸边卷起层层巨浪，唯独河中心水平如镜，再看船沿，一只金灿灿的斧头镶在橡木上。后来，陈氏把斧头带回家，乡邻便把他拾到金斧头的故事传开了。

当地另一姓陈的铁匠知道后，心生诡计，便自己铸了一只斧头涂上铜金粉在烈日下暴晒，欲把铁斧头铸成金斧头。一天，铁匠带上铁斧头去打鱼郎家借看金斧头。打鱼郎待人宽厚、忠厚善良，不知是计，便把金斧头借给铁匠观看，铁匠趁打鱼郎没在意的时候悄悄将铁斧头换取了金斧头。打鱼郎知道金斧头被换时，铁匠早已远去。他只有每天对着两岔河左右峰顶上的两根石柱哽咽，没隔多久，打鱼郎忧愤死去，临死前，他告诉乡邻那两石柱有一根是公的，有一根是母的。还有一首歌谣：石公对石婆，金斧落在两岔河，若是谁人去捡到，金子用船装，银子用马驮。

后来，那位铁匠无缘无故失踪了，再也无人知道金斧子的下落。

老茶坊

今天没有人会相信古盐道上会有"茶坊"，是因为茶坊早已销声匿迹，但是，当年背过山盐的穷人们自己带着干粮翻山越岭，他们除了走到半路寻找山泉水冲干粮外就是到茶坊用茶水充饥了，而且在解饥的时候顺便坐在路边阴凉的地方小憩，甚至吹吹牛，相互唠唠家长里短。

文章中提到的有些地方，如二郎滩，岔角滩，是那么亲切，因为那都是我年轻时走过的地方，如果有机会，我和老伴还想去看看它今日的变化。

——何淑敏

知道云南的茶马古道，专门运茶叶的，马帮们走的道。没想到你们那还有专门运盐的道，且在赤水河上，又有红色背景。倘若今人寻访，现在还能看到多少足迹？

——巢湖秦歌

从前，背过山盐的穷人不分男女，男的多是青壮年，女的就只有过门生了孩子的妇人了，他（她）们一路走，一路寒暄，问长问短，在茶坊里，他们交上了朋友。

在川黔边境的赤水河畔有两座茶坊。现在能看到的仅仅是一块铺着石头基脚的荒地了。一座位于赤水河北面，在习酒镇洪滩境内，茶坊及茶坊周围的民房早已全部搬走，唯一剩下的就是还铺着基础的几块石头，地面平整，好像是刚迁走一样，周围的地里种上了庄稼，嫩嫩的禾苗绿油油，随风摇曳，茎秆粗壮，十分诱人。不难知道，老茶坊原来曾是一块肥沃的土地。这块地约十四平方米大小，如今还清楚可见，每一块基脚石几乎一般大，呈长方形状并列在泥土里，十四平方米的地平均分为两块，左边一块靠右的地方泥土黑黝黝的，仿佛就是当年烧茶的地方，在那块曾经被"灶王爷"占用的土地，似乎还微微散发着泥土夹杂着柴灰的气息。

历史已经远去，那个被人们遗忘了的茶坊早已不见。它躲在荆棘丛生的古盐道旁默默怀念着曾经络绎不绝的"干人"……

坐落在四川地界上的茶坊距古盐渡不远，大约四百米。茶坊的一端是平直的小径，另一端是攀岩险道，坡高路陡，最宽处有两米左右，路边是木栅栏，栏边是悬崖绝壁，令人胆战心惊，茶坊已不复存在，只有高约两三米的杂树，杂树中有野黄荆丛、紫荆丛。

其实在今天，可能已经没有办法证明它就是茶坊遗址了。据考证，这里原来不是茶坊，在很早很早以前，盐道从这里的平台上通过，人们累了便放下盐巴歇息，聚集在这里胡侃，谈古论今，后来，黄金坝的一位王姓老者就在这里修了一座房子，又在旁边砌了一个半人高的台阶，外边放上石凳子。房子用来烧茶卖，茶坊一共是三个小间，靠山岩的一面是火房，山岩被烟火熏出了晕色。尽管现在已经没有房子了，甚至连房子基石也是零零乱乱的，东一砣西一砣到处摆着，但是，它没有减退当年老茶坊的韵味。

旁边的平台是用来供人们歇脚用的，当时，人们背过山盐就在平台上歇息，拿出随身带的干粮，然后去茶坊取一碗茶充饥，之后又继续上路。到过这里的人们对平台有三说，一说是，里边的台阶是坟墓，埋有死人；二说是，神台，人们路过这里的时候在这里烧香拜佛；三说是，盐商检查的关口，因怕穷人偷换盐而专供盐商检验盐巴之用。由于忽视了平台旁边已无任何迹象的老茶坊遗址和有关史料，茶坊左边约三十米处还残留着一块清乾隆十六年的碑迹，石碑已经模糊不清了，大约讲的是与盐运航道有关的规定，已无法考证。

转过盐道，满山苍翠，盐道两旁，野草杂树郁郁葱葱，老茶坊已经没有一点痕迹了，只有留在人们的记忆深处任凭回忆，而且是老人们的回忆，二十世纪五十年代以后，盐道没有人走了，茶坊没有人坐了，这在人们的记忆中被逐渐遗忘。

吴公与吴公岩

吴公岩，古称"文公岩"，位于贵州仁怀马桑的赤水河上游河段东面，全长约五公里，是从前川盐入黔的主要通道。它是一道险关，滩长十里，险不可言，连接着二郎滩、马桑坪。

赤水河航运历史悠久，有史料记载：早在东汉时期就开始利用河道"以通舟楫"，清乾隆八年拨银五万两，对赤水河航道进行了整治，为川盐入黔和赤水河沿岸的矿产、竹木、酿酒等生产、生活物资进入长江打开了通道，使赤水河沿岸成为货物集散地和当地经济、文化的中心。

川盐入黔，其中一条路取道茅台者必经吴公岩。吴公岩绝壁临天、万般险峻，赤水河从上游流经此处，河床狭窄、滩多水急。负运川盐的穷苦人民与取道茅台的往来商贾自二郎滩上行必在文公岩乘船摆渡，前往马桑、茅台，直上遵义。渡夫因占据险要，故高价勒索过河行客。

清乾隆八年（公元1743年），贵州总督张广泗在民间举贤征工倡导修治赤水河，以资运物。其时家居牛渡河畔的吴登举[②]毛遂自荐，步行到仁怀厅城（今贵州省赤水市）请奏，并刺指滴血，具结呈文。经张广泗启奏朝廷之后，乾隆降旨，吴登举才得以承修文公岩十里长滩。并于第二年择吉日动工修建，吴登举率领全家十八口人四处约募乡民，招纳能工巧匠，他不负初衷、矢志不渝，立下重誓：生死与赤水河同在。

修治赤水河文公岩十里长滩期间，吴登举率众风餐露宿，历尽艰难险阻。乾隆十二年（公元1747年）终于通航，赤水河二郎滩以上途经马桑坪到茅台顿时航船往来，热闹非凡。

张广泗视察文公岩见吴登举大功告成，便封官赏爵，吴登举

②吴登举：（1701年—1755年）二郎里人氏，今贵州省习水县习酒镇新寨村人，兄弟三人，行列第二。

婉言谢绝，不食俸禄。张广泗题"忠耿过人"四字相赠。并将文公岩渡口赐予吴登举，更名为"官渡"，由吴登举经营，以赏其劳。此河段由于岩石多次崩塌，导致航道受阻，多次维修，均不能通航。过往客商及负运川盐的穷苦人民依然步行山道，万分艰难，其状同蠕，令人胆寒。

后来，吴登举积劳成疾，忧愤而死。后人为铭记其治理赤水河文公岩段险滩的功劳，将文公岩更名为"吴公岩"，以便世世代代怀念吴登举其人。黔北巨儒郑子伊取道茅台途经吴公岩时曾赋以《吴公岭》五言古诗一首，赞其治理赤水河其功其劳。

吴公死后，"谈者为叹息，民劳天实灾"。从此，无人再敢在此修整航道，人们还是只能将川盐船载二郎滩，用人工背过十里长滩吴公岩到马桑坪装船，然后转运至茅台人力负运黔中。

古盐渡

在赤水河上游的吴公岩脚下，河水哗哗流去，激起层层巨浪，浪花撞击在岸边的岩石上又扑进河里急急流去，被浪花冲洗后的岩石十分光滑，层次分明。

有谁会想到，就在美丽的河岸上有数也数不清的脚印。贵州地界上立了一块碑，上书"古盐渡"，红色行书，十分耀眼。四川地界上建了一座亭子，河的两边很是对称。渡口原是河边整齐的岩石，后来人们用斧子斧过以后，呈阶梯状从盐道一直连结到河里。贵州边界上有两个渡口，渡口相距约十六米，一陡一平、一宽一窄，最宽处有六米宽，最窄处不足九十厘米，陡坡在七十五度左右，四川界上一个渡口，宽度都在四米到六米之间。渡口十分光滑，跟砂过的没什么两样，用手轻轻抚摸，犹如少女滑腻而柔性的爱手，不禁使人思绪万千，独自陶醉。慢慢品味古盐渡口的级级石阶，会发现那分布均匀的石阶上还隐隐约约有一小点儿石斧印保持着原来的风味，它没有被远逝的岁月洗去，也没有被汹涌的河水清涤。

从老人口中得知，从前背"过山盐"的人很多，几乎每天都有上百人在这里过河，人们过河候船时就在岸边的石阶上小憩，或是取出随身带的干粮歇在这里捧河水边充饥、边休憩，人多了，日子长了，河边的石阶被磨掉了一层又一层，光彩照人，十分细腻。盐囤在石阶上，Na（钠）离子慢慢散发，把原来青色的石头（俗称青矿石，石灰石的一种）沁白了，久而久之，这里的石头才慢慢改变了颜色，一直持续到今天，它依然微微泛白，始终不褪色。

从这里过河的时候，由于水从上而下流淌，装载有盐巴的船就从水的上游一方顺着水流渐渐斜着渡过赤水河，过河以后再背到马桑坪，回来的时候，空着的背篼又从水的上游一方渐渐斜着往回渡。这样的渡河方式主要是为了减轻压力。

古盐渡又称吴公渡、官渡、义渡。是川黔盐务仁岸的一个渡口，大约始建于唐朝中期，一直是川黔古（四川古蔺）、习（贵州习水）、仁（贵州仁怀）的重要关隘，清乾隆十二年，贵州总督张广泗授权由吴登举经营，后又改名为"吴公渡"。吴公死后，渡口由吴姓世代经营，再后来，吴姓与张姓结亲，"吴公渡"即由张、吴两姓主持。每遇涨洪水，船夫便苛求过往客商。民国十六年，古蔺县县长高占奎接到川黔盐务仁岸盐帮事务所检举吴公渡船夫高价勒索过往客商的公函。为平民愤，高占奎迅速出台了关于整顿吴公渡的行政公告，刻在渡口旁边的石壁上，其原文如下：

古蔺县行政公告：

> 川黔盐务仁岸盐帮事务所公函开查，二郎滩上游吴公岩渡口，川黔九道地当要冲，商贾往来，肩摩股击，又系盐运必经之地。该渡自明季以来，即被张吴两姓人等把持专利，他人不敢染指，每值洪水之际，难留需索，任意苛求，商贾苦之，赤水盐帮公所为整顿运道，便利交通，起见呈准。上峰将该渡改为义渡，以除积弊。每年由河工局拔租二十四石以作渡夫口食修整船只之需，函属所长就近主办，其事所长又念张吴两姓人等穷苦者多靠此渡收入以为生活者约三百余人，一旦失渡，势必流为饿殍，其情亦殊，乃与郎桑两镇同仁协商：募洋五百元，乐疲承买，卑伊者各得资财，可以另谋生活，不致失所，庶于整顿交通之中，乃遇体血贫穷之意，故伊等亦知感激，踊跃从命，兹者购买手续业已完毕，义渡亦已成，特将契约送贵署，投税盖印，并请备案，以诏信守，两垂久运相应函致。烦贵署请县办理，给示晓

喻，卑从周知。此致等由准，此合行部告，让该处人民一体周知此告。

民国十六年二十日　县长：高占奎

岸边纤道

古代航船都是木船，航船进入赤水河以后，船主雇用了大量的穷人当纤夫，纤夫进入角色之后，常年以拉船为生，不分春夏秋冬，算是找到了一份谋生的"职业"。

在赤水河中下游拉船留下的古纤道为数不多，上游的豹子滩和洪滩一带今天还残留着古纤道的痕迹。古纤道宽度在两米左右，多是河边岩石中凿开的，路面坑坑洼洼，沿着河岸顺水而去，较平，只是偶尔忽高忽低，偶尔攀岩而上，偶尔沿壁而下，行走十分艰难。纤夫拉船的时候伏在纤道上慢慢蠕动着爬行。遇到水流湍急的地方，他们一手将纤索扛在肩上，一手撑在地面上，口中不停地喊着，呦呵嘿——呦呵嘿——呦呵嘿，每呻吟一声，船就在河中前行一步，纤夫就鼓上一口气，向前迈进一步。

吴公岩通船的历史不长。自从吴登举疏理豹子滩赤水河段以后，暗礁中阻的豹子滩在短时间内被人们征服了，航船从二郎滩可以直通马桑坪到达茅台，减轻了人力负运的痛苦。古蔺、仁怀等行政部门即招募工匠开始修建纤道，纤道修通以后，纤夫终年在纤道上爬行，用自己的力气赚钱养家糊口。由于吴公岩常常出现岩石崩塌现象，能通航的十里长滩很快又被堵塞不能通船了。光绪年间，清政府曾拨银五万两治理赤水河，被古人称为"筏趁飞流下，樯穿怒石过"的十里长滩又能通行了。当时在川、黔边境上的赤水河边就流传着这样一句话："打通吴公岩，饿死黄金坝"，意思是把吴公岩打通，装载川盐的船就可以直通茅台，黄金坝人的生活将受到威胁。据说当时黄金坝背过山盐的穷人特别多，大量的土地被地主、土豪霸占着，只有沿岸上有钱的人家才能过好日子。

如果从上游自下游而闯滩，船就像离弦之箭，疾驰而下，好像"船在飞、浪在涌、山在晃、风在刮"一样，惊险无比。遗落在这里的古纤道遗迹，今天加起来已经不足六十米长了。但是，在古纤道上还可以看到那山岩上纤索拉擦的一道道深深的痕迹。在吴公岩的对面四川境内渡口旁边，留下了两个石磨眼，石磨眼四周很光滑，直径二十四厘米左右，深度十厘米，中间还有石匠用铁斧凿过的痕迹。那是从前拉纤时纤夫休憩栓纤索的地方，如今清晰可见。

纤道的使用时间并不多，终究是豹子滩险恶，吴公岩岩石经常崩塌的缘故，古盐道上依然是一代又一代背过山盐的穷人，直到解放后，人们打通了吴公岩，船可通航茅台，背过山盐成了历史，才使这段断断续续偶尔通航的十里长滩扬起了乘风破浪的风帆。

纤道旁，两岸青山高耸入云，赤水河奔腾而去，河底巨石犬牙交错，激流似野马奔腾，咆哮声震荡如雷，使人毫无喘息之机，真有"赤水河上鬼门关"之称，莫名中，令人不寒而栗。

纤道上，一处处残留的痕迹，不知负载着多少人、多少代人的艰辛，它送走了岁月，送走了一代又一代的老人，把岁月遗痕留给后人……

黔路先锋的梦

在贵州，周西成是第一个乘坐汽车的人。

汽车进入中国的历史并不长。一九二六年，桐梓人周西成在南征北战中升任国民革命军第二十五军军长兼贵州省主席以后，便从广州买了一辆"雪弗莱"，由于没有公路，周西成便雇用力夫①抬进贵州组装成巡逻车，汽车只能在贵阳新修的短短的环城路上行驶。当时，汽车在贵州人眼里还是一种稀奇古怪的东西，纷纷走在街头看热闹，据说：周西成还贴出一张告示，"汽车如老虎，莫走中间路，若有不信者，死了无告处。"

贵州有了汽车以后，首要的是修好公路。周西成从贵阳到遵义以后，沿着新建的公路到达桐梓后又折返茅台沿着盐道顺赤水河而下，他到达二郎滩渡口时，看见了川盐入黔在二郎滩十分繁荣，但是，人力负运的场面给他留下了深刻的印象。

周西成回到贵阳以后，便产生了修建盐运公路的设想，为此他组织了一批技术人员到二郎滩考察，沿桐梓河途经周家、二郎、官店、花秋等地，一路制作标牌，作好勘测。一九二八年四月，贵北公路（贵阳北至桐梓）通车后不久，从二郎滩至桐梓的盐运公路即动工修建，不少民工四处前来投工投劳。当时，人们并不知道公路是什么，监工的要求工人干什么工人就干什么。广大民工带上锄头、铁耙、钎子在桐梓河沿岸开山辟石，而周西成则不断鼓励民工修好公路后不但可以看到汽车，还可以用汽车运载物品，减轻人力负运的痛苦，其时修建公路的民工积极性很高，桐

① 力夫：方言，民工的意思。

梓河畔除了无数背"过山盐"的穷人们路过以外，还有不少修建公路的民工，再次出现了异常热闹的情景。

可惜呀，周西成的盐运公路没有修完，他于一九二九年在与军阀唐继尧、李晓炎的混战之中死于乱枪之下，时年不足三十七岁，长眠于桐梓守着他所修的公路另一头。

周西成当年修建的公路距今天已经八十多年了，尽管时过境迁，但在习水县习酒镇大地村的洪滩、新寨村的河底下还可以找到遗迹。盐运公路宽度不一，在洪滩的盐运公路遗址当中，最宽的达七米左右，一般都在四米到六米之间，这里一段，那里一段，零零星星为数不多。洪滩现在还有一丘田叫做"马路田"（马路即公路），据说就是当年周西成修建的盐运公路中的一部分，后来，当地的穷人在土地改革时，发扬开荒垦地、生产自救的精神把公路改成田块种上粮食，由于这块田一时取不出名字来便叫做"马路田"。

周西成为后人留下了修建盐运公路的梦想，他修路改变交通、富裕百姓的志愿并没有因他的死随之而去。而是在改革开放的今天逐步实现了。一九九〇年，习水酒厂为带动桐梓河沿岸的经济发展，修建了黄郎公路（黄金坪至二郎），从习水酒厂沿桐梓河修到了周家，到二郎余下不足八公里路段后来也相继开通，打通了习水酒厂到仁怀、遵义的捷径。一九九五年，茅习公路建成通车，习水北进遵义，贵阳以及对外运输的条件彻底形成，赤水、习水、仁怀及四川古蔺、叙永、合江等县市与其他大中小型城市连成一片，赤水河沿岸的文化，经济再一次飞跃发展，古盐道通了，变成了经济大道。

"黔路先锋"周西成没有实现的梦想，在若干年后终于实现了。当汽车在茅习公路上奔驰而过，不知谁还会想起有着悠久盐运历史的古盐道曾经藏着周西成的梦想呢？

述怀·土城

　　土城，一座可以让你读懂千年历史的古镇。当年，徐霞客在贵州无暇顾及这块充满传奇色彩的弹丸之地，后来，中央红军在这里也来不及考究这座千年古镇便匆忙离去。

惊艳了时光的古镇

千百年来，人们一直追求自然、舒坦、宁静的生活。

土城，是一个惊艳了时光的古镇。徜徉于此，那些现实中的浮躁、生命中的漂泊、甚至痛苦中的灵魂都一一远离，让人们找到了精神的栖息地，正是这样，自然、舒坦、宁静得让人格外向往。

在这座小镇上，尽管历史挣扎了许多年，那雕梁画栋，青瓦堂舍，石板街，土城墙风貌犹在；那民间歌谣，茶馆说书，川戏锣声，玩意鼓点至今依然；那山溪边的洗衣姑娘，陌桥上的青春女孩，古巷中的妙龄女郎，院落里的少妇身段婀娜，娇艳动人；抽旱烟的老汉，穿红军服的老妪，唱红军歌谣的男男女女，在古镇陌巷中越来越显得精神……

这就是土城！

土城镇位于黔北赤水河中游河畔，是黔中腹地西出川南的交通要道，小镇三面临水，北面环山，镇依山而建，水绕镇而流。山——水——城交相辉映、相生相息，是"天人合一""山水相依"的千年古镇。自公元前111年以来，土城便是赤水河流域一带政治、经济、文化的交流中心，秦砖汉瓦的出土，唐诗宋词的记述成为土城历史悠久的象征。

历史已经成为过去，当年。历史选择了土城，是因为这条悠悠赤水河，提供了川黔经济、政治、文化交流的便利条件，使它一度辉煌。随着人类文明的不断进步，特别是二十世纪八十年代以来，中国的改革开放改变了贵州"连峰际天，飞鸟不通"，几乎与世隔绝的自然状况，现在是公路、铁路、航空形成了天上、地面立体的交通网络。贵州已从原始而自然的运输方式中走了出来，正向着现代化的运输业迅猛发展。此时此刻，赤水河的运输功能逐步淡化，今天的土城已没有昔日舟楫繁忙、商贾云集的盛况。这不能不令人生出不少的感慨、惆怅，甚至失落……

在土城，我欣赏那倚着老屋大门吸着烟卷看街景的老人，那在老屋门前嬉戏玩耍的童孩，那坐在老屋门前边做针线活儿边与街对面老屋的同伴聊天的女人，那些端着碗蹲在老屋门前大口吃饭的汉子……还有，在老街的茶馆里，端着茶杯，品尝着冒着袅袅热气透着淡淡绿茵的盖碗茶，弥漫在老屋里的悠悠茶香，感受着久违的、刷洗得发白的八仙桌的熨烫，聆听着七八个老者伴着琴瑟透着十足的巴蜀韵味，时而高亢苍凉、时而如泣如诉，哀婉动人。

我羡慕土城人淳朴的生活方式带来的怡然自得、和谐亲切，感慨于那些虽住在高楼大厦，享受着现代物质文明，但却鸡犬之声不闻、老死不相往来的城里人封闭的生活带来的尴尬、无奈。伫立在老街上那株十分惹眼的、与老屋紧紧挨在一起、几乎成为老屋一部分的、浓荫蔽日的一棵棵黄桷树面前，久久凝视着它裸露而遒劲的根、绽裂的树皮、粗大骨节的树茎和一树灿烂的树叶，深深地被它生命的顽强、生动、鲜活、壮丽、永恒感动着。

土城，就是这样一座悠闲的小镇！

《中国国家地理》列出的"中国最美的地方"排行榜中，大量被长久忽略的雪山、沙漠和草原被列为中国最美之处而让众多历史名胜落选，由此引发了热议。相比雪山的圣洁高峻、沙漠的浩瀚无垠、草原的雄浑辽阔，土城古镇的悠闲宁静和村落田野的广袤柔和确实不够"震撼"，但是沧桑古镇中的袅袅炊烟和四周宁静田野里的金色畅想一定会让人无须瞻前顾后，反而流连忘返。

作为一个中国历史文化名镇，难道不是中国最美的地方吗？

我相信：不久的将来，古镇的悠悠巷道，古镇的宁静自然，古镇的自然和谐定会引起世人瞩目。那时，"九州骚客慕黔地，一朝奇观天下闻"！

窖池里的春秋

酒肆有些年代了，柜台显得几分陈旧，酒坛、大碗，纤尘不染。坐在板凳上吆喝一声："小二，来半斤宋池老窖。"瞬间，酒香扑鼻，一饮而尽，再瞬间，江河翻滚，飘飘然也。我就是那个不擅酒的男子，每次在宋窖酒庄，只能轻轻舔一舔宋窖的历史与酒香，不敢豪饮。

一池宋窖，满河芬芳。只有赤水河才能厘清她的脉络，我不过是酒庄的一位宾客而已。

宋窖，位于赤水河中游土城镇狮子山。三千多年前，这里荆棘丛生，一个民族在大山中开疆拓土的时候发现一种植物，漫山遍野，挂满枝头。没人知道这东西是否有毒，于是，有人伸手摘下一枝，放在嘴里慢慢咀嚼，略涩、微酸、带甜。因为形如弯弯拐拐，味如大枣，就在某个不经意的时刻，"拐枣"一词诞生了。族人采摘回家以作食粮，没隔多久，拐枣化作一摊酱汁，满屋芳香。第二年，族人们有了先前的经验，把拐枣采摘回家，置于瓮中，数日后，滤去渣滓，酱汁盛于碗中，以敬宾客，其味甘美留香，谓之"枸酱酒"。西汉时期，汉武帝派遣唐蒙出使南越，南越王赵胡用鳛部生产的"枸酱酒"来款待唐蒙，唐蒙饮后赞不绝口。

酒是陈的香，姜是老的辣。没想到一位不喝酒的汉子却能品出宋窖的味来。
——汪德泉

为取悦汉武帝，唐蒙在回京复命时沿赤水河绕道来到土城，鳛部人拿出最好的"枸酱酒"热情招待唐蒙，随后，他带着"枸酱酒"朝长安路上去了。汉武帝本就是一位性格豪爽的帝王，畅饮后脸颊绯红，飘飘然中大声说："甘美之，甘美之！"

清朝诗人陈熙晋在《咏鳛部诗》中写道："尤物移人付酒杯，荔枝滩上瘴烟开。汉家枸酱知何物，赚得唐蒙鳛部来。"讲述的就是这个故事。

"酿酒三千年，僰人开先河。"土城自古就是酒之源。宋窖，一个拴在历史长廊华柱上的名字，让我仿佛看到先民们把赤水河放在宋代的炉火上炙烤，把太阳和月亮置于酒窖中浸泡，酿酒大师在一颗颗粮食里寻找玉液琼浆，然后，邂逅酒樽中的清香。这个沿着赤水河转入长江直通中原大地，成为文化交流的符号。在人们苦苦寻找历史遗物的时候，一位酿酒人在土城狮子山下面发现了一群古老的窖池，窖池乃石块镶嵌入地而成，方方正正，淹没在大地中。

土城，顾名思义，以土为主。宋窖如何修建？看来只得问问经年不息的滔滔赤水河了。这些窖池，可是从宋朝而来吗？在土城狮子山下，一躺就是几百年、上千年，宋池老窖因此而名，后来，更名宋窖。

宋窖，身怀大宋的芳香，一直朝现代逶迤而来。

听说，北京饭店也有宋窖。旅居北京多年的习水人谭智勇先生既是商人、又是学者、还是作家。对赤水河研究多年，他不仅把贵州习酒送进了西藏，还把宋窖放在北京饭店的餐桌上。罗开富因肝病本已是一个不喝酒的老人，因与谭智勇先生交好，喝了一杯之后写下了《五经易通，一味难求》一文，赞叹千年重放光彩的宋窖独具醇、甘、绵的神韵，让人们"似乎从杯中看到古今时光交错，情景交融的境界"。

二〇一五年深秋的一个上午，中国作家协会副主席、书记处书记何建明老师应谭智勇先生的邀请来到宋窖酒庄。我匆匆赶到土城时，何建明老师与谭智勇先生已经步入土城古镇街口了。

何建明老师从北京来到遵义，我抑制不住内心的激动紧紧握住他的手。第一次见到何建明老师是在二〇〇八年冬在北京顺义县郊外的稷园水云轩，我们一行四十多人就读于《人民文学》《小说选刊》黔北作家班。在那一个多月仰望京师名家的时间里，我有幸聆听了何建明老师精彩的讲座。

何建明老师是当代著名的报告文学作家，主要著作有《生命第一》《中国农民革命风暴》《根本利益》《部长与国家》《中国高考报告》《国家行动》《警卫领袖》等，第一、第二、第四届鲁迅文学奖得主，曾五次获得全国优秀报告文学奖，系中宣部"五个一"工程奖、国家图书奖、中华优秀读物奖获得者。那天下午，他穿着一件泛白的羽绒服来到水云轩，跟我们聊起了中国报告文学，我印象最深的一句话就是：报告文学将成为中国文学的领军旗手。何建明老师在讲授报告文学的写作中说，报告文学需要宏大叙事，国家化叙述，需要从文学的非新闻的，从历史的不是今天的，从国家的而不是地域的角度去思考和创作，这样的作品将会更高一筹。

那天，我陪着何建明老师从土城古镇的下街口一直向中街走去，他也许已经忘了当初在水云轩那场平凡的讲座。在土城那个惊艳了时光的古镇，何建明老师和大多数游客一样，漫步于石板街上，享受那种舒坦、宁静、自然、和谐的生活，一切都相忘于江湖，不同的是何建明老师沉迷于土城的瓦屋、土墙、房梁、穿斗、雕花、木柱、石刻那些历史的味道，他仔细端详着每一栋民居，每一块石板，每一寸泥土……

土城是一个舒心的小镇，今天，当那一个个在"钢筋与水泥的丛林里"拼杀撕打得疲惫不堪、心力交瘁、甚至遍体鳞伤的城里人，一踏入这座古老的小城，立即有一种"松风吹解带，山月照弹琴"般的自由悠然，历经几千年岁月大浪淘沙后的土城留下的老街、老屋所积淀的历史、文化、精神，收容了世俗的浮躁、无心的漂泊、痛苦的灵魂。何建明老师行走在古镇每一块方方正正的石板上，闻到的是历史的味道和宋窖的芬芳。

简单参观古镇后，我们径直来到宋窖酒庄。穿过宋窖广场，在宋酒窖观赏了工人师傅蒸馏取酒的劳动场景，品尝了刚出锅的宋窖原浆酒，随后走进宋窖博物馆，参观了谭智勇先生收藏陈展的上千种白酒名品。在何建明老师的作品展柜前和书法作品展览前，他留影以作纪念后，我们一行在酒庄大厅与众人围坐于一张古老的酒桌前畅叙，谈历史与文化、聊土城与宋窖、说文学与人生。末了，何建明老师亲手为自己封坛宋窖，写下封坛的日期，为宋窖酒庄留下了一幅"笔墨春秋"的墨宝……

宋窖酒庄是一部中国白酒文化简史，咀嚼，一味勾起浮沉千古事，品读，半日读懂宋窖三千年。

静坐于酒庄，三邀五约述怀闻酒香，畅想古镇千年事，亦可一个人品酒、喝茶、阅读、发呆，各有各的心情。我在那里，再也看不见"五岳抱住擎天柱，吸尽黄河水倒流"那种畅饮的豪情。但是，我可以临窗而坐，细品酒香与茶茗，然后，吐一口烟雾，弥散在酒庄的每一个角落，与亿万数千个酒分子随赤水河奔腾而去。

何建明老师匆匆惜别宋窖酒庄后，我把一套"习水文艺丛书"装进他的包裹中，同他亲手封坛的宋窖一起，让朋友快递发到北京。临走时，何建明老师记下我的联系电话，又一次握住我的手说，有什么需要只管给他的秘书打电话或是发信息，如有机会到北京再联系。

我站在宋窖广场，一股浓烈的宋窖酱香从酒庄的某一个角落传来，散发在空气中，随着一个影子远去。

拜谒青杠坡

多少次拜谒青杠坡，我也记不清了。在那个葫芦山谷中，每一次静默，我都用心聆听远去的争鸣鼓角，遥看那如海苍山和血一般的残阳。

青杠坡位于赤水河中游东岸距离土城不到两公里的地方，群山环绕，山巅四季葱茏，谷底溪流潺潺，蜿蜒西去，流水岸边，阡陌交通，屋舍俨然。

青杠坡是一个普通的名字，我每一次却怀着景仰的心情而去。当汽车奔跃在青杠坡山冈的那一刹那，我看见的是青翠欲滴的丛林，高耸的丰碑，还有起伏连绵的山峦。

遥望那座丰碑正前方的缓缓石阶，两旁鲜花簇拥，翠柏掩映。碑，高耸入云，这是一座混凝土铸就的丰碑，在群山之中独舞，历史的枪炮声是他的音乐，四渡赤水是他的故事，作者是毛泽东。

碑，高19.35米，顶着一个红色党徽，碑身大理石镶嵌，上书：青杠坡红军革命烈士纪念碑——张震题。碑座四围是青色花岗石，楷书青杠坡战斗简介。

"一九三五年一月，中国工农红军遵义会议以后……"那一排排方方正正的文字环绕碑身，每一个字就是一颗血战青杠的子弹，每一个字就是一个血战青杠坡的音符。历史远去，硝烟散尽。阅尽碑文，最后连成了一幅青杠坡战斗的长卷。

历史的一九三五年，注定就将为赤水河画上浓墨重彩的一笔。举世闻名的遵义会议后，中央红军迅速向习水、赤水转战，以期实现北渡长江的军事计划。一月二十六日，中央红军先遣部队红二师在赤水复兴场遭到阻击，二十八日拂晓，中央红军主力部队行军至青杠坡时，与尾追而来的川军郭勋祺部队打响了四渡赤水战役的第一枪。彭德怀、杨尚昆和刘伯承分别率领中国工农红军三军团、五军团与川军郭勋祺部展开了激烈的战斗。川军廖泽一旅三个团增援参战，战斗激烈，伤亡惨重。

此间，蒋介石从南京飞抵重庆。在他重庆的官邸中仔细研究了红军长征的线路，阅读了太平天国将领石达开最后的行程。他曾说，要让毛泽东成为第二个石达开。于是，在青杠坡那个不足两平方公里的葫芦形山谷，川军增援部队源源不断，国民党部潘佐、穆肃中、达凤岗、章安平等率军疯狂般向赤水河逼近。形势十分危急，红军生死存亡只在一线之间。

毛泽东不是石达开，更不会败军赤水河。为了扭转战局，摆脱敌人的疯狂追击，毛泽东在土城主持召开紧急会议，分析了前有堵截、后有追兵的不利形势，改变北渡长江计划，决定西渡赤水河，命周恩来负责架设渡河浮桥，陈云负责安置伤病员，叶剑英负责指挥红四团掩护渡河，急令干部团和驻元厚待命的红一军团二师驰援土城。危急关头，朱德、刘伯承主动请缨亲临火线，干部团全体将士浴血奋战，中国工农红军英勇抗敌，为西渡赤水河赢得了时间。二十九日凌晨至上午十时许，中国工农红军轻装前进，在红四团的掩护下，兵分三路从土城蔡家沱、浑溪口和赤水元厚胜利渡过赤水河向川南进发，摆脱了国民党大军的围追堵截，粉碎了蒋介石的阴谋。

青杠坡，苍山埋忠骨！

那瞬间，溪流成血，哀鸿遍野，白骨成堆，阴森恐怖……硝烟不再，青杠坡战斗史例却永久被国防大学和中国军事科学院珍藏。

与历史渴谈，岁月暗淡了刀光剑影，草尖滴血染红山冈。每一个瞻仰青杠坡红军革命烈士纪念碑的游客，都默默而安静地站在碑前，行鞠躬之礼，叹英雄壮举。再次仰望高耸的碑身，我心底豁然明朗。碑身为何19.35米高？原来，青杠坡的一九三五年是不寻常的历史时刻。

苍山如海，残阳如血！环顾四周，茫茫苍山，清风徐徐，青杠坡俨然更加肃穆、神圣。

俯瞰水狮坝

　　水狮坝位于土城古镇西北角一公里处，是土城红运景区的一个点。置身于此，怀想当年，不得不叹服毛泽东选择了这里的智慧与胆略，就是在水狮坝后山大埂上，他胸有成竹地指挥中国工农红军浴血青杠坡、西渡赤水河，改变了中国革命的命运。

　　一九三五年一月，中央红军长征欲从土城沿赤水河而下，经赤水，在宜宾北渡长江。这时，蒋介石飞抵重庆督战，调集四十万重兵在黔北赤水河峡谷一带设伏，妄图聚歼中央红军。双方在青杠坡打响了举世闻名的四渡赤水战役第一枪。当时，毛泽东把指挥所设在土城水狮坝后山的大埂上，用他智慧的双手指挥从江西于都辗转数千里而来的万马千军。

　　若干年后，人们才发现，当年毛泽东镇定地站在指挥青杠坡战斗、运筹西渡赤水河的那个地方就是一副大鹏展翅恨天低的地势。多年前，谁会想到毛泽东如此高瞻远瞩，站在鲲鹏脊背上书写了他一生之中的得意之笔、神来之笔呢？

　　从鲲鹏脊背上俯视，神奇水狮坝，青山环绕，绿水长流；物华天宝，人杰地灵。水狮坝犹如一个巨大的砚池，远眺南峰高山，形如一座巨大的天安门，人称轿子山，众星拱月，可以直通川南，坝边北面俨然一支巨椽倒插，称之为神笔峰。在大鹏展翅恨天低的更远处，青山连绵，宛如锦屏。水狮坝又是一副天然的太极图，绿水绕阴阳，黄金河弯弯曲曲从坝中穿过，把一块天然的米粮川分为一对颠倒而挂的大鲤鱼。千百年来，当地盛传："好个水狮坝，鲤鱼颠倒挂，谁家葬此地，福禄安天下。"

鲲鹏尾部，屋舍俨然，中有一幢并不显眼的房子，曾经是一个只活了十六岁却彪炳史册，令后世景仰的雨花台七十二烈士之——袁咨桐的故居。房屋占地八百余平方米，建于清光绪年间，由正房、左右厢房及门楼组成，典型的清代黔北民居。房前院坝用石板铺墁，正房厢房均为木质结构，前列楼门为石泥花墙，中开八字朝门，翠竹环绕，柳绿橘红。

袁咨桐又名袁庆吾、袁荣先，一九一四年出生在这里。一九二二年，父亲把他送入贵阳达德小学读书，托付给王若飞的舅舅黄齐生先生。一九二七年夏，黄齐生先生带着袁咨桐辗转上海，一九二八年春，黄齐生先生又把他带到南京，就读于燕子矶晓庄乡村实验师范学校附小高年级。一九二九年冬，袁咨桐秘密加入中国共产主义青年团，并担任了团支部书记。一九三〇年初，他升入晓庄师范附属崂山中学，并担任了地下团支部书记。同年四月，晓庄学校被勒令封闭，陶行知被迫流亡，组织上曾安排袁咨桐去上海，但袁咨桐坚持要留南京继续工作。五月，在党组织加紧开展工人罢工的暴动准备中，袁咨桐不幸被国民党南京警察厅抓捕，他在警察厅两次过堂，理直气壮地承认自己是共产党员，但对党组织的点点滴滴却守口如瓶。

不久，袁咨桐保释后，立即找到党组织继续坚持革命斗争。同年八月，组织上决定让他转移到上海，但还没来得及动身，就又一次被捕了。他没有想到，这次却是生命的终点，使他成为南京雨花台七十二烈士之一。

水狮坝是一块风水宝地，此言不虚。多少年来，人们追寻着那个所谓的传说，希望能找到自己的幸福生活。其实，那诺大的一块坝区就是一块福地，当地人民已经不只是停留在春种、夏播、秋收、冬藏的传统农耕了，而是掘地三尺，乐土生津，硬把一年出两季变成了一年出四季，绿油油一片，换钞票买大米，产值绝非一般。

水狮坝，山势水型隽永，地脉钟灵！

瞻仰中国女红军纪念馆

　　阅读她们的名字，俨然仰望我们的母亲。她们，是中国工农红军中一个个平凡的女性，虽然，那些宏大战役前后没有她们厉兵秣马、沙场点兵的身影，可那些名字镌刻在那个血雨腥风的年代却显得格外的伟岸。

　　她们，是中国工农红军中四十五位女红军代表，如今"站"在土城红三军团司令部旧址的"中国女红军纪念馆"。走过纪念馆序厅，灯光照耀在她们的脸上，沧桑的脸庞格外安静、慈祥，伴着方方正正的文字，叙述了她们革命的一生，奉献的一生。我知道，她们的丰功伟绩并非只是三五百字就可以陈述的，但是，简单的素描成为时代精神，让后人景仰。

　　"中国女红军纪念馆"是一幢清末民初的西式建筑，位于土城黄金大桥左侧五十米处，占地面积两百余平方米。分别展出的是红一方面军三十位女红军，红二方面军（红二、红六军团）五位女红军，红四方面军八位女红军，红二十五军两位女红军的英雄事迹。

　　走进展厅瞻仰她们，其实是在阅读她们卓尔不凡的平生……

　　董必武的夫人陈碧英在战略转移前夕怀有身孕，身体虚弱不利于长途跋涉,中央组织局决定她不能参加长征,于是,她哭着央求丈夫去说说情,可时任中央工作团团长的董必武却要求她接受组织的安排。贺子珍的亲妹妹贺怡是位列中央组织局女红军转移名单中的其中一人,但他的丈夫毛泽覃临危受命任中央苏区分局委员、红军独立师师长,她便留在瑞金和丈夫一起打游击。她们和未经组织批准随军转移挺着大肚子的曾玉不一样,这一留,她们的命运彻底改写。

在那个抉择一生命运的时刻,前途未卜……一九三四年十月十六日傍晚起,中国工农红军从江西于都出发,红军迈开了万里长征的第一步,中央红军主力部队的女红军也离开了苏区那片相对稳定和安宁的红土地,开始了纵横两万五千里的行军。

红第九军团军团长罗炳辉的夫人杨厚珍在长征中创造了奇迹,原本生长在南方城市一个贫民家庭的她,在四五岁的时候就开始裹起了小脚,这次全军大转移,杨厚珍历经常人难以想象的艰辛,靠三寸小脚丈量了二万五千里长征路。

一九三五年一月,中国工农红军长征来到习水土城,当时,前有阻击,后有追兵,情况十分危急。二十八日拂晓,遵义会议后的第一场战斗——青杠坡战斗打响了。就在这时,毛泽东的妻子贺子珍即将分娩,她拖着沉重的身体在枪林弹雨中一蠕一拐随军前行。这是贺子珍的第四个孩子,半个月后,孩子在傅连暲医生的看护下来到这个世界。当时,国民党部队正在追赶红军,红军总部次日凌晨四时就要撤离,在无法照料孩子和不可能带着孩子一起长征的情势下,贺子珍只好含着眼泪用一块黑布裹着孩子,连同身上唯一的两块银元一起托付给四川古蔺的一对农民夫妇。毛泽民的爱人钱希钧问贺子珍,要不要告诉老乡这是红军首长的后代?贺子珍却说,孩子只是一颗革命的火种,就让她深入到群众中去吧!

贺子珍在长征路上冒死生下的孩子,杳无音讯,成为她一生的痛。和她几乎同时在敌人的围追堵截和枪林弹雨中分娩的,还有闽粤省委书记邓发的夫人陈慧清、红五军团参谋长周子昆的夫人曾玉(未经部队批准参加长征的女红军)……她们的孩子都如贺子珍说的那样,革命的火种,深入到群众中去了!

长征之初,组织上规定,全体红军指战员长征中不准恋爱结婚。可是,王泉媛和王首道却破例成为一对仅有两天的革命夫妻。红军进遵义城的第七天,蔡畅、金维映和李坚真知道王泉媛与王首道相恋后,不由分说就把王泉媛直接送到了王首道的房间里,成就了他们的美满姻缘。当天晚上,王首道送给王泉媛一把缴获的小手枪和八发子弹,王泉媛给他的是一个承诺:送一双亲手纳的千层底布鞋。第二天,部队撤出遵义,直到一九三五年六月二十六日,王泉媛随干部休养连到达两河口，两人才得以再聚首，然而短短一夜的恩爱在黎明时分出发的号角声中又终止了。此后，王泉媛历经艰辛，却再也没有和心上人相聚。

红四方面军妇女先锋团的一千三百多位女红军在随西征军长征时，为了掩护大部队撤离，遭遇了马鸿逵、马步芳队伍的疯狂袭击，因弹尽粮绝几乎全军遇难，她们年轻的生命在战火中永生，到达甘肃会宁与红一、红二方面会师时，仅有三百多人幸存。如今，她们中的张琴秋、汪荣华、林月琴、王定国、陈真仁、张文、何支莲、贾德福代表着一千多妇女先锋团的女红军"站"在中国女红军纪念馆的陈展大厅。

这些女红军绝大多数是第一次参加长途跋涉行军的，她们有的不会骑马，有的不会使枪，但她们有一个坚定的革命信念，那就是为了人民翻身做主人而革命。在行军途中，身体健壮的女红军一人要护理三四个担架病人的同时还要帮助革命战友背行李、干粮和药箱，从江西于都一路走来，和红军指战员一起，翻雪山、过草地，飞渡赤水河、巧渡金沙江，坚强地完成了二万五千里长征。一个女红军就是一个传唱历史的故事！他们在长征中的艰苦卓绝、坚韧毅力超越了须眉男子，有的在雪山草地上艰苦走过，后来病染沉疴，有的在枪林弹雨中穿越，后来绝经绝育……

长征，是中国近代史上的一次革命大转移。随军的女红军忍受了艰苦得不能再艰苦的折磨，对她们而言，长征是他们追求独立、向往自由的一次长途跋涉、生死考验，也是一次革命播种、抗战宣传，还是一次纵横两万五千里的散步与游走……

中国女红军纪念馆，是中国唯一陈列展览中国女红军事迹的纪念馆，二〇〇九年九月开放接待游客后被评为中国十大红色旅游景区景点。

走进四渡赤水纪念馆

在我的书房，有一册藏书十分珍贵。翻开扉页，就翻开了一位智慧的长者对赤水河的情愫。扉页写着：情系赤水河！题款是：付刚指正。落款是：二〇〇一年六月，智勇。

书名叫《四渡赤水》，作者是时任贵州仁怀市人民政府市长的谭智勇。当时，我还在赤水河畔的习酒镇，我清楚记得，书是从北京邮寄过来的。每次翻开《四渡赤水》，那一段远去的历史就在我的脑子里翻滚。

那段硝烟弥漫的历史，陈展在如今的四渡赤水纪念馆里。

四渡赤水纪念馆位于赤水河畔的习水土城。记得是二〇〇三年，罗永赋还在土城镇任党委书记时，我曾多次采访过他，他不止一次对我说起保护土城古镇，打造红色旅游。提起土城，罗永赋饶有兴致，对土城从炎、黄二帝大战与蚩尤助阵，到北宋建州到四渡赤水如数家珍。于是，自筹资金在土城镇政府前的一幢古建筑中搞出了一个简易的陈列展览，后来经过多方的努力，中共中央办公厅批准在土城建立四渡赤水纪念馆。

二〇〇五年九月，贵州习水组建红色旅游开发建设办公室，自筹资金五百余万元进行选址、征地、拆迁、安置等工作，先期启动了四渡赤水纪念馆新馆建设。二〇〇六年，按照程序完成了审查、报建、招投标后，正式开工建设，二〇〇七年一月，四渡赤水纪念馆主体工程完工并进入布展阶段。七月九日，四渡赤水纪念馆举行了开馆仪式，那天，军队首长、各级官员云集土城，在如今这座黔北民居风格的现代仿古建筑门前为四渡赤水纪念馆的建成开放喝彩。

著名作家魏巍把中国工农红军长征比作地球上的红飘带，毛泽东曾说，四渡赤水是他平生军事指挥艺术生涯中的得意之笔。然而，举世闻名的四渡赤水战役却是因青杠坡战斗从土城出发，有人曾经假想那段历史，没有青杠坡战斗，中国工农红军直接取道宜宾北渡长江，也不可能有那一段弥足珍贵的历史了。土城，在中国工农红军长征中的历史地位尤为凸显，成了长征中的红玛瑙，红飘带上一颗璀璨的明珠。

建成后的四渡赤水纪念馆由原中央军委副主席张震将军题写馆名。占地面积七千七百多平方米，建筑面积三千六百多平方米，展线六百多米，总投资两千多万元。展览陈列综合运用了声光电高科技手段，与图片、文字、实物、雕塑相结合，九个陈列单元再现了"四渡赤水"战役的恢宏场面，展示了"四渡赤水、出奇制胜"那段战争史。二〇〇九年，四渡赤水纪念馆被命名为全国青少年爱国主义教育基地。

走进四渡赤水纪念馆，无论是眼前恢宏壮观的大厅，高挂左右两侧墙体上的渡口巨照，还是表现毛泽东、周恩来等人高瞻远瞩的雕塑，都会令人肃然起敬。群山、江水、浮桥、骡马、红军战士、战火硝烟……一幅幅气势恢宏的画面再现了当年红军四渡赤水战役那段神话般以少胜多，跳出国民党四十万大军包围圈的传奇故事。展厅陈列是以历史事件和内容的时间为序，呈现给游者的不仅是一部庄重厚实的历史教科书，更似一首格律工整的长征叙事诗。

走进纪念馆，读了文字、看了图片、听了解说，蓦然间，一幅幅震撼心灵的恢弘画卷赫然展现在内心深处。四渡赤水纪念馆还展出了场景复原，如开仓给穷苦老百姓分盐的盐号，三渡赤水河时搭浮桥拴棕绳的黄桷树，青杠坡战斗等，令游者流连观望，驻足遐想。

无论是鲜血染红的泥土、或者是被战火烧焦的青杠树，还是滔滔赤水河、渡口斜阳，都在顷刻间带着我们走进那段艰苦卓绝的岁月，让每一位参观的游客慨叹不已，历史的枪炮声、厮杀声，是正义的怒吼，是视死如归的壮烈襟怀……那一条六百多米的展线上，沿着当年红军留下的足迹，仿佛看见了绵延起伏的群山和那条波涛涌动，奔腾不息的赤水河，还有远去的红军……

触摸红运石

见证过赤水河浪过舟飞，壮阔波澜。它们是石族类的两兄弟，经年累月在赤水河边，一站亿万数千年，那一年却让历史铭记。

不知何年，古老的赤水河边民发现它们的身形冬现夏隐，于是有了乳名，哥哥叫"大石包"，弟弟叫"小石包"。多少年风霜雪雨，多少回汹涌澎湃，它俩岿然不动，与天地同寿，任凭海枯也不烂。

那就是红运石！

红运石俯卧在土城浑溪口的赤水河边。从古镇入口处，穿过狭窄的石板街小巷左拐，沿石阶而下再穿过一条狭窄的石板街小巷，再沿石阶而下，林荫树下，你才能远远地看见它们兄弟俩，俯卧赤水河畔，吞赤水，饮赤河，顶礼膜拜土城渡口纪念碑。

若遇夏日水涨，这兄弟俩不与赤水争锋，任凭赤水漫身而过；倘若冬日水竭，这兄弟俩方可出人头地，望着赤水河在这里自东向西而去。我在赤水河边曾经遐想，如此两块普普通通的大小石头，如何被赋予"红运石"的雅称？

那天子夜，青杠坡的枪声越来越响亮，凛冽的北风从赤水河峡谷呼啸而过，一代伟人毛泽东毅然回到土城后山的大埂上手持望远镜借着战火星光指挥战斗，周恩来却站在这兄弟俩旁边，左手叉腰，右手顺着赤水河拦腰一划，正划在这俩兄弟身上，说，浮桥就建在这里！

一月二十九日凌晨，中国工农红军中央纵队从这里挺进川南，此后，拉开了四渡赤水战役的序幕。那一刻，全体红军指战员轻装前进，从这里走过的人，有毛泽东、周恩来、朱德，还有刘少奇、王稼祥、邓小平等党和国家领导人，还有林彪、刘伯承、贺龙、罗荣桓、聂荣臻、叶剑英等共和国的开国元帅以及众多将军。

这两块大小不等的石头，不过沧海一粟，却曾经肩负起了运送红军的伟大使命。

二〇〇九年，一位智者站在这里，心中泛起涟漪，他想：如此幸运的俩兄弟，曾经胜利完成了那个时代赋予它伟大的历史重任，怎么叫"大小石包"呢？他的脑子里又拉开了那场宏大的战役全景，身后是硝烟弥漫的青杠坡，眼前是浩浩荡荡的工农红军星夜兼程渡河而去。他反复玩味这两块寻常而又伟大的石族兄弟俩，追思它们兄弟俩运送红军的历史，瞬间，"红运石"之名由此诞生了！

他，是一位智者，二〇〇九年中国红色旅游风云人物。他曾说，到红运石上走走，摸摸红运石，照一张相，鸿运高照。

红运石依然是红运石，陪伴兄弟俩的，是千年不息的赤水河，还有身旁高大茂盛的千年古榕和曲径通幽的红运大道，鹅卵石铺筑，环绕古镇沿江而下。

当年，红军从这里走后，踏上北上抗日的征途，从此中国革命走向了一个接一个的胜利。缘何？因为那是红运石，可以带来好运，令这个世界红运当头，鸿运高照！

行走石板街

曾经多次行走于此，每次都是一样的颜色，我实在无法分辨出几天几月甚至几年后那些石板的变化。依然是印迹斑驳，残痕杳杳，石板街还是那么狭长，街道两旁的居民除了生老病死以外，一切都是那么平静。

这就是位于赤水河中下游的土城石板街，宁静中富有神秘和古老而又充满传奇色彩。

石板街的神秘不仅是因为它的存在见证了土城的故事，而是他本身就是土城故事的主人公。

"桑木的鸡，二郎滩的酒，土城美女家家有。"这支民谣传唱了若干年，也有人曾赋诗："石板街上多美女，羞得玉环把身藏。"夏日行走于石板街，美女少妇身穿各色背心、牛仔短裤，或是短衣短裙，人字拖鞋，可谓一道亮丽风景。即使是杨玉环到此，也只有羞得藏身不露了。

美女可不是沃土之物，可以物阜而让民丰。土城美女，却赋予了它神秘而传奇的色彩。

石板街狭窄，不能通车，忽上忽下，两旁是低矮的木楼瓦房。徘徊在每一个石板的方寸之间，我曾经问过自己，你知道它们卧睡于此多少春秋？至今无解。只看见石板上一条条斧凿痕迹隐隐约约，模糊不清，甚至被岁月磨得些许光滑，一块挨着一块，一直延伸，从街头到街尾，整整两三公里。

每一次穿行于石板街，我都曾翻遍脑海中残存的历史春秋。

土城依山而建，三面环水，古老的石板街如一条长龙依附在山脚水边。周围山高坡缓，是典型的沙石泥土山形，曾经有过民谣：清幽幽的水，光秃秃的山，几棵酸枣树，几棵大麦柑。民谣说的是土城，不过五百年后看，云贵赛江南，石板街还是石板街，光秃秃的山已经不在。

土城，历史上记载曾在北宋大观三年建滋州。时过境迁，多少年以后，人们才发现残存大量的土城墙，那是在元末明初，这个赤水河边的小巷才开始叫做土城。如今的九龙屯中世纪军事屯堡关隘门柱刻有一联："任劳任怨此日几人称乐土；议功议过他年万姓依长城"，便是土城一名的由来。

叩开每一块石板，你可以问他：你们什么时候在这里安家落户？他们只会告诉你："皇天眷佑有商，俾嗣王克终厥德，实万世无疆之休。"倘若再问：你们从何而来？它们会说：从天而降！

是的，这就是石板街的神秘。他们建于何年无人知晓，史书上从无记载。观土城四围，无石块山头，这一块块方寸石板故土何在呢？曾是鬼方疆土、曾是鳛国部落，一个远古之谜……

全天下的石板街就是一条石板街，可这条石板街却与众不同，它浑身上下都充满传奇故事。因为，它的每一块石板都承载过红军战士的足迹，它们陪伴毛泽东、周恩来、朱德共度最危急的历史时刻。

那年，中国工农红军长征经过这里，毛泽东住在一个岩栈之中，和周恩来、王稼祥是邻居，朱德住在一个民房里，和刘伯承是邻居，他们开会、吃饭，一起探视红军战士，一起上大埂上观战，一起下山走过石板街渡河而去……所有的故事都在这条石板街上发生。

神秘、传奇的石板街上，人们格外宁静，或闲看落花与斜阳，或戏水赤河与渔猎，或妖娆穿行与游走，或三邀五约来一场泸州大贰，唱一曲川剧，敲一阵鼓点，扮一回袍哥……

后　记

　　二十年前，当我的第一篇小文成为铅字，心里便种下了一个作家梦。二十年来，所有的文字渐渐模糊，剩下的依旧是白纸一张和些许回忆，所以，我只是一个纸背上的倾诉者。

　　我从内心感激着那些带着我走进文学殿堂的先贤、师长。他们的名字影响着我的一生。作为一个追梦着，一些拙劣的散文、小说在《山花》《人民文学》等报刊发表那一刻，我所敬畏的文学让我有了信心。在这个偶然的机会，我选出代表着不同年代的一些零散的碎片集成《纸背上的倾诉》，这些或咸或淡、或酸或涩的，或长或短、或大或小的，就是我对着纸背的一种倾诉和时光里的点点回忆。这些永远深藏在我的内心深处的文字，今日打开，记忆重现，恍然昨日之梦历历在目。这么多年，这些文字，或认识的或陌生的读者为我留下了很多读后感言，借此机会，我唯有说声：谢谢，谢谢你们的关注！

　　人生四十，当给自己留点纪念，此时此刻，我诚惶诚恐。特别感谢中国作家协会副主席、书记处书记何建明老师，在百忙之中挤出宝贵时间作序推荐，为这本集子增光添彩！若干年来，我一直感激着习水首届作协主席谭智勇老师的关心和鼓励，他不管是在仁怀市长任上，还是旅居北京，每一次出版新作都签名馈赠，让我在精神上如获至宝。这本散文集子成稿时，他依然十分关心，带着浓浓的乡情远在海南三亚写下了推荐语。

储存二十年的这一部散文作品集成面世，还要感谢众多的师长、朋友、读者，最后，谢谢这片土地的深沉！

后记